青年菲茨杰拉德

童年时期的菲茨杰拉德

菲茨杰拉德与妻子泽尔达

菲茨杰拉德一家

查尔斯·D.米歇尔为菲氏发表在1920年2月21日的《星期六晚邮报》上的《脑袋与肩膀》创作插画。这篇短篇小说后来被收录到菲氏第一部短篇小说集《新潮女郎与哲学家》里。

莱斯利·L.本森为菲氏发表在1920年5月29日的《星期六晚邮报》上的《近海海盗》创作插画。这篇短篇小说后来被收录到菲氏第一部短篇小说集《新潮女郎与哲学家》里。

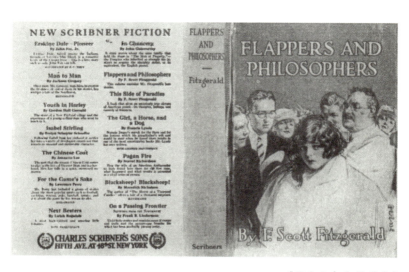

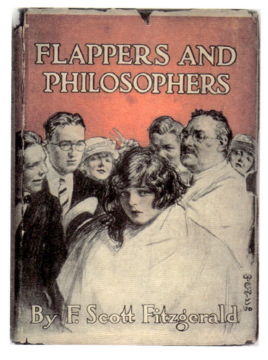

《新潮女郎与哲学家》
初版护封。封面画的是
"留短发的伯妮斯"。

《新潮女郎与哲学家》初
版封面（1921）

F.S.Fitzgerald

FLAPPERS AND PHILOSOPHERS

新潮女郎与哲学家

〔美〕F.S.菲茨杰拉德 著   吴建国 主编   吴建国 等 译

人民文学出版社

PEOPLE'S LITERATURE PUBLISHING HOUSE

F. S. Fitzgerald
Flappers and Philosophers

图书在版编目(CIP)数据

新潮女郎与哲学家/(美)F.S.菲茨杰拉德著;吴
建国主编;吴建国等译.--北京:人民文学出版社,
2017
(菲茨杰拉德作品全集)
ISBN 978-7-02-012693-4

Ⅰ.①新… Ⅱ.①F… ②吴… Ⅲ.①短篇小说-小说
集-美国-现代 Ⅳ.①I712.45

中国版本图书馆CIP数据核字(2017)第080815号

责任编辑 甘 慧 邱小群
封面设计 汪佳诗

出版发行 人民文学出版社
社 址 北京市朝内大街166号
邮政编码 100705
网 址 http://www.rw-cn.com

印 制 莱芜市圣龙印务有限责任公司
经 销 全国新华书店等

开 本 890毫米×1240毫米 1/32
印 张 10.5
字 数 232千字
版 次 2017年11月北京第1版
印 次 2017年11月第1次印刷

书 号 978-7-02-012693-4
定 价 39.00元

如有印装质量问题,请与本社图书销售中心调换。电话:010-65233595

对经典的呼唤

——《菲茨杰拉德作品全集》总序

一 引 言

"经典"（canon）一词，源自希腊文 kanon，原为用于丈量的芦苇秆，后来其意义延伸，表示尺度，并逐渐演化为专指经书、典籍和律法的术语。随着人类文明的发展，经典开始进入文学、绘画、音乐等范畴，成为所有重要的著作和文艺作品的指称。如今人们所说的文学经典，一般指得到读者大众和批评家公认的重要作家和作品。

文学经典的形成（canonization），始于柏拉图和亚里士多德提出的对文学原理以及史诗和悲剧的界定。由于文学经典边界模糊，不确定因素颇多，随着时代的发展，会不断有新的优秀作家和作品纳入其中，已被认定为经典的作家和作品则永远会受到时代的挑战，有些会逐渐销声匿迹，有些则会被重新发现并正名为经典。二十世纪后半叶以来，尤其在文化多元化的氛围下，人们对文学经典和对"入典"标准的质疑，已成为批评界热衷讨论的重要话题。事实上，文学经典的形成往往会经历一个复杂而又漫长的过程，会受到特定时代的意识形态、文化模式、读者情感诉求等诸多因素的介入和影响，"一部作品或一个作家能否真正成为经典，需要经历起码一个世纪的时间考验"①。美国小说家 F. 司各特·菲茨杰拉德（Francis Scott Key Fitzgerald，1896—1940）的批评接受史，便在一定程度上印证了这一界说。

"在美国现代小说家中，司各特·菲茨杰拉德是排在福克纳和海明威之后的第三号人物。"② 然而大半个世纪以来，菲茨杰拉德的文学声誉却经历了一个从当初蜚声文坛，到渐趋湮没，到东山再起，直至走向巅峰的演变过程。二十世纪五六十年代美国文坛掀起的"菲茨杰拉德复兴"（Fitzgerald Revival），终于将他稳稳推上了经典作家的高位。他的长篇小说《人间天堂》（*This Side of Paradise*，1920）、《漂亮冤家》（*The Beautiful and Damned*，1922）、《了不起的盖茨比》（*The Great Gatsby*，1925）、《夜色温柔》（*Tender Is the Night*，1934）和《末代大亨》（*The Last Tycoon*，1941），以及他的四部短篇小说集：《新潮女郎与哲学家》（*Flappers and Philosophers*，1920）、《爵士乐时代的故事》（*Tales of the Jazz Age*，1922）、《所有悲伤的年轻人》（*All the Sad Young Men*，1926）和《清晨起床号》（*Taps at Reveille*，1935），已被列入文学经典之列。如今，人们已不再怀疑，菲茨杰拉德是二十世纪世界文坛上的一位杰出的社会编年史家和文学艺术家。

---

① 转引自《西方文论关键词》，赵一凡等主编，外语教学与研究出版社，2006 年版，第 282 页。
② 董衡巽语，引自《菲茨杰拉德研究·序》，吴建国著，上海外语教育出版社，2006 年版，第 1 页。

回望菲茨杰拉德在我国的批评接受史的发展走向，我们不难看出，这位在美国极负盛名的小说家，在我国却经历了一个从全盘否定，到谨慎接受，再到充分肯定的曲折过程，这其中所包含的诸多错综复杂的原因，值得我们认真分析和反思，从中找出经验或教训，供后人记取。

二 被"误读、曲解"的一代文豪

如果我们以美国文学评论家 M. H. 艾布拉姆斯所提出的"文学四要素"，即世界、作家、作品、读者，及其所构成的关系作为参照，来考量文学作品的接受状况，即可看出，实用主义文学观在中外文学史上长期占据着主导地位。实用主义文学观强调的是作品与读者之间的效用关系，即作品应当是达到某种目的的手段，从事某种事情的工具，并以作品能否达到既定目的作为判断其价值的标准，即所谓文学的功能应当是"寓教于乐，既劝谕读者，又使他喜欢，才能符合众望"[①]。各文化群体对外族文学作品的取舍和译介也概莫能外。

我国对美国现当代文学的译介已有百年历史。自"五四运动"以降，尤其在二十世纪三四十年代，就已有不少作品被翻译成中文出版，杰克·伦敦、德莱塞、马尔兹、萨洛扬、刘易斯、海明威、斯坦贝克等作家，都是我国读者较熟悉的名字，他们的作品曾对我国新文化运动的开展和民族救亡斗争起过一定的促进作用。然而菲茨杰拉德

[①]《诗学·诗艺》，亚里士多德、贺拉斯著，杨周翰等译，人民文学出版社，1962年版，第155页。

却一直未能引起我国学人的注意，菲茨杰拉德的作品在那战火纷飞的岁月里也未能在中国找到合适的市场。从总体上说，在新中国成立以前，菲茨杰拉德的作品在我国几乎没有译介，这位作家的名字在我国读者中较为陌生。

上世纪五十年代初，刚刚摆脱了连年战祸的新中国百废待兴，恢复经济建设、重整社会秩序是这一年代的主基调，对美国现代文学的译介和研究则相对较为迟缓。但是，在不少有识之士的努力下，我国五十年代中、后期和六十年代初期在美国现代文学研究方面仍取得过突破性的成绩。然而受当时主流文化的影响和历史条件的制约，菲茨杰拉德在中国受到的依旧还是冷遇。虽有不少通晓美国文学的专家、教授开始关注这位作家，但尚无评介文章出现，他的作品也没有正式出版的中文译本，他的代表作《了不起的盖茨比》甚至被称为"下流的坏书"。著名学者巫宁坤由于将他从美国带回中国的英文版《了不起的盖茨比》借给学生，竟受到了严厉批判，并背上"腐蚀新中国青年"的黑锅近三十年。菲茨杰拉德当年在我国的接受状况由此可见。

一九六六年至一九七七年这十余年间，我国对美国现代文学的译介和研究基本处于停顿状态。一九七八年后，美国文学中的一些重要作品开始重返我国学界。但及至上世纪七十年代末，菲茨杰拉德的作品在中国大陆仍无中译本，他的文学声誉在我国很低迷。受"极左"思想的束缚，我国学术界对这位作家依然持批判、否定的态度，他的作品在一定程度上被误读、曲解了。例如，在一部颇具权威性的学术专著中，就有如下这段评述：

……二十年代文艺作品日趋商业化和市侩化，当时的畅销书有菲茨杰拉德的小说《爵士乐时代的故事》(1922年出版)，内容是宣扬资本家的嗜酒、狂赌和色情生活，他的另一作品《伟大的盖茨比》(1925年出版)，把这个秘密酒贩投机商吹捧成英雄人物，加以颂扬。菲茨杰拉德是二十年代垄断资本御用的文艺作者的典型代表，是美化美国"繁荣"时期大资本家罪恶勾当的吹鼓手。及至一九二九年严重经济危机爆发，使美国经济的"永久繁荣"落了空，也暴露了菲茨杰拉德的丑恶灵魂。①

　　这一评说在当时的中国学界具有一定的代表性。客观地说，在那个非常时期，人们或许也只能以这种方式来点明菲茨杰拉德"资产阶级文艺作者典型代表"的身份，姑且先简略介绍一下他的代表作和"畅销书"。至于这位作家本身以及他的作品所包含的思想性和艺术性，只好留待后人去分析和评说。这其中的缘由与苦衷是十分微妙的。在三十多年以后的今天来看，这种现象自是荒诞无稽，但我们仍能感觉到当年意识形态领域里的"非常政治"对学术的严重干预和影响。

三　对经典的呼唤

　　法国启蒙主义思想家德尼·狄德罗曾说："任何一个民族总有些偏见有待抛弃，有些弊病有待革除，有些可笑的事情有待排斥，并且

---

① 《美国通史简编》，黄绍湘著，人民出版社，1979年版，第536—537页。

需要适合于他们的戏剧。假使政府在准备修改某项法律或者取缔某项习俗的时候善于利用戏剧，那将是多么有效的移风易俗的手段啊！"①

　　一九七八年后，在"洋为中用"思想的指导下，我国文艺理论界卓有见识的学者们认真审视了过去几十年我国在外国文学批评领域的得失，详细制定了今后的研究计划、路径和方法，使我国的外国文学研究得以迅速而健康地开展起来。在此同时，我国学界对菲茨杰拉德的评价也已有所转变。一些学者撇开仍很敏感的政治话题和过去已形成的定论，以新的视角对菲茨杰拉德的创作思想和艺术特色进行了实事求是的讨论和分析，其中最值得关注的是董衡巽的观点和研究方法。早在学术研究刚刚开始复苏的一九七九年初，董衡巽就指出："外国现代资产阶级文学，像外国古典文学一样，有它的价值，有它的思想意义。不过，我认为除了这两条，还应该承认它在艺术上的成就。我们所说的思想是通过一定的艺术形式表现出来的思想；我们所说的艺术是指包含一定思想内容的艺术。它们难能分家。""评价外国文学，最好两头都能照顾到，既分析思想内容，又顾及艺术特征……"② 董衡巽分析了菲茨杰拉德的创作思想和文体风格，第一次在中国大陆为这位美国作家恢复了他应有的声誉和地位：

　　　　一位作家之所以不会被读者忘记，是因为他有自己的特色。
　　如果说他在思想上没有告诉我们新的东西，艺术形式沿用老一

---

① 《论戏剧艺术》，狄德罗著，转引自童庆炳著《维纳斯的腰带》，中国人民大学出版社，2009年版，第7页。
② 《艺术贵在独创》，董衡巽著，刊《外国文学集刊》（第一辑），中国社会科学出版社，1979年版，第60—61页。

套，那么他凭了什么活在读者的记忆中呢？菲茨杰拉德的作品不多，可是当代美国人喜欢读，他的代表作《了不起的盖茨比》已经成了一部现代文学名著。人们通过他的作品重温美国绚丽奢侈的二十年代，那种千金一掷的挥霍、半文不值的爱情，那种渴望富裕生活却又幻灭的心情，清醒了又无路可走的悲哀……引起读者的共鸣。今天的美国，贫富的鸿沟依然存在，凡是存在贫富悬殊的地方，"富裕梦"总是有人做的，但是，幻灭恰似梦的影子，永远伴随着做梦的人们。菲茨杰拉德去世将近四十年，他的作品在美国还是那么走红，除了这个思想上的原因，他那优美而奇特的文体也是美国读者不能忘怀的一个因素。[①]

可以这样说，在菲茨杰拉德研究中，我国最具权威的学者当数董衡巽。他是中国大陆研究和介绍这位美国作家的第一人。他的观点、研究思路，以及他的若干专论，对我国的菲茨杰拉德研究具有重要而深刻的影响。

一九八三年，由巫宁坤翻译的《了不起的盖茨比》正式出版，与菲茨杰拉德的八篇短篇小说一同收录在《菲茨杰拉德小说选》里。这是中国大陆首次正式出版的这位美国小说家的中译本，是上海译文出版社推出的"二十世纪外国文学丛书"的一种，为我国的美国现代文学研究填补了一项空白，使我国读者对这位"迷惘的一代"的代表作家有了直接的感性认识。巫宁坤在译本"前言"里高度评价了菲茨杰

---

① 《艺术贵在独创》，董衡巽著，刊《外国文学集刊》(第一辑)，中国社会科学出版社，1979年版，第72页。

拉德的艺术成就和他的作品所包含的思想意义，称他是"二十世纪最重要的美国小说家之一"。[1]

一九八六年出版的《美国文学简史》，是一部具有开创意义的史学著作。董衡巽在这部专著中第一次向我国读者全面评述了菲茨杰拉德的文学生涯、创作思想和艺术特色，同时也阐明了对这位作家展开研究的意义所在。从此，我国对菲茨杰拉德的译介和研究正式拉开了序幕。

上世纪整个八十年代期间，我国正式发表的专题评论菲茨杰拉德的文章并不多，且大都集中在《了不起的盖茨比》上，但我国学者已从他的作品中发现了远比他所描绘的那个年代更为重要的价值，认为他既是战后美国年轻一代的典型代表，又是"喧腾的二十年代"的批判者。他的创作标志着十九世纪浪漫主义传统向二十世纪现代主义文学的过渡，他的《了不起的盖茨比》是为"美国梦想"和"爵士乐时代"奏起的一首无尽的挽歌。"他是美国小说家中最精湛的艺术家。他的最佳作品在内容上体现了高度的精确性，在语言上表现了高度的简练性。"[2] 在这一时期，我国出版的各类美国文学教材，也使菲茨杰拉德走进了高校课堂，并成为不少院校的学位课程。至上世纪八十年代后期，全国已有近十篇以菲茨杰拉德为研究对象的硕士学位论文，如刘欣的《菲茨杰拉德〈人间天堂〉及〈了不起的盖茨比〉中对幻想破灭与灭败的社会批评》(1986)、左晓岚的《论〈了不起的盖茨比〉

① 《菲茨杰拉德小说选》，巫宁坤等译，上海译文出版社，1983年版，第1页。
② 《当代美国文学——概述及作品选读》(上册)，秦小孟主编，上海译文出版社，1986年版，第62页。

中象征手法的作用》（1989）等。这充分表明，这位作家已开始引起我国学人的高度关注。

及至上世纪九十年代末，菲茨杰拉德在我国的接受状况已大有改观。最为明显的例证是，《了不起的盖茨比》在中国大陆出版了八种中文译本和两种中文注释或中英文对照本；《夜色温柔》有五种中文译本。除此之外，还有三本《菲茨杰拉德短篇小说选》译本问世。我国学者在这十余年间发表的专论菲茨杰拉德的文章在数目上也有明显增加。我国在这一时期出版的美国文学专著，如王长荣的《现代美国小说史》（1992）、常耀信的《美国文学史》（1995）、史志康的《美国文学背景概观》（1998）等，也都对菲茨杰拉德予以了高度的肯定。杨仁敬在《二十世纪美国文学史》中指出："菲茨杰拉德的作品，作为'荒原时代'的历史记录，今天已显得越来越重要了。"[1] 这是我国学界在沉寂多年之后对这位经典作家的呼唤。

四　关于菲茨杰拉德作品的译介与研究

1.关于《了不起的盖茨比》。至上世纪七十年代初，台湾已有四种中文译本。由于种种原因，这些译本很少为大陆读者所知。一九八二年，我国首次出版了这部小说的注释本《灯绿梦渺》。注释者在此书"前言"中说："书名有译《伟大的盖茨比》者，似乎失之平淡；有译《大亨小传》者，但实非传记体，盖茨比也算不得大亨。

---

[1]《二十世纪美国文学史》，杨仁敬著，青岛出版社，2000年版，第247页。

仔细读来，盖茨比的经历颇富传奇性，小说情节又类'言情'，作者用意当在批判，注释者姑译为《灯绿梦渺》。"[1] 注释者还指出了作者独具匠心的象征手法的运用："绿色实为盖茨比毕生梦想的象征。绿色代表生机，绿色使人欢快，绿色又是万能的美元钞票的颜色。出身农家的盖茨比抵抗不住财富和美色的诱惑，走上了一条典型的美国式的奋斗道路。黛西则象征着财富和美色的结合。此种象征手法书中屡见不鲜……但其着力点不在机械地比附，而在气氛的烘托……书尾处的安慰激励之词亦不能稍减其渺茫之感。盖茨比凄凉的下场是美国生活的悲剧。"[2] 在评价这部小说的语言特色时，注释者说：

> 作者遣词造句朴素真挚，极少十九世纪小说中的冗长繁缛，也没有当时已萌芽的现代主义的奇奥艰深。可是他行文并不单调平直。他时而后退三步，描绘中夹着若隐若出的讽刺和淡淡的幽默；他时而又置身其中，情不自禁地激昂动情；他时而又诗意盎然，不乏华丽之词，是浪漫气质的自然流露。[3]

注释者还将此书与中国古典名著《红楼梦》作了比较，认为："这本书绝不仅是'负心女子痴情汉'的恋爱悲剧。从中读者可以触摸到美国社会生活的脉搏，可以看到美国一个历史阶段的文艺画卷。"[4] 这些话语足见注释者的慧眼识金和对这部小说的喜爱。他的观

---

① 《灯绿梦渺》，菲茨杰拉德著，周敦仁注释，上海译文出版社，1982年版，第1页。
② 同上，第1页。
③④ 同上，第2页。

点也代表着我国读者对这位美国作家的接受态度。

巫宁坤也在《了不起的盖茨比》"译后记"中指出：

> 菲氏并不是一个旁观的历史家。他纵情参与了"爵士乐时代"的酒食征逐，也完全融化在自己的作品之中。正因为如此，他才能栩栩如生地重现那个时代的社会风貌、生活气息和感情节奏。但更重要的是，在沉湎其中的同时，他又能冷眼旁观，体味"灯火阑珊，酒醒人散"的惆怅，用严峻的道德标准衡量一切，用凄婉的笔调抒写战后"迷惘的一代"对于"美国梦"感到幻灭的悲哀。不妨说，《了不起的盖茨比》是"爵士乐时代"的一曲挽歌，一个与德莱塞的代表作异曲同工的美国的悲剧。①

随着研究的不断深入，我国学者对这部经典之作的叙事艺术和文本结构的挖掘也在深化。例如，程爱民认为："从叙述的角度看，叙述者尼克的故事似乎是条主线，从头至尾时隐时现地贯穿于整个小说；而盖茨比的故事只是尼克的故事的一部分。但从故事的内容和重心来看，盖茨比的故事实际上才是小说的主体。如果采用'红花绿叶'比喻的话，那盖茨比的故事毫无疑问是红花，尼克的故事只是扶衬的绿叶。因此，小说的叙述主线只是作为一个背景，一个舞台，实际上演的是盖茨比的'戏'。这种叙述手法的安排及产生的艺术效果是颇具匠心的。""这部作品并不局限在使用单一视角上……小说不时

---

① 《了不起的盖茨比·夜色温柔》，菲茨杰拉德著，巫宁坤等译，译林出版社，1999年版，第125页。

地变换叙述视角和叙述者，有时还采用视角越界等手段，使得叙述呈多元化展开。不同的侧面展示组合在一起，仿佛不同镜头的变换，构成了一幅反映盖茨比故事的立体图像。"[①] 程爱民还分析了菲茨杰拉德与亨利·詹姆斯之间在叙述者和人物设计上的相同和不同之处："菲茨杰拉德的独特或高明之处，就在于他创造了尼克这个'一半在故事里、一半在故事外'的存在，并利用这一人物的特殊位置把（作者自己的）两种不同的看法统一在了《大人物盖茨比》这部作品之中……起到了传统的第一人称叙述或第三人称全知叙述均不能起到的作用，产生了独特的艺术效果。"[②]

时至今日，我国已出版五十余种《了不起的盖茨比》的中译本（包括台湾地区）。我国研究者在各类学术刊物上发表的专论《了不起的盖茨比》的文章已达一百三十余篇；以这部作品为研究对象的硕士和博士学位论文有四十余篇。由此可见我国读书界对这部经典作品的接受程度和研究的深度。

2．关于《夜色温柔》。《夜色温柔》是一部"令人越读越感到趣味无穷的小说"（海明威语）[③]，但中文译本一九八七年才在中国大陆首次出现，然而我国学者对这部曾经受到冷遇的作品的艺术构造和思想意义的解读却颇有独到之处。王宁等认为："若是将小说的结构与福克纳的《喧哗与骚动》以及乔伊斯的《尤利西斯》的结构相比，我们

---

① 《英美文学研究论丛》（第一辑），虞建华主编，上海外语教育出版社，2000 年版，第184—185 页。
② 同上，第188 页。
③ Carlos Baker, ed., *Ernest Hemingway: Selected Letters, 1917—1961*, New York: Scribners, 1981, P.483.

便不难发现,《夜色温柔》仍是一部以现实主义传统手法为主的小说,远没有前两位意识流大师那样走极端。因此,若想从结构上来贬低这部小说的重大价值,看来是难以令人接受的。"①

陈正发等在论及这部作品错综复杂的叙事结构时也指出:"我们完全可以把它看作是作者颇具匠心的艺术处理……菲茨杰拉德善于在叙述中一而再、再而三地中断,或是场面骤然更替,而内中又有逻辑上的必然联系。这样读者便可渐渐不受作者的主观影响,化被动为主动,独自对作品做出自己的阐释。"②

不管这些评论是否准确,都足以表明,我国学者对这部作品已有自己的认识和理解,并在学术上开始逐渐走向了成熟。

继《了不起的盖茨比》后,《夜色温柔》也引起了我国读者浓厚的兴味。如今,《夜色温柔》在我国已有十六种中文译本(包括台湾地区);从不同角度探讨这部作品的专题研究论文有三十余篇,以这部作品为研究对象的硕士和博士学位论文近二十篇。目前,我国学者对这部作品的研究仍在不断深入。

3.关于菲茨杰拉德的短篇小说。上世纪九十年代后期是我国菲茨杰拉德译介和研究规模空前的时期。在这一时期,我国出版了三部《菲茨杰拉德短篇小说选》的中文译本,他的一百六十多篇短篇小说中,有二十三篇被翻译成中文正式出版。不少研究者认为,他的短篇小说"情节生动,遣词造句流畅舒展,字里行间充满诗情画意,艺术感极强……塑造和记录了生活在已逝去的那个特定时间和特定空间

① 《夜色温柔》,菲茨杰拉德著,王宁等译,山东文艺出版社,1999年版,第7页。
② 《夜色温柔》,菲茨杰拉德著,陈正发等译,安徽文艺出版社,1996年版,第3—4页。

里的一批特定的人物……弥漫着一种梦幻色彩，充满敏感和颖悟，令读者不得不紧张地同他一起去品味和感受人生与世界。"[1] 他"是美国二十世纪二十年代最具代表性的作家"，[2] 是"第二次世界大战前美国主要短篇小说家""他的作品在风格上与欧·亨利很接近""会使人想起克莱恩的嘲讽手法和藏而不露的用语技巧""《重访巴比伦》的叙事技巧可说是天衣无缝，炉火纯青，思想上也很有深度。这使它成为传世之作"。[3]

时至今日，菲茨杰拉德的四部短篇小说集已有三部被译成中文，尽管受各种条件所限，目前的研究尚不够深入，评价的方法和观点仍可进一步商榷，我国学人对他的短篇小说的阅读和研究兴趣正在与日俱增。

五 "回声嘹亮"

"文学作品并不是对于每一个时代的每一个观察者都以同一种面貌出现的自在的客体，并不是一座自言自语地宣告其超时代性质的纪念碑，而像一部乐谱，时刻等待着阅读活动中产生的、不断变化的反映。只有阅读活动才能将作品从死的语言中拯救出来，并赋予它现实生命。""文学作品的历史生命力没有接受者能动的参与是不能想象的。"[4]

① 《菲茨杰拉德短篇小说选》，菲茨杰拉德著，曹合建译，湖南文艺出版社，1998年版，第4页。
② 《爵士乐时代的代言人——菲茨杰拉德短篇小说选》，菲茨杰拉德著，吴檀译，外文出版社，2000年版，第3页。
③ 《现代美国小说史》，王长荣著，上海外语教育出版社，1992年版，第306—307页。
④ 《接受美学与接受理论》，（德）H.R.姚斯、（美）R.C.霍拉勃著，周宁等译，辽宁人民出版社，1987年版，第24、26页。

纵观我国对菲茨杰拉德的批评接受史，我们可以看出，我国对这位美国小说家的译介和研究相对较晚，真正意义上的研究高潮期出现在本世纪以来这十余年间，以《菲茨杰拉德研究》(2002)为标志。据文献检索，仅在近十年来，《了不起的盖茨比》在我国就有四十二种风格各异的中译本，《夜色温柔》有十五种中译本，《人间天堂》有四种中译本，《漂亮冤家》有四种中译本，各类短篇小说集有十八种；我国学者发表的各类学术论文有二百四十一篇，硕士和博士学位论文七十二篇。在近十年出版的美国文学论著中，如王守仁等的《新编美国文学史》(2002)、虞建华等的《美国文学的第二次繁荣》(2004)等，都以较大篇幅评述了菲茨杰拉德的文学生涯，分析了他的创作思想和艺术成就，并肯定了"菲茨杰拉德和海明威作为青年文化的文化英雄的历史地位"[1]。这位小说家如今已受到我国越来越多的读者的喜爱和评论家的广泛重视。虽然现有的译文质量参差不齐，某些论文或论著也有拾人牙慧之嫌，但目前在我国读书界出现的"菲茨杰拉德研究热"却足以表明，我国对这位经典作家的研究正方兴未艾。

就总体而论，我国对菲茨杰拉德的译介和研究远不及对海明威等同时代作家的研究那样有深度和体系化，譬如，我国学界对《人间天堂》《漂亮冤家》及"巴兹尔系列小说""约瑟芬系列小说""帕特·霍比系列小说"等作品的评论文章，目前仍不多见，对这位作家复杂的文学生涯、创作思想、语言艺术、文学性等方面的深层特征，以及对他何以成为经典作家的文化和社会历史背景的剖析，也有待从理论上

---

[1]《美国文学的第二次繁荣》，虞建华著，上海外语教育出版社，2004年版，第202页。

进一步深化。

作为"爵士乐时代"杰出的代言人和忠实的"编年史家",菲茨杰拉德对他所处的那个特定历史时期原生状态社会生活和精神风貌的主要特征的准确把握、他独具匠心的叙事艺术、他那富有隐喻和象征意义的优美的语言风格,以及他隐埋在作品话语结构中的真切的感受、真挚的情感和真诚的理念,最大限度地拉近了作者——文本——读者之间的时空距离,使他作品中的那些人格被异化了的男女主人公的形象和虚幻的故事情节呈现出真实的人生历练和历史的可感性,能激发起读者对现实生活的联想和对人生意义的思考,在人们的心灵上产生共鸣。他的作品中所表现出的高度的艺术真实、所传达的精神价值取向和道德判断要素,具有一种令评论家难以还原到概念上来的持久的艺术张力。在大半个世纪已经过去的今天,在中国这个特定的文化语境下,我们发现,当今这个时代所出现的许多事物,当今这个世界所存在的诸多问题,早已在他那些优秀的作品里被生动形象地记录和描绘过了,因此,我们在重读经典时,依然能感到他的作品十分清新,具有历史理性与人文关怀之间的张力。他的作品的生命力已在中国这片大地上得到了延伸。

六　并未终结的结语

文学从来就是生活和时代的审美反映。一个作家以什么样的姿态来从事创作,他的作品究竟能否真实地反映现实生活和时代精神,要看这位作家是否真正走进了现实生活,获得了真切的体会,发现了真正闪光的思想和真正有血有肉的人物形象。作家光凭着自己极高的天赋、满腔的热情、良好的愿望是远远不够的。他必须站在时代潮流的前列，以高度的使命感和强烈的忧患意识去贴近现实、观察社会、感受人生，以自己独特的写作姿态和艺术形式去如实反映人与社会、人与自然、人与自我的关系，去揭示和描绘时代的变迁对社会道德、文化习俗和人的个性发展所产生的深刻影响。唯有这样，才能写出"像样的"、有深度的、经得起时代考验的经典之作来。这是菲茨杰拉德留给我们的启示。

锐意进取，不断创新，羞于重复，格外重视个人的文体风格和独特的创作个性，这是名作家们之所以名不虚传的一个重要原因。"文体风格如同作家的专有印记，刻下了他独特的创作个性。"[1] 凡是严肃的、对艺术有所追求的作家，都会以十足的劲头去探索新的艺术表现形式和具有个性特点的写作风格，而绝不会与他人雷同。菲茨杰拉德与海明威、福克纳、沃尔夫、多斯·帕索斯等作家生活在同一个历史时代，但菲茨杰拉德笔下的世界一眼望去，便知是菲茨杰拉德的，绝不会与其他作家所创造的世界相混淆。这是因为他一生都在执着地追求具有自己独特个性的写作技巧和文体风格，力求以自己的方式来描绘现实，表现人物的精神面貌和性格特征，"像奴隶一样对每句话都进行艰苦细致的推敲"，"在每一篇故事里都有一滴我在内——不是血，不是泪，不是精华，而是真实的自我，真正是挤出来的"。[2] 正

---

[1]《艺术贵在独创》，董衡巽著，刊《外国文学集刊》(第一辑)，中国社会科学出版社，1979年版，第 69 页。

[2] Matthew J. Bruccoli, ed. *F. Scott Fitzgerald On Authorship*, South Carolana: University of South Carolana Press, 1996, P.178.

因如此，他笔下的人物才那样栩栩如生，他创造的那个艺术世界才那样富有魅力，感人至深。这是他的作品之所以会引起历代读者和评论家兴趣的原因之一。

菲茨杰拉德在我国的批评接受史，恰好是对二十世纪文学史上出现的"菲茨杰拉德现象"的有力补充。在当前世界各地出现的"菲茨杰拉德研究热"中，相信我国学者对这位经典作家的研究将会有自己的声音，将会与国外学者的研究同步，得出更加深入、更加令人信服的成果来。"菲茨杰拉德有福了，他将以他不朽的诗篇彪炳千秋"。[1]

吴建国

2013年12月29日

于上海维多利书斋

---

[1] 巫宁坤语，见《了不起的盖茨比·夜色温柔》，巫宁坤等译，译林出版社，1999年版，第128页。

目录

近海海盗

一

　　这个让人匪夷所思的故事是从一片海域上开始的，当时的那片海域简直就是一个蔚蓝色的梦境，流光溢彩的海面艳丽得犹如蓝色的丝袜，连俯瞰着海面的那一片天也是碧蓝碧蓝的，蓝得就像孩童眼中那蓝汪汪的虹膜一样。在西边的半拉天空中，太阳正羞答答地将一片片金黄色的小圆盘洒落在海面上——倘若你有足够的耐心凝神静气地仔细观看，就会发现这些小圆盘在不停地从一个浪尖跃向另一个浪尖，直到汇入一个黄灿灿的大金币的辽阔光环里，这个黄灿灿的大金币还在吸纳着方圆半英里开外的光华，最终将会化作一片令人眼花缭乱的夕照。约莫在佛罗里达海岸线与这道金黄色的光环之间，有一艘雪白的汽艇停泊在那儿，显得非常有朝气，也非常典雅，在艇艉处的一顶蓝白相间的遮阳篷下，有一个金发姑娘正斜倚在一张柳条编制的躺椅上，在读阿纳托尔·法朗士所作的那本《天使的叛变》①。

她芳龄大约有十九岁，身段苗条而又柔韧，天生一张娇惯任性、妩媚迷人的嘴，一双水灵灵的灰色眼眸里炯炯有神，洋溢着求知的渴望。她的那双脚，竟然没有穿长筒袜，那双蓝色缎面的拖鞋也并不是穿在她脚上，而是在点缀着她的那双脚，拖鞋在她的脚指头上还在若无其事地晃悠着，她占据着一张躺椅，却把一双脚搁在与她相邻的那张躺椅的扶手上。她一边看书，一边时不时地用舌头去浅浅地舔一下拿在她手里的一块只有半拉的柠檬，一副怡然自得的样儿。另外那半拉柠檬，因为早已被吸吮干了，此时就躺在她脚边的甲板上，随着几乎难以察觉到的潮汐的涌动，在优哉游哉地晃来晃去。

这第二块也只有半拉的柠檬几乎又吸吮不出什么汁水了，那道金灿灿的光环也令人惊奇地变得更加辽阔了，就在这时，一阵突如其来的沉重的脚步声打破了笼罩在这艘游艇上的令人昏昏欲睡的静谧气氛，一位上了年纪的老者蓦然出现在舷梯口，他虽然满头华发，却梳理得纹丝不乱，身穿一袭白色的法兰绒西装。他在舷梯口稍稍停留了片刻，直到眼睛适应了这时的阳光，随后，当他一眼看见遮阳篷下的那个姑娘时，嘴里便忍不住发出了一声长长的、颇有些埋怨的哼哼声。

倘若他想就此而得到什么起立、欠身之类的礼貌举动的话，那他注定要失望了。那姑娘镇静自若地把书翻了两页过去，随即又往回翻

---

① 阿纳托尔·法朗士（Anatole France，1844—1924），法国著名作家，1921年诺贝尔文学奖得主。《天使的叛变》(The Revolt of the Angels，1914）描写几个天使下凡人间，有的爱上了歌女，有的变成了无政府主义者，有的认为历史的动力是撒旦。天使的叛变最后在塞纳河畔终止。

了一页，机械地把手中那块柠檬抬高到动动嘴即可品尝到的距离，接着便打了一个虽说非常微弱，却也肯定错不了的哈欠。

"阿蒂塔！"那灰白头发的老者板着面孔说。

阿蒂塔细声细气地哼了一声，却无动于衷。

"阿蒂塔！"他又连喊了几声，"阿蒂塔！"

阿蒂塔懒洋洋地抬起手中的柠檬，在入口之前，舌尖上总算溜出三个字眼儿来。

"啊，闭嘴。"

"阿蒂塔！"

"什么事？"

"你能不能好好儿地听我说句话——否则，你要不要我叫个用人过来摁住你，好让你老老实实地听我说话？"

那块柠檬慢慢地、满不在乎地垂了下来。

"把你要说的话写下来嘛。"

"你能不能放规矩点儿，把那本讨厌的书收起来，把那块该死的柠檬丢开两分钟吧，行不行？"

"啊，你就不能让我一个人清静一小会儿吗？"

"阿蒂塔，我刚刚接到一个消息，是岸上用电话打来的——"

"电话？"她这才首次流露出了一丝淡淡的兴趣。

"是的，电话里说——"

"你的意思是说，"她颇为疑惑地打断了他的话，"他们让你在这里也拉了一根线，好与外面联络？"

"是的，就在刚才——"

"别的船会不会撞上这根电线啊？"

"不会的。那根线是敷设在海底的。五分钟——"

"哎呀，我真他妈的服了！天哪！科学如黄金啊，真是个了不起的东西——对吗？"

"我刚开了个头，你先让我把话说完，行不行？"

"快说吧！"

"唔，事情好像是这样的——呃，我上这儿来就是想——"他欲言又止，心烦意乱地连着咽了好几回口水，"啊，是这么回事儿。你这少不更事的小女子啊，莫兰德上校又打电话来了，央求我务必要带着你去参加晚宴。他儿子托比专程从纽约赶来，就是为了想跟你见上一面，他还邀请了另外几个年轻人呢。我再问你最后一遍，你愿不愿——"

"不愿，"阿蒂塔傲慢无礼地说，"我才不愿去呢。我这次乘着这条该死的游艇出来兜风，心里就只有一个想法，要去棕榈滩① 看看，这一点你也是知道的，因此，我绝对不会去跟哪个该死的老上校，或者哪个该死的小托比见面的，也绝不会去跟那些该死的老气横秋的年轻人见面的，在这个狂热喧闹的州里，不管是哪一座该死的老城，我都绝对不会踏进一步的。所以，你要么带我去棕榈滩，要么就闭上你的嘴走人。"

"好得很。这可是最后一根稻草啦。就你对这个男人的迷恋程度而言——这个因为过于放荡而声名狼藉的家伙，这个你父亲甚至都不

---

① 棕榈滩（Palm Beach），又称"棕榈滩岛"，位于美国佛罗里达州，是一风景秀丽、气候宜人的滨海小城，是美国乃至世界各地各界名流向往之地。

许他过多提及你的名字的家伙——你已经表现得像个品行可疑的小暗娼一样啦，你哪儿像一个在上流社会里长大成人的大家闺秀啊。从现在起——"

"我知道，"阿蒂塔挖苦地打断了他的话，"从现在起，你走你的阳关道，我走我的独木桥。这种话我听得多了。你知道的，我偏偏就喜欢这样。"

"从现在起，"他信誓旦旦地大声宣布说，"就当我没有你这个侄女了。我——"

"噢——噢——噢——噢唷！"阿蒂塔憋着嗓子挤出了一连串惊呼，声音中似乎含着丧魂落魄般的痛苦，"你别再烦我了，行不行！你赶紧走开吧，行不行！你干脆从船上跳下去淹死得了！你要不要我把这本书摔到你脸上去！"

"要是你胆敢做出任何——"

哗！《天使的叛变》优雅地凌空飞来，在距离其攻击目标仅差短短一鼻之遥的地方跌落下来，喜笑颜开地躺在舷梯口。

那头发花白的老者本能地后退了一步，但随即又小心翼翼地向前迈出了两步。阿蒂塔一跃而起——她身高足有五英尺四英寸①呢，她伫立在那儿，公然桀骜不驯地瞪着他，那双灰色的眼眸里如同燃烧着熊熊怒火。

"滚开！"

"你好大的胆子！"他怒喝道。

---

① 约合 1.63 米。

"因为我他妈的就高兴这样！"

"你已经变得越来越叫人无法忍受了！你这脾气——"

"我这脾气还不都是你培养出来的！没有哪个孩子生来就是坏脾气，还不都怪她的家庭教养有问题！不管我现在是一个什么样的人，都是你一手造成的。"

她叔叔气得咬牙切齿地咕哝了一句什么，然后便背过身去，一边迈步向前走，一边大声命令起锚开船。接着，他又返身朝遮阳篷走来，而阿蒂塔这时已经重新泰然自若地端坐在那里，依然如故地把注意力放在那块柠檬上。

"我要上岸去了，"他耐着性子说，"今晚九点我还要再出去一趟。等我回来，我们就立即动身返回纽约，一到纽约，我就立即把你交给你姑姑，由她来管束你那所谓正常、其实是极不正常的生活吧。"

他停顿了一下，朝她看了看，然而，面对她那纯然稚气未脱的美丽的容貌，他不禁又动了恻隐之心，满腔的怒火刹那间似乎又泄了气，犹如一只充足了气却被人一下子戳破了的轮胎，使他陷入了一种无可奈何、不知所措、全然呆若木鸡的境地。

"阿蒂塔呀，"他并非不近人情地说，"我又不是傻瓜。我一生闯荡江湖，也算阅人无数了。我了解男人。因此，孩子啊，那些风流成性的浪荡子是不会改邪归正的，除非等到他们玩儿腻了为止——即便如此，那也不是他们这号人的本性——他们这号人不过是徒有其表的躯壳罢了。"他望着她，仿佛在期待她赞同他的说法似的，岂料，他得到的却只是漠无表情、缄口不语的反应，只好又接着说了下去，"也许那个男人现在还是爱着你的——这种可能性也是有的。他爱过许多女人呢，而且他今后还会爱上更多的女人的。不到一个月前，就算一个月吧，阿蒂塔呀，他还跟那个红头发的女人，咪咪·梅丽尔，打得火热呢，弄得臭名昭彰的；他还信誓旦旦地说，要把俄国沙皇赠给他母亲的那只钻石手镯送给她呢。这件事你也是知道的——你看过报纸上的那些报道。"

"这些触目惊心的桃色事件居然出自一个疑神疑鬼的叔叔之口，"阿蒂塔打着哈欠说，"简直可以拿去让人家拍电影啦。居心不良的花花公子老是对着品行端正的时髦少女飞媚眼。结果是，品行端正的时髦少女禁不住诱惑，被他那渲染得过了头的传奇经历拖下了水。她千方百计地要到棕榈滩去跟他幽会。疑神疑鬼的叔叔却要处心积虑地从中百般阻挠。"

"你能不能告诉我，你究竟为什么这样鬼迷心窍地偏要嫁给他这个人呢？"

"我当然不可能告诉你啦，"阿蒂塔断然回答说，"也许是因为他是我认识的唯一的一个男子汉吧，不管是好是坏，反正他是一个有想象力、有胆识、对自己的信念坚信不疑的人。也许是为了摆脱那些精神空虚、无所事事、成天就知道满世界追逐我的幼稚的傻瓜蛋吧。不过，至于那只尽人皆知的俄罗斯手镯，这一点，你就尽管放心好啦。他打算在棕榈滩把它献给我呢——你只要稍微动一动脑筋就明白了。"

"那个——那个红头发女人又是怎么回事？"

"他已经有六个月没有跟她见面了，"她很恼火地说，"难道你认为我就没有足够的自尊来关注这件事？难道你到现在还不明白，我要是想对付哪个该死的男人，我是什么该死的事情都做得出来的？"

她高傲地抬起下巴颏儿，那模样如同那尊叫作《觉醒的法国》的雕塑①一样，然而她后来扬起那块柠檬的动作，却或多或少破坏了那个造型。

"把你迷恋得神魂颠倒的就是那只俄罗斯手镯吗？"

"不是，我不过是想给你一个类似于这样的话题，好启发你动动脑筋罢了。再说，我还巴不得你赶紧走开呢，"她说着说着，火气又上来了，"你明明知道，我从来就不会改变想法的。你真讨厌，已经烦了我整整三天了，弄得我简直都快要发疯啦。我不会上岸去的！绝不！你听见没有？绝不！"

"算你狠，"他说，"那你也别想去棕榈滩了。在我所见过的那些自私自利、娇生惯养、无法无天、刁钻古怪、不可理喻的小丫头中，就数你最——"

噼啪！那半拉柠檬击中了他的脖颈。与此同时，船舷边也传来了一声吆喝。

"准备起航了，法纳姆先生。"

尽管肚子里憋着太多的话要说，憋着太多的火要发，然而法纳姆先生却只是朝他的侄女狠狠瞥了一眼，目光里充满了谴责，随后便转过身去，急匆匆地奔下了舷梯。

---

① 《觉醒的法国》(France Aroused)，美国雕塑家乔·戴维森（Jo Davidson，1883—1952）的著名雕塑作品，为纪念1914年9月德军进攻巴黎时在桑尼尔村遭到顽强抵抗而撤退所作。这尊巨幅雕像就矗立在巴黎附近的桑尼尔村头，雕像为头颅高昂、振臂高呼的法国女战士的形象。

二

　　五点钟的太阳从天边翻滚而下，悄无声息地钻进了这片海域。那道金黄色的光环仍在不断扩大，已然化成了一座熠熠生辉的岛屿；一阵徐徐吹来的微风在乐此不疲地抚弄着遮阳篷上的流苏，也把一只悬在半空中晃悠着的蓝色拖鞋吹得左右摇摆。突然间，淡淡的风儿变得凝重起来，载着歌声飘然而至。那是一阵由好几名男性齐声合唱出的歌声，听上去非常和谐，而且还很有节奏感，为这歌声伴奏的是几只船桨划破这蓝色水域时的波浪声。阿蒂塔抬起头来，侧耳聆听着。

　　　　胡萝卜加青豆，

　　　　豇豆弯弯在膝头，

　　　　猪猡纷纷下海喽，

　　　　　　幸运的伙计们，加油！

　　　　送我们一阵微风吧，

　　　　送我们一阵微风吧，

　　　　送我们一阵微风吧，

　　　　　　把你的风箱拉起来。

　　阿蒂塔惊愕得蹙起了眉头。她一动不动地端坐在那儿，带着迫切的心情仔细聆听着。这时，那合唱声中又响起了一段新的歌词：

洋葱加豇豆，

马歇尔①加系主任，

戈尔德堡②加葛林③

加考斯特罗④。

送我们一阵微风吧

送我们一阵微风吧，

送我们一阵微风吧，

把你的风箱拉起来。

　　她不禁惊呼了一声，随即将手中的书本抛向了甲板，任由那本书呈叉开状摊在甲板上，然后急匆匆地朝船舷边奔去。在五十英尺开外的地方，有一条大划艇正朝这边驶来，船上共有七个男人，有六个人在划桨，另一个人则伫立在船艉，手持一根管弦乐队的指挥所使用的指挥棒，在为他们的歌声打着节拍。

---

① 此处的马歇尔指美国西弗吉尼亚州的马歇尔大学（Marshall University）。该校创办于1837年，以美国联邦法院第四任大法官、美国前国务卿约翰·马歇尔（John Marshall，1775—1835）的名字命名。

② 戈尔德堡（Reuben Garrett Lucius "Rube" Goldberg，1883—1970），美国作家、雕塑家、漫画家、发明家。

③ 葛林（Green）为英美人常见姓氏。此处似应指弗雷德里克·托马斯·葛林（Frederick Thomas Green，1851—1928），英国著名足球运动员，曾服役于英国牛津大学。

④ 考斯特罗（Costello）也为英语国家人的常见姓氏。此处似应指弗雷德里克·考斯特罗（Frederick "Frank" G. Costello，1884—1914），英国著名职业足球运动员，第一次世界大战前夕服役于英国南安普顿足球队，担任前锋。

牡蛎加石块，

锯木屑加短袜，

谁能用大提琴

　打造出时钟来？——

　　领头的那个人突然将目光停落在阿蒂塔的身上，她这时恰好就倚在船栏边，半个身子探出了船栏外，出于好奇正看得如痴如醉。他把手中的指挥棒迅速挥动了一下，那歌唱声便立即戛然而止了。她发觉那条船上唯有他是白人——那六个划桨的全都是黑人。

　　"噢嗬，'水仙'号！"他客客气气地打了个招呼。

　　"一路高呼着这么难听的号子究竟是什么用意？"阿蒂塔兴致勃勃地问，"难道这就是从乡下那所疯人院大学出来的划艇代表队吗？"

　　这时，那条划艇已经在剐蹭着这艘游艇的侧舷了，位于划艇最前端的一个高大肥硕的大块头黑人转过身去，一把抓起他身边的扶梯。紧接着，划艇尾部的那名头领也迅速离开了他所在的位置，还没等阿蒂塔弄明白他的意图，他已经飞身攀上扶梯，来到了甲板上，气喘吁吁地站立在她面前。

　　"女人和小孩可以放过！"他简洁明快地说，"把所有哭哭啼啼的婴儿统统立即扔到海里淹死，所有的男人一律要用双股铁链捆起来！"

　　阿蒂塔紧张地把双手插进连衣裙的口袋里，瞪大眼睛怒视着他，惊愕得张口结舌。

　　此人是一个年纪轻轻的小伙子，生着一张爱嘲弄人的嘴，那双明亮的蓝眼睛如同健康活泼的新生儿的眼睛一样，深陷在一张黝黑而又敏感的脸上。他头发乌黑，湿漉漉地卷曲着——如同古希腊女神像上被风吹雨打、已经变成了深褐色的头发一样。他身材修长匀称，衣着整齐合身，神态也优雅得犹如一名头脑机敏的四分卫①。

"嗯，我他妈的要变成枪口下的恶棍啦！"她一脸茫然地说。

他们彼此冷冷地乜斜着对方。

"你肯放弃这条船吗？"

"这是一句异想天开的话吧？"阿蒂塔摆出一副威风凛凛的样子问道，"你是一个白痴呢——还是刚刚经人介绍加入了某个兄弟会？"

"是我在问你呢，你肯不肯放弃这条船？"

"我还以为全国上下都在禁酒呢，"阿蒂塔一脸不屑地说，"你一直在喝指甲油吧？你还是赶紧滚下这艘游艇为好！"

"什么？"这小伙子说话的声音显然表明他不敢相信自己所听到的话。

"赶紧滚下这艘游艇！我的话你听清没有？"

他盯着她看了一会儿，仿佛在琢磨她这话是什么意思似的。

"不，"他那张爱嘲弄人的嘴一字一顿地说，"不，我不会离开这艘游艇的。你要是愿意，我可以立即放你下船走人。"

他奔向船栏边，发出一声简要的命令，划艇上的那群人便立即顺着扶梯纷纷攀爬上来，然后一字儿排开，站在他面前，队伍的这一头是一个黑得像煤炭、身躯高大结实的黑胖子，而另一头则是一个身材瘦

---

① 四分卫，橄榄球比赛中指挥进攻的枢纽前卫。

小、身高只有四英尺九英寸^①的混血儿。他们似乎是统一着装的，个个都穿着蓝色的、颇有点儿像戏装的衣服，衣服上沾满了灰尘和泥污，而且还破破烂烂；每个人的肩膀上都搭着一只虽然很小、看上去却很沉重的白色的袋子，腋下还夹着一个很大的黑箱子，里面显然装的是乐器。

"立——正！"小伙子发出一声口令，他自己先咔嚓一声并拢了脚后跟，"向右看齐！向前看！贝比，出列！"

个头最小的那个黑人急忙向前迈出一步，并敬了个礼。

"到——先生！"

"听我的命令，到下面去，把那些船员统统抓起来，把他们一个个都捆结实了——只有那个轮机手除外。把他带上来见我。哦，顺便把那些袋子堆到船栏那边去。"

"是——先生！"

贝比又敬了个礼，然后便迅即转过身去做了个手势，示意另外那五个人到他身边来集合。经过一番窃窃私语的商讨之后，他们排成一排，一个接一个无声无息地走下了舷梯。

"瞧，"小伙子扬扬得意地对阿蒂塔说，可她却被亲眼目睹的这最后一幕吓得花容失色、哑口无言了，"作为一个如此新潮的漂亮女郎，如果你愿意用你的名誉起誓——不过，你的起誓大概也不值多少钱——如果你能在接下来的四十八小时之内把你那张被人娇惯坏了的小嘴紧紧闭上，你就可以自个儿划着我们的那条船上岸去了。"

"要是我不答应，会怎么样？"

---

① 约合 1.45 米。

"要是不答应，你就只好待在一条船上去海上漂泊了。"

由于一场危机已被圆满化解，那小伙子微微吁了一口气，然后一屁股坐在刚才还是阿蒂塔占据着的那张躺椅上，展开双臂懒洋洋地伸了个懒腰。他环顾四周，望了望那富丽堂皇、线条分明的遮阳篷，望了望那些锃亮的黄铜器材，望了望甲板上的那些奢华的陈设，他的嘴角总算松弛下来，用鉴赏的眼光浏览着这一切。他的目光落在了那本书上，接着又看到了那只被吮干了汁水的柠檬。

"嗯，"他说，"'石墙'杰克逊 ① 曾经说过，柠檬汁对他有提神醒脑的作用。你的脑袋现在感觉很清醒吧？"

阿蒂塔一脸的不屑，懒得回答他。

"因为五分钟之内，你必须做出清醒的抉择，到底是去还是留。"

他捡起那本书，好奇地翻开来看了看。

《天使的叛变》。听上去挺不错嘛，是法国人写的吧，呃？"他以新的目光饶有兴致地打量着她，"你是法国人？"

"不是。"

"你叫什么名字？"

"法纳姆。"

"法纳姆是姓氏，名字呢？"

"阿蒂塔·法纳姆。"

"得啦，阿蒂塔，站在那儿把你满嘴的牙齿都咬掉了也没有用的。

---

① "石墙"杰克逊（Stonewall Jackson），指托马斯·乔纳森·杰克逊（Thomas Jonathan Jackson，1824—1863），美国南北战争时期南军的著名将领，因其 1861 年在第一次布尔溪战役中杰出的指挥而一举成名，号称"石墙"，后成为罗伯特·E. 李将军手下的得力干将。

你应当趁着还年轻，赶紧改掉你那些神经质的坏习惯才对。过来吧，坐下。"

阿蒂塔从口袋里掏出一只雕花的玉匣子，从中取出一支香烟来，并故作冷静地把香烟点燃，尽管她知道自己的那只手还在微微地发抖；过了一会儿，她脚步轻盈、大摇大摆地走了过去，在另一张躺椅上坐下来，然后对着遮阳篷吐出了一大口烟。

"你不可能把我从这艘游艇上赶走的，"她从容不迫地说，"再说，如果你以为你抢了这艘游艇，就能驾着它远走高飞的话，那你也太自不量力啦。我叔叔会在六点半之前用无线电在整个这片海域布下天罗地网的。"

"咦。"

她飞快地扫了一眼他那张脸，只见他嘴角边浮现起一抹淡淡的沮丧，脸上也挂着明显的焦躁不安的神色。

"对我来说，反正都一样，"她一边说，一边耸了耸双肩，"这又不是我的游艇。我也不在乎在海上漂泊一两个小时。我甚至还可以把那本书借给你呢，这样，当警方的缉私巡逻艇在押送你前往新新监狱①时，你也好在途中有东西可看呀。"

他揶揄地哈哈一笑。

"如果这是一句忠告的话，那你就不必费心啦。这可是我们早已周密考虑好了的一项计划中的组成部分，只是在此之前，我还不知道这艘游艇的存在。假如不是碰上了这艘游艇，那也会是我们在途中遇

---

① 新新监狱（Sing Sing），美国纽约州的一所州立监狱。

见的停泊在这一带海岸线上的其他船只。"

"你们是什么人?"阿蒂塔出其不意地厉声问道,"你们是干什么的?"

"你已经拿定主意不上岸了吗?"

"这一点我压根儿就没有考虑过。"

"我们总共有七个人,"他说,"个个都小有名气,人家一般称我们是'柯蒂斯·卡莱尔和他的六个黑人朋友',近来出演过《冬季花园》和《午夜狂欢》①。"

"你们是歌手吗?"

"到今天为止,我们一直都是歌手。现在嘛,由于你看见的堆放在那边的那些白色袋子的原因,我们已经成了躲避法律制裁的逃犯啦,如果悬赏捉拿我们的赏金这时候还没有攀升到两万块钱的话,就算我猜错了。"

"那些袋子里装的是什么?"阿蒂塔好奇地问。

"嗯,"他说,"我们姑且把它叫作——泥土吧——佛罗里达的泥土。"

三

在柯蒂斯·卡莱尔与那名惊恐万状的轮机手谈完话之后还不到十

---

① 《冬季花园》(*Winter Garden*)和《午夜狂欢》(*Midnight Frolic*),均为美国百老汇著名歌舞剧制作人佛罗伦茨·齐格菲尔德(Florenz Ziegfeld Jr.,1867—1932)所作的讽刺时俗的轻歌舞剧,于1919年至1921年间在百老汇各剧院上演,红极一时。齐格菲尔德也被人们戏称为"美国女孩的美化者。"

分钟，"水仙"号游艇就拔锚起航了，在一派温馨宜人的热带暮光中喷吐着蒸汽一路向南驶去。那个身材瘦小、名叫贝比的混血儿，看来是得到卡莱尔的绝对信任的，此时在全权指挥着整个局面。法纳姆先生的贴身仆人和那名厨师，这两人是目前船上除了那个轮机手之外仅有的船员，显然已经进行过反抗，结果却被人结结实实地绑在底舱的床铺上了，此时正在重新考虑对策呢。长号手摩西，就是那个块头最大的黑人，正提着一罐油漆忙得不亦乐乎，他想把船头上的"水仙"号字样抹掉，用"呼啦呼啦"号①取而代之，而其余的几个人则聚集在船艄，非常投入地玩儿起了双骰子赌博游戏。

　　吩咐好手下人赶紧去准备饭菜、并要求七点半钟准时在甲板上开饭之后，卡莱尔又重新回到阿蒂塔的身边，而且二话不说，直接就大大咧咧地在他那张躺椅上仰躺下来，半闭着眼睛，陷入了一种仿佛无比深邃、想入非非的状态中。

　　阿蒂塔小心翼翼地仔细打量着他——随后便立即在心里将他归类为一个很有浪漫色彩的人物了。他看上去像是一个具有睥睨天下般的自信心的人，然而他的自信心是建立在一种微不足道的基础之上的——在他所做出的每一个决定的表象下，她都能察觉出有一份迟疑，这一点无疑与他嘴唇上的那种貌似傲慢的曲线形成了鲜明的对比反照。

　　"他跟我不是同一类人，"她暗暗寻思，"多少还是有那么点儿差别的。"

　　由于是一个言必称"我"、自负到了极点的人，阿蒂塔心中常常

---

① "呼啦呼啦"（Hula Hula），一种源于波利尼西亚的草裙舞。

想到的只有她自己；由于她的自我中心主义的表现从来就没有受到过质疑，她便完全理所当然地我行我素了，何况她那无可挑剔的个人魅力丝毫也没有因此而有所降低。她虽然已芳龄十九，但她给人的印象依然还是一个性情活泼、身体发育早熟的小女孩，在她那洋溢着青春与美丽的光环中，她所认识的所有的那些男男女女，都只不过是在她那喜怒无常的性格所激起的涟漪中随波逐流的朽木片而已。她也结交过一些别的自我中心主义者——事实上，她觉得自私的人并不像无私的人那样让她感到乏味——但是，迄今为止，这世上还没有一个到头来不被她所征服、不拜倒在她的石榴裙下的人呢。

不过，尽管她一眼就能看出，躺在她身边那张躺椅上的那个家伙，也是一个自我中心主义者，可是她一点儿也没有感觉到要像往常那样去封闭自己的心扉，因为封闭心扉的目的是为了卸下包袱、轻装上阵、准备战斗；相反的是，她的本能告诉她，这个男人完全就是个外强中干、根本不堪一击的家伙。每当阿蒂塔公然向传统习俗发起挑战的时候——而且这一点近来居然已经成为她主要的消遣方式了——那完全是出于她要表现自我的强烈愿望，然而她觉得眼前的这个男人似乎恰好与她完全相反，他满脑子里装的都是该怎样去挑战自我。

她对他的关注程度，甚至已经远远超过了她对自己目前处境的关注，她的这种情感就好比一个十岁大的儿童在期盼一出即将上演的日场戏一样。她对自己的才干有绝对的信心，在任何情况下，不论是什么情况，她都能照顾好自己。

夜色愈加深沉了。一轮暗淡的新月露出了笑靥，透过梦幻般的薄雾俯瞰着这片海域，随着黑魆魆的海岸线越去越远，随着团团乌云被风儿刮得如同片片落叶飘向了遥远的地平线，游艇突然沐浴在一大片朦朦胧胧的月色中了，游艇飞速驶过的那条航道则如同一条布满闪闪发亮的铠甲的宽广大道展现在眼前。时不时地会有火柴燃起的耀眼的火光倏然亮起，那是有人点燃了香烟，不过，除了引擎发出的阵阵低沉的震颤声和冲刷在船舷周围的平稳的波浪声之外，这艘游艇宁静得如同一条载着满天繁星穿行在天堂中的梦幻之舟。萦绕在他们周围的是夜色笼罩下的大海的气息，同时也给他们带来了一种无比倦怠的感觉。

卡莱尔终于打破了沉默。

"好一个幸运的姑娘啊，"他叹息地说，"我一直想成为一个有钱的人——能够买下所有这些漂亮的东西。"

阿蒂塔打了个哈欠。

"我宁愿做一个像你这样的人。"她坦诚地说。

"你宁愿——大概只能做一天吧。不过，作为一个新潮女郎，你好像真的很有勇气呢。"

"我希望你不要这样称呼我。"

"请原谅。"

"至于勇气嘛，"她慢吞吞地接着说，"那正是我的一大特点，可以弥补很多不足呢。我可是一个天不怕、地不怕的人。"

"唔，我就没有你那么大的胆子。"

"若要懂得害怕，"阿蒂塔说，"一个人就得做到要么非常伟大、非常坚强——要么他干脆就做一个胆小鬼得了。我这个人两者都不是。"她停顿了片刻，随后，她说话的语气竟悄然变得热切起来，"可是，我很想听你说说你自己的情况。你到底都干了些什么呀——又是怎么干的？”

“怎么啦？”他揶揄地说，“想写一部关于我的电影吗？”

“说来听听嘛，”她怂恿地说，“借着这迷人的月光，编一个谎言给我听听吧。编出一个天花乱坠的故事来吧。”

有个黑人走了过来，撤亮了遮阳篷下由一串小彩珠组成的电灯，接着又去收拾好那张柳条桌，摆上了晚饭。当他们吃着从下面应有尽有的食品储藏柜里拿上来的冷鸡块、色拉、菊芋、草莓酱的时候，卡莱尔开始侃侃而谈起来，他起初还有些犹豫，但是一看到她那兴致盎然的样子，也就迫不及待地讲述起来。阿蒂塔几乎没碰过她自己的那份食物，只顾凝望着他那张黝黑而又年轻的脸庞——眉清目秀、面含讥讽，还有一丝淡淡的矜持。

他一来到这人世间就是一个穷孩子，家乡在田纳西州的一个小镇上，他说，那地方可真叫穷啊，就是因为太穷，他们居住的那条街上才唯独只有他们这一家是白人。在他的记忆中，周围从来就没有一个白人孩子——不过，他无论走到哪里，必定有十几个黑人孩子浩浩荡荡地跟在他后面，他们全都是他的热烈的崇拜者，他也乐得让他们屁颠屁颠地在后面跟着，因为他的想象力非常活跃，又总爱领着他们神出鬼没地到处惹是生非，闯下了不少祸。但是，话说回来，似乎也正是他与黑人孩子的这种交往，才把一种非同凡响的音乐天赋转入到一片奇异的领域里来的。

那时候，有一个黑人女子，名叫贝尔·波普·卡尔霍恩，她经常在专门为白人子弟举行的各种宴会上弹奏钢琴——参加宴会的都是些很有教养的白人孩子，每当他们从柯蒂斯·卡莱尔身边走过去时，总要冲着他撸一下鼻子。可是，这个衣衫褴褛、可怜兮兮的"白人小穷鬼"，却总是不失时机地坐在她的钢琴边，拿着一支别的孩子只能吹出嗡嗡声的卡祖笛①，努力用它吹奏出中音萨克斯管的音调来，为她的钢琴曲伴奏。还不到十三岁，他就已经在纳什维尔②附近的几家小咖啡馆里挣钱谋生了，用一把破破烂烂的小提琴演奏出又生动又诙谐的拉格泰姆音乐③。八年后，拉格泰姆音乐的狂潮袭遍了全国，于是，他便带着六个黑人兄弟踏上了去奥菲姆④巡回演出的旅程。他们中有五个人是从小和他一起长大的男生；另外那一个，就是那个身材瘦小的混血儿，名叫贝比·狄凡恩，他在纽约一带做过码头工人，很久以前曾经在百慕大的一家种植园里当过帮工，直到他后来把一柄八英寸长的短剑捅进了他老板的脊背。在卡莱尔几乎还没有意识到他也会有鸿运当头的时候，人就已经来到了百老汇，于是，各种各样的聘书和邀约开始从四面八方纷至沓来，赚来的钱多得他连做梦也没有想到。

　　大概就在那个时候，他的整个人生观开始发生转变了，一个相当不可思议、相当令人痛苦的转变。那时候，他忽然发觉，他是在虚度他人生中最宝贵的黄金岁月，成天围着某个舞台转，与许多黑人在一起叽哩哇啦地瞎胡扯。他的演出在同类节目中也算很出色的了——三个长号手、三个萨克斯管手，再加上卡莱尔自己的长笛——也正是由于他自己对音乐节奏具有奇特的理解，才使得这支乐队完全与众不

---

① 卡祖笛（Kazoo），一种玩具笛。
② 纳什维尔（Nashville），美国田纳西州的首府。
③ 拉格泰姆音乐（Ragtime），一种源自美国黑人乐队的早期爵士音乐。
④ 奥菲姆（The Orpheum Circuit），美国一歌舞剧团名。该剧团 1886 年成立于旧金山，常年在全国各地巡演，在美国和世界各地均设有剧院，以演出轻歌舞剧为主。

同；可是，他却莫名其妙地开始对演出变得越来越敏感了，一想到马上又要去登台亮相，他就开始怨恨起来，日复一日，他竟变得越来越害怕上台了。

他们一直在拼命赚钱——他每签订一份合同，要价都会比之前的那份高出很多——然而，当他跑去找那些演出经理们，告诉他们说，他想脱离他这支六重奏乐队，想改行做一名普普通通的钢琴师时，他们竟嘲笑他，说他一定是疯了——这样做简直等于是艺术自杀。后来，他常常嘲笑"艺术自杀"这一说法。那时候，人们都用这个词。

他们曾经以每晚三千元的价格在私人舞会上表演过六次，但是，这些演出却似乎反而将他对这种生活方式的厌恶感进一步具体化了。他们常去演出的是些俱乐部和私人会所，若是在大白天里，这些地方他是根本进不去的。说到底，他不过是在扮演着一只永恒不变的猴子的角色，一个似乎被理想化了的合唱队里的普通一员罢了。他讨厌剧院里的那种非常难闻的气味，他讨厌脂粉、口红的气味，也讨厌演员休息室里的那种叽叽喳喳的吵闹声，更讨厌剧院包厢里发出的那种居高临下的赞许声。他再也没法把全部心血都投入在这一行里了。一想到他正在一步步走向有闲阶层人的奢侈生活，他简直就要发疯了。当然，他也确实在朝着这种生活方式迈进，不过，那就好比一个小孩子在吃冰激凌一样，因为吃得太慢，他根本就品味不出是什么滋味。

他想拥有好多好多的钱，拥有很多很多的时间，他很想能够有机会去读读书、去痛痛快快地玩一玩，他巴不得自己身边也簇拥着那种类型的男男女女，然而那种类型的人是根本不可能成为他的朋友的——那种人，即使他们果真偶尔能想起他来，也只会把他当作一个卑微得不值一提的人。总而言之，所有这些东西他统统都想得到，他已经开始积攒这些一般人认为只有贵族才配拥有的东西了，区区一个贵族头衔，似乎只要有钱，差不多什么人都能买得到，唯独像他这样赚来的钱除外。他那时二十五岁，没有成家，没有接受过学校教育，也没有什么希望将来能够在某个生意场上出人头地。他开始疯狂地做起投机生意来，不料，还没出三个星期，他就输光了自己辛辛苦苦积攒下来的每一分钱。

后来，战争①爆发了。他去了普拉茨堡②，然而，即便到了那里，他的职业也始终在尾随着他。有一位陆军准将传令将他召进了司令部，并亲口对他说，让他去做一个乐团的团长要比让他去当兵能更好地报效祖国——于是，在整个战争期间，他就留在了后方，带着司令部的一个乐团马不停蹄地为社会各界名流表演节目。那情形倒也不算太坏——只是每当他看到那些步兵一瘸一拐地从前线的战壕里归来时，他心里就会想，自己也会成为他们当中的一员的。在他看来，他们身上的汗水和泥土，似乎仅仅只是那些难以用言语来表达着象征着贵族头衔的诸多符号中的一种，而那些符号则永远都在困惑着他。

"这种困惑都是那些私人舞会所造成的。我从战争中归来之后，从前的那种混日子的生活方式又老调重弹了。我们接到了佛罗里达旅馆业联盟发来的邀请。反正那也只是个迟早的事儿。"

他忽然停住不说了，阿蒂塔还在充满期待地望着他，但他却摇了

---

① 此处指第一次世界大战。
② 普拉茨堡（Plattsburg），美国纽约州克林顿县境内的一座小城，建立于 1785 年。美国历史上"1812 年战争"中的"普拉茨堡战役"即在此地展开。一战爆发后，此地曾设立军事训练营，为美国参战作人才准备。

摇头。

"不行，"他说，"我不能把这些都告诉你。我太喜欢独自回味那段生活了，假如我把它拿来与哪个不相干的人分享的话，我担心我的那份快乐恐怕会因此而大打折扣的。我要留住那些绝无仅有的扣人心弦的英雄时刻，等我在他们那帮人面前亮相的时候，我要让他们知道，我远远不止是一个该死的跳梁小丑，一个只知道蹦来蹦去、哇哩哇啦叫唤的小丑。"

船首那边忽然传来一阵低沉的歌唱声。那几个黑人原来早已聚集在甲板上了，他们异口同声的合唱声渐渐变得高亢起来，唱腔中带着一种动人心弦的旋律，激越的歌声在令人回肠荡气的泛音中向着月亮飞去。阿蒂塔心荡神驰地侧耳聆听着。

　　啊，去吧——

　　　　啊，去吧，

　妈咪将带我去银河，

　啊，去吧——

　　　　啊，去吧，

　爸爸说明日再—去—也—可！

　可是妈咪说动身之日是今朝，

　是的呀——妈咪说动身之日就在今朝！

卡莱尔叹息了一声，由于一时无语，他便默默地抬起头来仰望着布满夜空的群星，璀璨的群星宛如一盏盏弧光灯闪烁在暖融融的天空中。那几个黑人的歌声已经渐渐平息下来，变成了凄婉、轻柔的哼哼声。这时，星光灿烂的夜空与极其静谧的氛围仿佛都在分分秒秒地竞相增长着，直到他仿佛能听见在午夜时分起身的美人鱼们在盥洗室里如厕和梳妆打扮的声音，她们借着月光一边梳理着她们那银白色的水淋淋的鬈发，一边在相互闲聊着，讲述着她们彼此所栖息的那些美轮美奂的失事船骸，那些船骸就静卧在水下那些或墨绿色、或乳白色的大道上。

"你瞧，"卡莱尔温柔地说，"这才是我心目中的美。美就应该是令人惊奇、令人感到无比震撼的——它应当像梦一样突然出现在你的眼前，像少女的眼睛一样妙不可言。"

他转过身来向着她，但她却沉默着一言不发。

"你明白我的意思，对吗，阿蒂塔——我的意思是，阿蒂塔？"

她依然毫无反应。她早已熟睡良久了。

四

在烟波氤氲、日光如泻的第二天中午，出现在他们前方海面上的一个小黑点在不经意间竟然转化成了一座黛色中夹杂着灰白色的小岛，小岛在其北端的构造显然是一面巨大的花岗岩峭壁，峭壁向南倾斜下来，穿过一英里生机盎然的萌生林和青草地，通向一片覆盖着细沙的海滩，呈漫坡状渐渐融进了汹涌的海浪中。阿蒂塔当时正坐在她最喜欢的那张躺椅上看书，当她看完《天使的叛变》的最后一页、啪的一声把书合上时，她抬起头来看了看，随即便看见了那座小岛，她欢快地轻轻惊呼了一声，然后又朝卡莱尔喊了一声，卡莱尔正心事重重地伫立在船栏边。

"就是这里吗？这就是你要去的地方吗？"

卡莱尔漫不经心地耸了耸双肩。

"你这话还真的把我难倒了。"他抬高嗓门，朝上面那个代理船长喊道，"喂，贝比，这就是你说的那座岛屿吗？"

那混血儿小得出奇的脑袋瓜从舱面室的角落里探了出来。

"是的——先生！就是这个。"

卡莱尔来到阿蒂塔身边。

"看上去还算挺有样子的，对不对？"

"对，"她表示同意地说，"不过，它看上去不够大呀，成不了藏身之地的。"

"你依然还死抱着你那份信心，以为你叔叔真的会通过那些无线电在这片海域布下天罗地网吗？"

"不，"阿蒂塔坦率地说，"我完全站在你这一边。我真的很想看看你是如何成功地逃过这一劫的。"

他大笑起来。

"你就是我们的幸运女神啊！估计我们将不得不把你留下来作为我们的吉祥物啦——至少就目前而言。"

"你总不能蛮不讲理地叫我游泳回去吧，"她冷冷地说，"如果你真要那样做，我就来写一部惊悚恐怖的廉价小说，素材就用你昨天晚上告诉我的你那荒诞不经的发迹史。"

他脸红了，显得有些不自然起来。

"让你听得不耐烦了，非常抱歉。"

"哦，那倒没有——就是故事编到结尾的那一段，你说你那时是多么地愤愤不平，因为你只能为那些女士奏乐，却不能跟她们跳舞。"

他气得腾地一下站了起来。

"你那该死的小舌头倒挺恶毒的。"

"对不起，"她说，态度软和下来，笑了笑，"不过，我听不惯男人们在我面前大肆吹嘘，用他们那野心勃勃的发迹史来博得我的欢心——尤其说他们如何如何地过着要命的柏拉图式的生活。"

"为什么？人家通常都是用什么办法来博得你的欢心的呢？"

"啊，他们谈论我呀，"她打着哈欠说，"他们当面奉承我，说我就是集青春和美丽于一身的典范。"

"那你怎么说呢？"

"啊，我就默认呗。"

"凡是见了你的男人，个个都会说他爱你吧？"

阿蒂塔点点头。

"他怎么会不这样说呢？整个人生不就是那么回事儿嘛，先勇往直前，然后再急流勇退，都因为一句话——'我爱你。'"

卡莱尔哈哈一笑，坐了下来。

"这话倒是说得千真万确。这句话——这句话说得不错。这句话是你自己想出来的吗？"

"对呀——或者说，是我自己体会出来的。其实也没有什么特别的意思。只不过是句俏皮话罢了。"

"类似于这样的话，"他一本正经地说，"不正是你们这个阶层的人所特有的嘛。"

"啊，"她很不耐烦地打断了他，"别再滔滔不绝地大谈什么贵族了！凡是这么一大早就急着要大发议论的人，我一概都信不过。这是一种精神不正常的轻度表现——简直是早饭吃多了撑的。早晨这个时光应该用来睡睡懒觉、游游泳，没有什么烦恼的事儿。"

十分钟过后，游艇兜了一个很大的圈子，好像要从北面靠上那座岛。

"这里面很可能有名堂，"阿蒂塔喃喃自语地说，"他的意思不可能只是把船停靠在那个悬崖边上。"

游艇此时正笔直地朝着那结构坚硬、足足有一百多英尺高的岩壁驶去，然而直到行至距离岩壁已不足五十码的地方时，阿蒂塔这才看清了他们的真实目的。一见之下，她便高兴得直拍巴掌。原来那峭壁中居然有一个被奇形怪状、层层叠叠的巉岩隐藏得严严实实的豁口，游艇就是从这个豁口中开进去的，然后便缓缓行驶在一条狭窄的河道中，河道里的水清澈见底，河道两边是高耸的呈灰白色的石壁。不一会儿，他们就在一片由绿色和金黄色构成的小天地里停泊下来，这是一个流金溢彩的港湾，水面平静得如同玻璃镜面，四周生长着幼小的棕榈树，整个景象就像孩子们在海滩上用沙土堆积起来、用镜子当湖泊、周围插着小树枝的模型一样。

"还不算太他妈的差劲儿！"卡莱尔兴奋不已地说，"我估计那个小黑鬼对大西洋这个角落的周围情况还是挺熟悉的。"

他那激情奔放的样子很有感染力，阿蒂塔也跟着欢欣鼓舞起来。

"这真是一个绝对能稳操胜券的藏身之地呀！"

"天哪，是的！它就像小说书里看到的那种海岛一样。"

那条划艇被放下来，进入了金色的湖面，于是，他们朝岸边划去。

"快来吧，"他们刚登上泥泞的滩涂，卡莱尔就喊道，"我们要去探险啦。"

一棵棵棕榈树毛茸茸的篷边呈环状向内卷曲着，缤然成行地生长在一片方圆足有一英里的平坦、多沙的原野边缘。他们沿着这排棕榈树一路向南走去，穿过又一片热带植被的边缘，之后便来到了那片呈灰珍珠色的从未有人涉足过的沙滩。到了这儿，阿蒂塔踢掉了她脚上的那双棕色的高尔夫鞋——她似乎这辈子连长筒袜也不想穿了——赤着脚涉水而行。后来，他们又信步走回到游艇边，那个不知疲倦的贝比早已在那里为大家准备好了午餐。他已经在那座悬崖制高点的北侧布置了一个岗哨，在那个位置上，小岛两侧海面上的动静都可以观察到，尽管他认为通向悬崖的那个入口处一般情况下未必有人知道——他甚至从来就没有看见过一张标出了这座小岛方位的地图。

"它叫什么名字，"阿蒂塔问道，"我是说，这座岛？"

"根本就没有名字，"贝比嘻嘻地笑着说，"干脆就叫它小岛好了，就这么回事儿。"

傍晚时分，他们来到悬崖的最高处，背靠着那些硕大无朋的顽石坐下来，卡莱尔把他那暂且还不太明确的计划向她简要描绘一下。他可以断定，人家这时候一定在十万火急地追捕他呢。他干下了一件惊天动地的大事儿，获得的各项收入加在一起的总数，他估计有将近一百万美元之多，至于那是一件什么样的事儿，他依然不肯向她透露。他指望着能在这个地方先蛰伏几个星期，然后再动身南下，完全避开人们常走的那些航道，绕过合恩角①，然后就直奔秘鲁的卡亚俄②。诸如燃料、给养之类的细枝末节的小事儿，他打算全部交给贝比去办，这家伙似乎曾经以各种身份在这些海域里跑过船，从一艘运咖啡豆的商船上的一名普通水手，到一艘巴西海盗船上的大副，他都干过，而那艘海盗船的船长则早已被送上了绞架。

"假如他是白人，那他早就成为南美之王了，"卡莱尔振振有词地说，"若论智慧，他能叫布克·塔·华盛顿③相形见绌，变得活像一个痴呆儿。他诡计多端，血管里流淌着各个种族、各个国家的欺诈行骗之术，至少混有六个民族的血，要不就是我在撒谎骗人。他之所以崇拜我，是因为我是这世界上唯一的一个玩拉格泰姆音乐比他更在行的人。我们经常一起坐在纽约港区里临水的码头边，他带着一支巴松管，我带着一支黑管，我们配合协调地共同演奏着已有千年历史、具有非洲泛音特点的小调，直到那些老鼠纷纷顺着竹竿爬上来，围坐在我们四周吱吱嘤嘤地乱叫，就像狗狗也喜欢坐在留声机前猜猜地叫唤一样。"

阿蒂塔欢呼起来。

---

① 合恩角（Cabo de Horn），位于南美洲的最南端，在智利火地岛南面的一座岛上，以风暴频现著称。在 1914 年巴拿马运河开通前，是连接大西洋和太平洋的唯一海路。

② 卡亚俄（Callao），秘鲁的主要港口城市。

③ 布克·塔·华盛顿（Booker Taliaferro Washington，1856—1915），非洲裔美国教育家、作家、演说家，非洲裔美国人的领袖，著有《美国黑人的未来》(The Future of the American Negro，1899)、《南方黑人》(The Negro in the South，1907)(与杜波依斯合著)等作品。

"你居然能把故事讲得这么精彩！"

卡莱尔咧嘴笑了笑。

"我保证这是一段最——"

"等你到了卡亚俄之后，你打算做什么呢？"

"乘船去印度。我想做一个酋长。我可不是说着玩儿的。我的想法是要继续北上，进入阿富汗的某个地方，去买下一座宫殿，外加一个贵族头衔，然后，过上大约五年左右之后，就现身在英国，带着外国人的口音和来历不明的身份。不过，首先得去印度。你知道吗，据说，这世上所有的黄金久而久之最后都是流向印度的。对我来说，这种话里包含着很令人神往的成分呢。再说，我也想有清闲的时间来读读书——读好多好多的书。"

"接下去又该怎么办呢？"

"接下去嘛，"他毫不在乎地回答说，"就该当上贵族啦。你尽管可以笑话我——不过，你至少得承认，我明白我想得到的是什么——这一点我想我比你强。"

"恰恰相反，"阿蒂塔一边反驳，一边伸手去口袋里掏她的那只烟盒，"遇见你的时候，我跟我所有的朋友和亲戚都大吵了一场，正在闹别扭呢，就因为我明白我想得到的是什么。"

"你想得到的是什么呢？"

"一个男人。"

他吓了一跳。

"你是说，你已经跟人家订过婚了？"

"姑且可以这样说吧。假如你没有登上这条船，我昨天晚上就一心一意地要悄悄溜上岸去啦——现在看来就好像是很久以前的事儿了——去棕榈滩跟他见面。他正带着一枚手镯在那儿等我呢，那只手镯曾经是俄罗斯女皇凯瑟琳的配饰。所以，你就不要再嘀嘀咕咕地议论贵族这个话题啦，"她快言快语地说，"我之所以喜欢他，纯粹是因为他有想象力，有十足的勇气，敢于坚持自己的信念。"

"但是，你的家人不赞成这桩事情吧，呃？"

"不赞成又能怎么样——不过是一个傻叔叔和一个比他更傻的姑姑罢了。现在看来，他好像陷入了一桩风流韵事的风波，跟一个名叫什么咪咪的红头发女人搅在了一起——这件事被人添油加醋地无限夸大了，他说，况且男人通常是不会对我撒谎的——再说，反正我也不在乎他以前都干了些什么；重要的是将来会怎么样。何况我也会密切关注这件事的。如果一个男人爱上了我，他就不会老想着要去别的地方拈花惹草了。我告诫他，要他像甩掉一块热糕饼一样甩了她，他也照办了。"

"真让我感到嫉妒，"卡莱尔说着，皱起了眉头——但随即又笑了起来，"我估计我只会让你陪着我们一起去卡亚俄啦。等我们到了卡亚俄，我就借给你一笔足够让你回美国的钱。到那个时候，你肯定有机会稍微再仔细地想一想那个绅士的。"

"别用这种口气跟我说话！"阿蒂塔发起火来，"我不会容忍别人用长辈的口吻教训我的！你懂不懂我说的话？"

他嘿嘿一笑，随即又戛然而止，显得非常尴尬，因为她那冷冰冰的怒气似乎一下子让他矮了三分，也使他感到不寒而栗。

"对不起。"他有些吃不准地主动说。

"啊，用不着道歉！我受不了男人用那种男人味儿很足，却又吞吞吐吐的腔调说'对不起'。你就免开尊口吧。"

一阵短暂的沉默，一阵让卡莱尔觉得浑身不自在的沉默，然而阿蒂塔却似乎压根儿就没有注意到这一点，因为她正心满意足地坐在那儿一边享受着她那支香烟，一边举目眺望着波光粼粼的大海呢。过了一会儿，她爬上了那块巨石，从岩石的边缘探头朝下面张望着。卡莱尔定定地望着她，心里在暗暗寻思，怎么也想不明白，她这个人似乎想装也装不出一副有失风度的粗野样子来啊。

"啊，瞧！"她叫了起来，"那下面靠近海岸的地方有好多好多暗礁啊。一个个非常宽阔、高矮各不相同的礁石。"

他急忙来到她身边，两人一起从那令人目眩的高度向下凝望着。

"今晚我们去游泳吧！"她兴奋不已地说，"借着这迷人的月光。"

"你难道就不想去另一侧的海滩上散散步吗？"

"没门儿。我喜欢跳水。你可以穿上我叔叔的游泳衣，不过那件泳衣穿在你身上只会让你像一只黄麻布做的大口袋，因为我叔叔是一个大腹便便的人。我有一件上下一体式的花里胡哨的泳衣，那件泳衣把大西洋沿岸的土著居民全都吓晕了，从比迪福德海滨浴场[1] 到圣奥古斯汀[2]，所到之处，莫不如此。"

"依我看，你简直就是一条鲨鱼。"

"对，这方面我特别擅长。再说，我这漂亮的模样也挺惹人喜欢

---

[1] 比迪福德海滨浴场（Biddeford Pool），美国一著名潮汐海滨浴场，位于缅因州南部沿海，坐落在距比迪福德市西南约 6 英里处的萨科河的河口上。

[2] 圣奥古斯汀（St. Augustine），美国佛罗里达州东北部一海滨城市，素有"天下第一海岸"之称。

呀。去年夏天，在北边的莱伊城①里，有个雕塑家对我说，我的小腿值五百块钱呢。"

对于这样的话似乎不需要作出任何回答，于是，卡莱尔也就默不作声了，只是自己在内心深处偷偷地笑了笑。

五

当夜幕在一派交织着蔚蓝色和银白色的朦朦胧胧的天地间悄然降临时，他们驾着划艇穿行在那条如一线天般的微光闪烁的河道中，然后把船儿拴在一块凸起的岩石上，两人一起拔脚朝悬崖上爬去。第一块岩石架大约有十英尺高，也很宽阔，构成了一个天然的跳台。他们在那儿坐了下来，沐浴着皎洁的月光，眺望着连绵不断、微波荡漾的海水，大海此时几乎已风平浪静，因为已经开始退潮了。

"你快乐吗？"他突然出其不意地问道。

她点了点头。

"人在大海边总是很快乐的。你知道吗，"她接着说，"我一整天脑子里都在想，你和我还是有共同之处的。我们两个人都是叛逆者——只是叛逆的理由各不相同罢了。两年前，那时我才十八岁，而你已经——"

"二十五岁。"

"——唉，从传统意义上说，我们两个人都还算一帆风顺。我那

① 莱伊城（The Town of Rye），美国纽约州一城市，海滨旅游胜地，位于威斯切斯特县境内。

时纯然就是一个魅力十足、让人心旌摇荡的初入社交界的名门闺秀，你也是一个风华正茂的音乐人，只不过是在军队里服役——"

"根据国会颁布的条例，也算是一个绅士吧。"他挖苦地说。

"唉，不管怎么说，我们两个人想当初都还算适应环境的。即使我们身上的棱角还没有完全被磨平，至少也已被整得有所收敛了。但是，我们两个人的内心深处都有某种东西在敦促着我们要去获得更多的幸福。我其实并不知道我想得到的究竟是什么。我在一个又一个男人的身边周旋着，心情忐忑不安，性格极其烦躁，月复一月，默契变得越来越少了，不满倒变得越来越多起来。有时候，我会独自一人坐着发呆，咬牙切齿，咬腮帮子，心想，要是再这样下去，我就要发疯了——我对青春易逝、人生无常感到很恐怖。我要抓住的东西是现在——现在——现在！瞧，我过去——很漂亮——现在依然很漂亮，对不对？"

"对。"卡莱尔很勉强地附和道。

阿蒂塔冷不防地站了起来。

"等一等。我想试一试这片景色宜人的大海。"

她走到岩石架的尽头，紧接着，整个人如出膛的枪弹一样凌空飞出，扑向了大海，身体在半空中略作蜷曲，旋即又伸展开来，然后像利刃一样笔直地扎进了水中，以完美的动作来了一次高台屈体跳水。

片刻之后，她的声音从下面袅袅飘来。

"你瞧，我过去就知道读书，常常一看就是一整天，甚至还熬通宵。我越来越怨恨这个社会了——"

"快上来吧，"他打断了她的话，"你究竟在搞什么名堂？"

"在仰泳呢。我待会儿就上来。我实话告诉你吧。这世上我最喜欢干的事情只有一件，那就是，敢冒天下之大不韪：穿着让人实在没法接受而又十分狐媚迷人的那种衣服去参加化装舞会，跟那些最风流放荡的男人一起在纽约招摇过市，还卷进人家连想也不敢想的穷凶极恶的争吵之中。"

浪花飞溅的声音与她说话的声音交织在一起，不一会儿，他就听见了她那急促的喘息声，她正从岩石架的这一侧往上爬呢。

"接着往下跳啊！"她大声喊道。

他听话地站起身来，然后一跃而下跳入了水中。等他泅出水面、湿淋淋地拔脚往上爬时，却发现她人已经不在岩石架上了，不过，就在这惊魂甫定的瞬间，他听见了她那清吟吟的笑声，笑声是从再上去十英尺的另一个岩石架上传来的。他急忙赶到那边跟她会合，两人静静地坐了一会儿，胳膊抱着膝盖，彼此都没有说话，因为攀爬的缘故，两人都有些气喘吁吁的。

"那时候家里人简直都气疯了，"她没来由地说，"他们想，干脆把我嫁出去算了。后来，就在我感到这条命几乎不值得再活下去的时候，我忽然悟出了一个道理，"——她两眼朝天，扬扬自得地说——"我忽然悟出了一个道理！"

卡莱尔耐着性子期待着，她也就滔滔不绝地讲起来。

"人要有骨气——就是要有那股子骨气；骨气是人生的一条法则，也是某种应当永远抓住不放的东西。我开始树立信心，渐渐地在自己的心坎儿里竖立起了如此强大的信念。我开始渐渐明白过来，我过去心目中的所有的偶像，都在一定程度上表现得很有骨气，这种骨气就是在无形中深深吸引着我的那种东西。我开始将骨气与人生中的其他东西区别开来。骨气有各种各样的表现形式——被击倒在地、满身是血的职业拳击手会爬起来再战——我过去经常让男人们带我去看职业拳击比赛；失去了社会地位的妇女照样会潇洒地从一窝猫当中走过去，并且优雅地朝它们看看，仿佛那些猫不过就是她脚下的一堆烂泥而已；要永远爱我所爱；根本用不着去顾及别人会怎么看待你——要永远按照自己所喜欢的活法活下去，哪怕是死，也要有我自己的死法——你来的时候把香烟带上来了吗？"

他递过去一支，并默默地为她擦亮了一根火柴。

"尽管如此，"阿蒂塔接着说，"那些男人还是照样聚集在我的身边——老老少少，应有尽有。他们中的绝大多数人，无论在智力上还是在体力上，都远远比不上我，可是却个个都怀着无比强烈的欲望想得到我——把这个漂亮得惊人的传说中的骄傲公主弄到手，我早已在自己周围筑起这样的光环了。你明白吗？"

"多少有点儿明白了。你从来就没有吃过亏，你也从来没有向别人道过歉。"

"从来没有！"

她拔脚朝岩石架边沿奔去，在那儿伫立了片刻，那姿势活像一个以苍穹为背景、被钉在十字架上的人一样，紧接着，整个人划出一道黑色的抛物线，"扑通"一声坠落在二十英尺下的两道泛着银光的涟漪之间，没有掀起任何水花。

她的声音再次从下面袅袅传来，飘到他的耳边。

"有骨气，对于我来说，就意味着要有敢于奋勇向前，冲破笼罩着人生的那种沉闷、灰暗的迷雾的气概——不仅要有凌驾于周围的人和环境之上的气概，也要有凌驾于生活中黯淡无望的景象之上的气概。一种对人生的价值执着追求的气概，对世间瞬息万变的各种事物的价值执着追求的气概。"

她此时正在一步步往上攀爬，说完最后那句话时，她的脑袋露了出来，与他所在的位置恰好在同一水平线上，湿漉漉的黄头发整整齐齐、油光闪亮地披散在她脑后。

"这些话说得都很在理，"卡莱尔并不赞成地说，"你也可以称之为有骨气，可是，话说回来，你的所谓的骨气，毕竟是建立在一种与生俱来的自豪感之上的。你生来就带着那种敢于蔑视一切的气度。就我所过的这种灰暗沉闷的日子而言，甚至连骨气也是一种灰暗沉闷、毫无生气的东西，别的事情就更不用说了。"

她这时人就坐在那岩石架的边缘，两手搂着膝头，心不在焉地望着那轮银白色的月亮；他远远地端坐在岩石架很靠后的位置上，身子蜷缩成一团，如同镶嵌在岩壁神龛里的一尊模样怪诞的神像。

"我可不愿让人觉得我就像波丽安娜① 那样的人一样，"她侃侃而谈起来，"可是，你到现在还没有弄懂我的意思。我说的有骨气指的是有信心——对我骨子里的那种永恒的适应能力抱有的坚定信心——相信欢乐的日子终将还会再回来，相信还会有希望和发自内心的冲动。我觉得，只要目的还没有达到，我就得把嘴巴闭得紧紧的，把头

---

① 波丽安娜（Pollyanna），美国儿童文学作家伊莲娜·霍齐曼·波特（Eleanor Hodgman Porter，1868—1920）所创作的长篇小说《波丽安娜》(Pollyanna，1913）中的主人公，以其过分乐观的生活态度而著称。如今该词已成为"盲目乐观的人"的代名词。

昂得高高的，把眼睛睁得大大的——未必一定要傻呵呵地笑对人生。啊，我已经在地狱里走过一趟了，常常连一句牢骚话也不说——而且女人的地狱要比男人的地狱更让人难以忍受。”

“可是，假如——”卡莱尔话里有话地说，“还没等到什么欢乐呀，希望呀，以及你所说的那一切重新回到你的身边时，人生的帷幕就在你面前被永远地拉上了，那该怎么办？”

阿蒂塔陡然站起身来，走到峭壁前，有点儿吃力地朝另一个岩石架上攀去，那个岩石架比此处又要高出十到十五英尺。

“怎么办，”她回过头来喊道，“即使那样，我还是会赢的！”

他小心翼翼地一步步向上攀爬着，直到能看见她了。

“最好不要从那里跳水！你会把腰摔断的！”他急忙说。

她哈哈大笑起来。

“摔断腰的人不会是我！”

她不慌不忙地舒展开双臂，形如天鹅般伫立在那儿，她那年轻、健美的身段无处不散发着凛然的傲气，也在卡莱尔的心头燃起了一道暖融融的火花。

“我们就要冲进这黑沉沉的夜空啦，要把双臂大大地伸展开来，”她高喊道，“把双脚在后面绷得笔直地伸出去，像海豚的尾鳍一样，而且我们心里还要这样想，我们绝不会撞在下面那片银白色的物体上的，到后来，我们就会在突然间感到遍体温暖，周围全都是在不停地亲吻着我们、爱抚着我们的层层细浪。”

她话音刚落，人已经扑进了空中，卡莱尔情不自禁地屏住了呼吸。他还没有意识到这次跳水的高度已接近四十英尺了。在这一刻，时间仿佛变成了一个永恒的定格，直到他终于听见了她到达海面时发出的那声短促而又结实的入水声。

当她那嗓音轻柔、如流水般圆润的笑声沿着悬崖的这一侧扶摇直上，传进他焦急万分的耳朵里时，他高兴地、如释重负般地轻叹了一声，也就在这一刻，他忽然发觉，他竟然已经爱上了她。

六

时光，不会为了眷顾他人而另有所图的时光，将这三天的午后淋漓尽致地泼洒在他们头上。每当黎明刚刚过去一个钟头，初升的太阳穿过阿蒂塔舱室的舷窗照射进来时，她就会怀着愉快的心情从床上一跃而起，穿上她那件泳装，然后钻出舱室，来到甲板上。那几个黑人一看见是她上来了，就会纷纷放下手中的活儿，一齐拥到船栏这边来，一边交头接耳地有说有笑，一边望着她在清澈的海水中游来游去，像一条机灵的小鲑鱼一样，时而在水面上嬉戏，时而又钻入水下。到了午后，在清凉的海水中，她还会再畅游一次——然后就跟卡莱尔一起在悬崖顶上悠闲地散步、抽烟；或者和他一起面对面地侧身斜卧在南面那片海滩的细沙里，偶尔也聊上几句话，不过主要是为了观赏白昼是以怎样绚丽多彩的方式渐渐淡去，又是以什么悲催的方式渐渐转化为这热带之夜所特有的无限慵懒的氛围的。

然而，在那些漫无尽头、阳光充裕的时辰里，令阿蒂塔浮想联翩的人生中的这一段插曲，如同在现实世界的沙漠中偶发出来，却在不顾一切地疯长着的一棵具有浪漫情调的嫩枝，便会从她的脑海中渐渐消逝。她害怕他要绕道往南进发的那个时刻的来临；她害怕那些可能会不期而至地降临在她身上的种种结局；千头万绪在这突然间竟变成了一团乱麻，连已经拿定的主意也变得面目全非了。要是那些祈祷词能够在她灵魂深处的异教徒式的礼数中占有一席之地的话，她说不定会诵读一段为生活而祈福的祷告词的，不过，那也只是为了能在短时间内不受骚扰，在百无聊赖中默许卡莱尔随口说出的一系列幼稚可笑的想法，他那活灵活现、孩子气十足的想象力，以及他血管里流淌着的为一物而痴狂的特点，这个特点似乎就横贯在他的性格之中，也为他的每一个行动增添了色彩。

　　但是，本篇故事讲述的并不是一对孤男寡女在某个荒岛上的传奇经历，至于孤男寡女在独处一隅时容易产生爱情这一话题也与本故事基本无关。本故事无非就刻画了两个颇具代表性的人物，而故事中的这片如世外桃源般的场景被设置在墨西哥湾流① 的棕榈林中也纯属巧合。我们中的绝大多数人都会满足于生存与繁衍，也会为获得这两种权利而奋力拼搏，只有为数很少的或幸运或不幸的人才会有那种高瞻远瞩的思想，试图通过注定要失败的努力来掌握自己的命运。在我看来，阿蒂塔身上最引人关注的特点就是那股子勇气，这一点甚至会使她的美貌与青春失去光泽。

　　"带着我和你们一起走吧。"有一天深夜，她这样说道，他们当时正懒洋洋地坐在棕榈树下的那片树影婆娑的草地上。那几个黑人早已

---

① 墨西哥湾流（The Gulf Stream，又叫 The Gulf of Mexico），北大西洋的一条暖流，发源于墨西哥湾，是大西洋西部的延伸，北接美国，西和南为墨西哥，东南为古巴，经佛罗里达海峡与大西洋相连，经尤卡坦海峡与加勒比海相通。

把他们的乐器搬上了岸，于是，那奇异诡谲的拉格泰姆音乐的乐声便随着夜色中这暖融融的气息轻柔曼妙地飘了过来。"我倒很希望能在十年之后重新现身，以一个极其富有、在种姓制度中地位极高的印度贵妇的身份。"她又补了一句。

卡莱尔飞快地扫了她一眼。

"这一点能办到，你是知道的。"

她哈哈一笑。

"这也算一种求婚的方式吗？特大新闻！阿蒂塔·法纳姆成了海盗的新娘！上流社会的女子被喜爱拉格泰姆音乐的银行抢劫犯绑架了！"

"我们抢劫的不是银行。"

"那是什么？你为什么就不肯告诉我呢？"

"我不想打破你心中的那些幻想。"

"我的老天爷，我可没有对你这样的人抱任何幻想。"

"我说的是你对你自己所抱有的那些幻想。"

她惊讶地抬起头来。

"对我自己！不管你犯下的是些什么样的滔天大罪，那跟我有什么关系？"

"这一点现在还不好说。"

她伸过手去，拍了拍他的手。

"亲爱的柯蒂斯·卡莱尔先生，"她柔声说，"你是不是爱上我啦？"

"好像跟这有点儿关系。"

"不是有点关系，现在是大有关系了——因为我觉得我已经爱上你啦。"

他啼笑皆非地朝她看了看。

"这样一来，你元月份的总人数就要暴增到半打之多啦，"他话里有话地说，"假如我硬逼着你摊牌，真叫你跟我一起到印度来，那你怎么办？"

"我会吗？"

他耸了耸肩膀。

"我们有可能会在卡亚俄结婚的。"

"你能给我提供什么样的生活呢？我说这话并没有故意要损你的意思，而是很认真的；万一那些想得到那两万块钱赏金的人把你给逮住了，那我怎么办？"

"我还以为你不会害怕呢。"

"我从来就没有害怕过——不过，我也不会仅仅只为了向一个男人证明这一点而白白葬送掉我的性命。"

"你要是一个穷人就好了。只是一个贫穷的小女孩，守在一片温暖的遍地是奶牛的原野上，成天隔着篱笆墙做着白日梦。"

"难道这样就不好吗？"

"我就会津津乐道于经常让你感到惊喜的——看着你瞪大眼睛望着那些物件。要是你想得到的只是些物质上的东西的话！你懂我的意思吗？"

"我知道——就像女孩子们两眼直勾勾地望着珠宝店橱窗里的那些东西一样。"

"对——而且就想得到那款价值连城的呈长椭圆形的手表，那款表是铂金做的，周边还镶满了钻石。只不过你肯定会觉得那款表太昂贵了，所以，你就挑了一块只值一百块钱的白色合金手表。然后，我就会说：'嫌贵吗？我看一点儿也不贵嘛！'于是，我们就走进了那家商店，转眼间，那款铂金手表就亮闪闪地戴在你的手腕上了。"

"这话听上去既很动听，又很粗俗——也很好玩，不是吗？"阿蒂塔喃喃地说。

"可不是嘛！你就不能想象一下那种情景吗，我们在周游世界，在四面八方地到处花钱，宾馆里的那些听差的和饭店里的那些服务生都对我们顶礼膜拜？啊，做花钱大方的阔佬多有福气啊，因为整个天下都是他们的！"

"我也巴不得我们真能过上那样的生活呀。"

"我爱你，阿蒂塔。"他文质彬彬地说。

她脸上原本很稚气的表情陡然间消失了，变得格外严肃起来。

"我也非常喜欢跟你在一起呀，"她说，"相比之下，我以前所认识的那些男人一个个都相形见绌了。再说，我也喜欢你脸上的那种很丰富的表情以及你那头乌黑可爱的头发，还有我们上岸的时候你翻过船栏的那种姿势。事实上，柯蒂斯·卡莱尔，在你表现得十分自然的时候，你所做的一切事情我都喜欢。我认为你这个人也很有胆量，你也知道我是怎么看待这个问题的。有时候，看见你来到了我的身边，我就会情不自禁地想突然冲上去吻你一下，然后告诉你，在我心目中，你不过是一个很爱空想的大男孩罢了，而且这个大男孩的脑子里还装着一大套关于社会等级的纯属胡说八道的言论。假如我年龄稍微再大一点儿、对人生稍微再厌倦一点儿，我说不定真会愿意跟你一起远走高飞的。既然话已经说到这个分上了，我觉得我还是回去早点儿结婚为好——嫁给另外那个男人。"

在那泛着银光的湖泊的对岸，那几个黑人的身影在焦躁不安地扭动着、摇摆着，他们就像被赋闲得太久的杂技演员一样，纯然是由于精力过剩，才不得不想出法子变着花样来消磨时光的。他们排成一个纵列，整齐划一地抬腿迈着正步，围绕着同一轴心以同心圆的方式行进着，他们时而高扬起头来，时而又埋下头去对着他们各自的乐器，一个个如同古罗马神话中吹笛子的农牧之神一样。于是，长号和萨克斯管发出的源源不断的悲鸣声交织在一起，构成了一首浑然天成的旋律，那旋律时而激昂、欢快，时而悠扬、凄婉，如同来自刚果腹地的一首死亡舞曲。

"我们来跳舞吧！"阿蒂塔大声叫道，"一听到那完美的爵士乐响起来，我就怎么也坐不住了。"

他牵起她的一只手，引领着她走出棕榈树下的青草地，来到一片开阔、坚实的沙土地上，皓月如泻，将绚烂的光辉洒落在这片土地上。在这华丽而又朦胧的月光下，他们像一对在随风飘舞的飞蛾一样飘飘洒洒地跳起舞来，于是，随着那奇异诡谲的交响乐时而悲泣、时而欢腾、时而战栗、时而绝望的乐声，阿蒂塔把她心中最后的一丝现实感也丢在了九霄云外，她干脆彻底抛开了自己的想象力，让自己完全沉浸在这如梦如幻、弥漫着夏日热带花朵的芬芳气息的氛围中，沉浸在头顶上方那满天星光、万里无垠的夜空中，她觉得，倘若她在此时睁开了眼睛，她准会发现自己正置身于一片由她自己的想象力杜撰出来的大地上，在跟一个幽灵翩翩起舞。

"这应当就是我所说的专场私人舞会。"他悄声说。

"我感到这样太疯狂了——不过，这是让人开心的疯狂！"

"我们都着了魔啦。数不胜数的历代食人生番的鬼魂正聚集在那边高高的悬崖边上，在虎视眈眈地注视着我们呢。"

"我敢打赌，那些食人生番的女人一定在说，我们像这样跳舞，未免也贴得太近了，而且我连鼻环也不戴就跑出来跳舞，这也是很不合乎礼仪的。"

他们两人都轻声笑起来——然而他们的笑声却在顷刻间变得哑然无声了，因为他们听到湖对岸的那支长号在吹奏到一个小节的正当中时竟戛然而止，那支萨克斯管在发出了一声让人心惊的呜咽声之后，随即也没了声息。

"怎么回事啊？"卡莱尔喊道。

静默了片刻之后，他们依稀看见一个黑色的人影正绕着银色的湖面飞奔而来，随着那人越跑越近，他们终于看清，那是贝比，正处于异常紧张的状态。他急奔到他俩面前站住脚，一边大口喘息着，同时也一口气报出了他带来的消息。

"有条船停泊在离岸大约有半英里的地方，先生。摩西，他在负责瞭望。他说，那条船看上去好像已经抛锚了。"

"有条船——有条什么样的船？"卡莱尔焦急地问道。

他的声音中有掩饰不住的惊慌，继而又看见他的整张脸也一下子拉了下来，阿蒂塔的心不禁也随之猛然咯噔了一下。

"他说他还没搞清楚，先生。"

"他们有没有放下登陆用的小艇？"

"没有，先生。"

"我们上去吧。"卡莱尔说。

他们悄无声息地朝山上爬去，阿蒂塔的那只手依然还放在卡莱尔的手里，从他们结束跳舞之时起，两人的手一直就没有分开过。她感到那只手被他神经质地越捏越紧了，仿佛他根本就没有意识到这种接触，尽管手被他捏得很疼，但她却没有想过要把那只手抽出来。好像攀爬了一个小时之后，他们才到达了山顶，然后再小心翼翼地匍匐前进，穿过那片影影绰绰的高地，来到悬崖的边缘。飞快地扫视了一眼之后，卡莱尔便不由自主地轻轻惊叫了一声。那正是一艘警方的缉私巡逻艇，艇艏、艇艉都架着六英尺口径的钢炮呢。

"他们知道了！"他说，并短促地倒吸了一口冷气，"他们知道了！反正他们已经查出我们在这一带的行踪了。"

"你能肯定他们知道那条河道吗？他们也许只是暂时停泊在那儿，想在早上看一看这座岛。从他们现在停泊的位置来看，他们是不可能发现悬崖下的那个出口的。"

"他们可以用望远镜来观察，"他绝望地说，看了看自己的腕表，"现在已经接近两点钟了。天亮之前他们不会有任何举动的，这一点可以肯定。当然还有一种微乎其微的可能性，他们说不定是在等待别的船只来增援他们；也许是在等一艘运煤的船吧。"

"依我看，我们不如就待在这儿算啦。"

时间一小时一小时地过去了，他们肩并肩地匍匐在那儿，显得非常安静，下巴颏儿支在手掌心上，如同正在遐想中的孩子一样。他们身后蹲着那几个黑人，全都很有耐心、听天由命、默默服从地蹲在那儿，间或还会发出响亮的鼾声，即使危险迫在眉睫，也丝毫不能减缓他们那克服不了的非洲人的嗜睡习惯。

将近五点钟的时候，贝比来到卡莱尔面前。"水仙"号上有五六支步枪呢，他说。是不是已经作出不抵抗的决定了？他认为，假如能想出一个万全之策，他们说不定可以非常漂亮地打一仗。

卡莱尔哈哈一笑，随即又摇了摇头。

"那可不是一支驻扎在这一带、操西班牙语的美洲土匪的队伍啊，贝比。那是一艘缉私巡逻艇。这情形就好比想用弓箭去对付机关枪一样。如果你愿意把那些袋子埋在什么地方，等以后再找机会把它们挖出来的话，那就赶紧去干吧。不过，这一招也没有用——他们会从这头到那头把这座小岛挖个遍的。这一仗算彻底输定啦，贝比。"

贝比一声不响地闷着头走开了，等卡莱尔朝阿蒂塔转过身来时，他说话的嗓音竟变得沙哑起来。

"瞧，这就是我这辈子结下的最要好的朋友。他可以为我而死，而且会以此而感到自豪，假如我让他去死的话。"

"你已经决定放弃了吗？"

"我别无选择呀。当然，出路总还是有的——万无一失的出路——不过，那还可以再等一等。我无论如何也躲不过对我的审判的——那将是一场别开生面的对一个声名狼藉的人做出的实验性的审判。'法纳姆小姐出庭作证，这个海盗对她的态度始终像一个绅士。'"

"别！"她说，"我感到非常遗憾。"

当夜色从天空中渐渐淡去、星光全无的蓝天渐渐转变为一派铅灰色的时候，那艘船的甲板上依稀出现了一阵骚动。果然，他们看见一群身穿白色帆布制服的警官已经聚集在船栏旁边。他们手拿望远镜，在全神贯注地观察着这座小岛。

"一切都结束了。"卡莱尔阴沉地说。

"妈的！"阿蒂塔低声说。她感到泪水涌上了眼眶。

"我们回游艇去吧，"他说，"我宁肯待在那艘游艇上，也不愿像只袋貂一样待在这儿等人家上来围捕。"

他们立即离开了这片高地，向山下迤逦走去，来到湖边，然后由那几个默不作声的黑人划着小船朝那艘游艇驶去。不一会儿，他们就瘫倒在游艇的躺椅上，面色苍白、萎靡不振地等待着。

半个钟头过后，在模模糊糊的灰暗的光线下，那艘缉私巡逻艇的艇艏出现在那条河道的入口处，但是又停了下来，显然是在担心，这个海湾也许太浅了，怕船会搁浅。由于游艇看上去很平静，那名男子和那个姑娘都躺在躺椅上，那几个黑人也懒洋洋地靠在船栏边，在好奇地四处张望着，他们显然料定，他们不会遭遇到任何抵抗的，因为船舷边有两条小划船被漫不经心地放了下来，其中一条船上坐着一名警官和六名身穿蓝色制服的水兵，而另一条船上则有四个人在划桨，船艉处是两名头发花白、身穿法兰绒快艇服的男人。阿蒂塔和卡莱尔站起身来，彼此几乎都是无意识地拔脚向对方扑去。紧接着，他收住脚步，出其不意地把手伸进口袋，掏出了一个浑圆的、亮灿灿的物件，并把它托在手中朝她递过去。

"这是什么？"她满心疑惑地问道。

"我也不敢肯定，不过，根据镌刻在内侧的俄文来看，它应当就是别人曾许诺给你的那枚手镯吧。"

"哪儿来的——究竟是哪儿弄来的——?

"从那些袋子里找出来的。你瞧，'柯蒂斯·卡莱尔和他的六个黑人朋友'，当时正在棕榈滩的一家宾馆的茶室里演出，在演出的过程中，他们突然将手中的乐器变成了武器，并且扣押了全场观众。我就从一个模样漂亮、浓妆艳抹的红发女郎那儿夺下了这只手镯。"

阿蒂塔皱起了眉头，但随即又笑了笑。

"原来这就是你犯下的事儿呀！你倒确实很有胆量嘛！"

他鞠了一躬。

"这是尽人皆知、为中产阶级所特有的一种品质嘛。"他说。

此时此刻，初露的晨曦正动感十足地斜扫过甲板，将幢幢幽影翻卷起来，抛进了那些灰暗的角落里。朝露随着晨曦蒸腾起来，渐渐转化为金色的雾霭，轻如梦幻般的雾霭，在绵绵不断地裹向他们，直到他们仿佛成了残留在这即将散去的夜色中的虚无缥缈的遗物，在瞬息万变地幻化着，在一点一点地隐遁着。一时间，大海和苍穹仿佛都屏住了呼吸，晨曦也举起一只粉红色的手捂住了青春涌动的生命之口——紧接着，湖面上传来了一条划艇如怨如诉的低吟声和吱呀吱呀的划桨声。

刹那间，在东方低垂的金色大熔炉的衬托下，他们两人优雅的身影融为一体了，他正在热吻着她那受尽宠爱的青春勃发的嘴唇。

"这就是一种荣耀。"片刻之后，他喃喃地说。

她仰起脸来，满面春风地望着他。

"很幸福，对不对？"

她的叹息无疑就是一句祝福——那是一种无比欣喜、充满自信的叹息，这声叹息表明，她深信自己此刻依然还是那样青春勃发、美若天仙，魅力丝毫也不减当初。在这别有一番滋味在心头的一瞬间，生命绽放出了如此艳丽的光芒，时间仿佛成了有名无实的幻影，而他们的生命力则幻化成了永恒的爱恋——就在这时，耳边传来了那条划艇横靠过来时剐蹭着船舷的碰撞声和刮擦声。

顺着舷梯赫然攀爬上来的是两位头发花白的老者，随后便是那名警官，以及两名水手，他们的手都按在他们腰间的左轮手枪上。法纳姆先生交叉着双臂站立在那儿，两眼直视着他的侄女。

"原来是这样。"他一边说，一边从容不迫地点了点头。

她叹息了一声，把两只胳膊放了下来，因为她那两只胳膊此刻正紧紧地搂抱在卡莱尔的脖颈上。接着，她的目光，她那令人惊艳而又扑朔迷离的目光，落在了刚刚登上游艇的这群人的身上。她叔叔看着她的上嘴唇在慢慢地越噘越高，最后终于噘成了一个猪拱嘴，这个傲慢的姿态她叔叔是再熟悉不过了。

"原来是这样，"他态度十分蛮横地重复说，"原来这就是你心目中的——浪漫情怀呀。一场私奔，跟一个在公海上猖獗活动的海盗私奔。"

阿蒂塔满不在乎地瞥了他一眼。

"你真是一个老顽固！"她平心静气地说了一声。

"你说得最好听的就是这句话吗？"

"不是，"她说，仿佛在考虑该怎么说似的，"不是，还有别的话。有这样一句话你应该是耳熟能详的，在最近这几年里，我大多数情况下都是用这句话来结束我们之间的谈话的，这句话就是——
'闭嘴！'"

说完这话，她就转过身去，态度非常简慢地朝众人投去蔑视的一
瞥，包括那两位老者、那名警官，以及那两名水手，然后便骄傲地走
下了舷梯。

不过，假如她能稍微再耐心地等上哪怕只有片刻时间的话，她就
会听到她叔叔发出的一阵很不寻常的声音了，那可是一种在他们绝大
多数的谈话中都难得听到的声音。他叔叔爆发出的全然就是一阵乐不
可支的开怀大笑，另外那位老者也跟着乐哈哈地笑起来。

后者赶忙转身朝卡莱尔奔去，而卡莱尔此时正带着高深莫测、十
分欢愉的神情在回味刚才的这一幕呢。

"行啦，托比，"他和蔼可亲地说，"你这不可救药、生性浮躁、
追求浪漫、老爱想入非非的家伙，你到底弄清楚了没有，她就是你一
心要追求的人吗？"

卡莱尔很有信心地笑了笑。

"哎呀——当然啦，"他说，"自从我第一次听说了她的那些桀骜
不驯的经历之后，我就百分之百地认准她啦。正因为这样，我才让贝
比昨天晚上把那枚火箭弹发射出去的。"

"幸亏你那样做了，"莫兰德上校表情严肃地说，"我们一直与你
保持着很近的距离呢，生怕你会跟那六个素不相识的黑人发生冲突。
再说，我们也希望看到你们双方能够站在这样彼此相互通融的立场
上，"他叹了口气，"唔，这叫以毒攻毒！"

"你父亲和我坐在一起聊了整整一夜，期待着事情能向最好的一

面发展——否则，也许只能做最坏的打算了。上帝作证，她还是挺喜欢你的，我的孩子。她已经把我折腾得简直快要发疯啦。你把那只俄罗斯手镯给她了吗？那是我的私人侦探从那个名叫咪咪的女人手里弄来的。"

卡莱尔点了点头。

"嘘！"他说，"她又到甲板上来了。"

阿蒂塔出现在舷梯口，一上来就不由自主地朝卡莱尔的两只手腕飞快地瞥了一眼。她的脸上掠过了一丝困惑不解的神色。回到艇舷处的那几个黑人又开始唱起来，于是，那清凉的湖面上，伴随着黎明的曙光，又令人心旷神怡地回荡起他们那低沉的合唱声。

"阿蒂塔。"卡莱尔有点儿迟疑不决地说。

她面对着他摇摇摆摆地向前迈了一步。

"阿蒂塔，"他又叫了她一声，紧张得连呼吸都有些急促，"我不得不告诉你这个——这个真相。这一切都是事先就已策划好的一个阴谋，阿蒂塔。我的真名不是卡莱尔。我叫莫兰德，托比·莫兰德。整个故事也都是虚构出来的，阿蒂塔，根据这虚无缥缈的佛罗里达的空气虚构出来的。"

她愣愣地瞪着他，困惑、惊诧、怀疑、恼怒，诸般表情在一波接一波地迅速从她的脸上流过。在场的这三个人全都屏住了呼吸。莫兰德，那位老莫兰德，面对着她向前迈了一步；法纳姆先生张开的嘴巴则微微地撇着，他在等待着，在惶惶不安地等待着那个预料中的稀里哗啦的大发脾气。

不过，那种情景并没有出现。阿蒂塔的脸庞上竟意想不到地绽开了灿烂的笑容，随着一声娇柔的笑声，她脚步轻盈地朝小莫兰德走去，并仰起脸来望着他，她那双灰褐色的眼眸中并没有一丝愤怒的迹象。

"你愿不愿发誓说，"她心平气和地说，"这一切全都是你的原创？"

"我发誓。"小莫兰德迫不及待地说。

她拉着他低下头来，温情脉脉地亲吻着他。

"多么精彩的想象啊！"她声音轻柔地、几乎都有些嫉妒地说，"我要你用尽天下最甜蜜动听的谎言来哄我一辈子。"

那几个黑人的合唱声又一次让人无限倦慵地飘了过来，与她以前曾听到的那种旋律交融在一起。

　　　时间好比一窃贼；

　　　偷取欢乐与伤悲

　　　绿叶纵然惹人恋

　　　终将会泛黄枯萎——

"那些袋子里装的是什么？"她声音轻柔地问道。

"佛罗里达的泥土，"他回答说，"我告诉过你两件真事，这是其中的一件。"

"另外那一件我大概也能猜得到。"她说。接着，她踮起脚尖凑上去，温柔地亲吻着他，用这个实例来说明她猜到了。

（吴建国　译）

56

冰　宫

一

　　阳光洒在房子上，仿佛在一只艺术花瓶上涂上了
金色油漆，斑驳的阴影反而增强了阳光的活力。巴特
华斯和拉金家的房子矗立在一大片毫无特色的树林之
后；只有海珀家的房子充分暴露在阳光下，整日用一
种平和从容的心态面对着尘土飞扬的马路。这是九月
的一个下午佐治亚州最南端的塔里腾市。

　　在楼上卧室的窗口，十九岁的年轻的莎莉·卡罗
尔·海珀在五十二年的古旧窗台上支着下巴，看着克
拉克·戴罗的福特老爷车转过街角。车子很热——由
于是半金属的车身，它吸收了来自外界以及自身产生
的所有热量，无法散去——克拉克·戴罗笔直地坐在
方向盘前，表情痛苦而紧张，那样子仿佛他觉得自己
是个随时会损毁的备用零件。老爷车费力地爬过两道
满是尘土的车辙，车轮与地面接触时发出愤慨的吱吱
声。他神情阴沉地猛地一打方向盘，就使自己和车子

正对着海珀家的台阶。一声沉闷的巨响，仿佛死前的呻吟，紧接着是一阵短暂的寂静；随后，一声尖锐的口哨刺破了这一寂静。

莎莉·卡罗尔睡眼惺忪地朝下望去。她想打哈欠，但是发现除非她把下巴从窗台上抬起来，不然根本不可能。于是她改了主意，继续安静地看着那辆老爷车，它的主人正风度翩翩地坐在那儿，漫不经心地等待着对他信号的答复。过了一会儿，口哨声又一次划破了尘土飞扬的天空。

"早啊。"

克拉克费劲地扭过他修长的身躯，低下头透过车窗抬眼望了望窗口。

"不早了，莎莉·卡罗尔。"

"是吗，你确定？"

"你干吗呢？"

"吃苹果。"

"走吧，游泳去——想去吗？"

"好啊。"

"快点下来啊？"

"好的。"

莎莉·卡罗尔长长地叹了口气，极其慵懒地从地上爬起来，之前她一直坐在地上，一会儿糟蹋着一只青苹果，一会儿又给她妹妹的纸娃娃上色。她走到镜子前，快乐而又懒散地打量了一下自己的脸色，涂了点口红，在鼻子上拍了点粉，用一顶缀满玫瑰的遮阳软帽盖住了自己金色的短发。接着，她踢翻了调色盘，说了句："噢，该死的！"——但还是离开了房间，由它翻在那里。

"你好吗，克拉克？"她敏捷地钻进车子之后立刻问道。

"好极了，莎莉·卡罗尔。"

"我们去哪儿游泳？"

"去城外的沃雷泳池。我跟玛丽琳讲好了，顺道去接她跟乔·尤因。"

克拉克肤色黝黑，身材颀长，走起路来容易驼背。他的眼神有点恶毒，表情阴郁，看上去很难相处，但他经常微笑，当他微笑时，脸上总会绽放出迷人的光彩。克拉克有一份"收入"——一份刚好够他一个人活得潇洒，并且让他的车里有油的收入——打从佐治亚理工学院毕业后，这两年他就一直在家乡的街道上四处闲逛，谈论着如何拿他的钱去投资，以便在最短的时间内成为暴发户。

四处闲逛对他来讲再容易不过了。少女们个个都长大成人，出落得亭亭玉立，而迷人的莎莉·卡罗尔又是其中的佼佼者；她们喜欢跟他一起游泳，一起跳舞，喜欢在花儿芬芳的夏夜享受他的调情——她们都特别喜欢克拉克。当他腻味了这些女朋友的时候，总还会有五六个无所事事随叫随到的年轻人，他们也很愿意跟他挥几杆高尔夫球，打场台球，或是来点儿"带劲的烈酒"。这群同龄人中偶尔也会有人跟大伙儿告别，然后就去了纽约、费城或是匹兹堡做生意，但是大部分人还是会待在这个有着梦幻的天空、充满萤火虫的夜晚和喧嚣的黑人街市的懒人天堂——尤其这里还有一群举止优雅、嗲声嗲气的女孩子，她们靠回忆成长，而不是钱。

伴随着福特汽车进入了一种亢奋的愤愤不平的状态，克拉克和莎莉·卡罗尔一路摇摇晃晃、丁零当啷地穿过瓦利大道，进入了杰弗逊街，从这里开始，土路变成了水泥路；他们沿着宁静的米利森区前行，那里有五六栋富丽堂皇的别墅；然后，他们进入了闹市区。由于是购物时间，在这里开车就危险了：人们悠闲地穿过马路，一群低声哞叫的牛被驱赶着从一辆平静的街车前经过，甚至连商店似乎都在阳光下张开大门打着哈欠，敞开窗户眨着眼睛，直到陷入一种暂时而又彻底的昏迷状态。

"莎莉·卡罗尔，"克拉克突然问，"你真的订婚了吗？"

她飞快地看了他一眼。

"听谁说的？"

"这么说你真的订婚了？"

"问得真好！"

"姑娘们跟我说你跟一个去年夏天在阿什维尔 [①] 遇到的北方佬订婚了。"

莎莉·卡罗尔叹了口气。

"从没见过这么喜欢传播流言蜚语的。"

"别嫁给北方佬，莎莉·卡罗尔。我们这儿需要你。"

莎莉·卡罗尔沉默了一会儿。

"克拉克，"她突然问道，"我到底该嫁给谁呢？"

"我乐意效劳。"

"亲爱的，你养不起老婆的，"她开心地回答，"况且，我对你太了解了，不会爱上你的。"

---

① 阿什维尔（Asheville），美国北卡罗来纳州西部的一座城市。

"那不代表你应该嫁给个北方佬啊。"他坚持说。

"或许我爱他呢?"

他摇头。

"不会的。他跟我们太不同了,方方面面都不同。"

他把车停在了一堆乱七八糟破破烂烂的老房子前,收住了话。玛丽琳·韦德和乔·尤因出现在了门口。

"嗨,莎莉·卡罗尔。"

"嗨!"

"你们都好吗?"

"莎莉·卡罗尔,"他们又开始上路了,玛丽琳问道,"你订婚了?"

"老天,怎么搞的?难道我连看个男人一眼都不可以么,必须按大家的意思跟他订婚?"

克拉克直愣愣地盯着哗啦作响的挡风玻璃上的一枚螺丝钉。

"莎莉·卡罗尔,"他异常紧张地问道,"难道你不喜欢我们吗?"

"什么?"

"我们这里的人?"

"你在说什么呢,克拉克,你知道我喜欢你们。我喜欢这里所有的男孩子。"

"那你为什么跟一个北方佬订婚?"

"克拉克,我也不知道。我不确定我想干什么,但是——嗯,我想到处走走接触不同的人,增长点见识。我想住在个有大场面的地方。"

"什么意思?"

"噢，克拉克，我爱你，我也爱乔和本·阿洛特，我爱你们所有的人，但是你们，你们……"

"我们都没出息？"

"是的。我不单是指金钱上的失败，而是有一种——无奈和悲哀，还有——噢，我该怎么跟你说呢？"

"你是指因为我们都待在塔里腾这里吗？"

"是的，克拉克，而且因为你们喜欢这里并且从没想过要去改变，去思索，或出去闯一闯。"

他点点头，她伸出手握住了他的手。

"克拉克，"她柔声地说，"我不会为了这个世界而改变你。你这样挺好。所有使你失败的东西我都一直爱着——过去的生活，无数个懒散的日日夜夜，还有你无忧无虑，慷慨大方。"

"但是你要走了？"

"是的——因为我永远不可能嫁给你。你在我心里有个无法取代的位置，但是困在这里我会感到不安。我会觉得是在——浪费我的生命。你知道，我有两面性，我老是贪睡，你喜欢这一点；还有一面，我身上有一种能量——一种让我想做一些疯狂事情的冲动。我的这一面或许会在某些地方用得到，而且当我不再漂亮时它还会存在着。"

她以一种独特的方式突然收住了话头，叹了口气："噢，我的小可爱！"她的心情改变了。

半闭着眼睛，她头向后仰靠在了椅背上，任由沁人的清风吹拂她的明眸，拨动她蓬松卷曲的短发。现在，他们来到了郊区，疾驰在茂密的亮绿色灌木、杂草和大树之间，那些树木在路边垂下枝条，对他们致以凉爽的欢迎。他们偶尔也会经过破败的黑人小木屋，白发苍苍的年迈老人在门口抽着玉米秆做的烟斗，五六个衣着褴褛的小孩在门前疯长的野草丛里玩着破旧的洋娃娃。更远处是一片片闲散的棉花田，在那里，即使那些在田里干活的人都像是太阳投射在地面上的虚无幻影，他们不像在辛勤劳作，倒更像在九月的金黄田野里传承着一种古老的习俗。在这么一片沉寂慵懒的景色里，有一股热浪流淌在树木、小屋与泥泞的河流上方，没有丝毫敌意，只让人觉得安逸，就像伟大温暖的乳汁哺育着婴儿般的大地。

"莎莉·卡罗尔，我们到了！"

"可怜的孩子，睡得真香啊。"

"亲爱的，你都睡死过去了？"

"水，莎莉·卡罗尔！凉爽的水等着你呢！"

她睁开惺忪的睡眼。

"嗨！"她微笑着呢喃道。

二

十一月，高大威武、神清气爽的哈利·贝拉米从他生活的北方城市来到这里待了四天。他此次前来是为了处理自仲夏在北卡罗来纳州的阿什维尔与莎莉·卡罗尔邂逅之后一直悬而未决的事情。他只花了一个安静的下午和一个篝火烈烈的晚上就处理好了这件事，因为哈利·贝拉米有莎莉·卡罗尔想要的一切，而且，她爱他——用她专门为爱情保留的那一面去爱他。莎莉·卡罗尔性格特点分明。

在他离开前的最后一个下午，他们一起散步，不知不觉，她发觉他们正接近她最喜欢的地方之一，公墓。在令人愉悦的夕阳下，泛着金绿色的灰白墓园呈现在他们眼前，她迟疑着，在铁门前停了下来。

"你本性多愁善感么，哈利？"她无力地微笑着问他。

"多愁善感？我才不会。"

"那我们进去吧。这儿会让有些人心里不舒服，但我喜欢这儿。"

他们穿过大门，沿着一条小路走进了充满墓穴的绵延的山谷——落满尘土、灰白发霉的墓穴是五十年代建的；雕刻着古雅的花朵跟花瓶的是七十年代的；而装饰华丽而又庸俗的墓穴是九十年代的，大理石雕的圆滚滚的小天使靠在石枕上酣睡，花岗岩刻的多不胜数的无名花朵在绽放。

偶尔，他们会看到一个捧着鲜花来祭扫的跪着的身影，但是大多数的坟墓前只有寂静与枯萎的落叶，而它们也只能用模糊的回忆从生者的记忆里唤起一阵芬芳。

他们来到了山顶，面对一个又高又圆的墓碑，这墓碑上覆盖着斑驳的黑色霉斑，半面都缠绕着藤蔓植物。

"玛杰莉·李，"她念道，"一八四四至一八七三。她不美吗？二十九岁就去世了。亲爱的玛杰莉·李，"她柔声补充道，"你看到她了吗，哈利？"

"看到了，莎莉·卡罗尔。"

他感觉到有一只小手滑入了他的掌中。

"我觉得她肤色很黑；总喜欢在头发上扎一根缎带，穿粉蓝和暗

66

红的华丽箍骨裙^①。"

"是的。"

"哦，她一定很甜美，哈利！她天生就是那种站在大石柱下面欢迎宾客的女孩。我想一定有很多人去打仗前跟她讲会回来找她，但是一个也没回来。"

他弯下腰靠近石碑，想要找找有没有有关婚姻的记录。

"上面没这么写啊。"

"当然没写了。还有什么比玛杰莉·李这个名字和那个意味深长的日期更能说明问题呢？"

她靠近他，美丽的金发拂过他的脸颊，他的喉咙突然间哽住了。

"你看得到她的样子，对吗，哈利？"

"看得到，"他轻声承认，"透过你美丽的眸子，我看到了。你现在很美，所以我知道她以前也一定很美。"

他们静静地站着，靠得很近，他能感觉到她的双肩在微微颤抖。一阵徐徐的微风吹过山顶，撩拨着她那松垂的帽檐。

"我们下山去那儿吧！"

她指着山那边的一片空地，那里的草地上竖着数以千计的灰白色十字架，无边无际地排列着，仿佛军营里堆积着的武器。

"那儿是南部联邦的阵亡烈士。"莎莉·卡罗尔简单介绍道。

他们边走边看着墓碑上的题铭，都仅仅有个名字和日期，有的还特别难以辨认。

---

① 一种旧时西方女性所着的服饰，通常由各种织物和柳条之类的可以撑起裙子的笼架构成，以此使裙子时刻保持当时盛行的蓬起的形状。

"最后一排是最惨的——看到了吗？在那边。每个十字架上只有一个日期，还有四个字'身份不详'。"

她看着他，眼里噙着泪光。

"我不知道该怎样表达它对我来说有多真实，亲爱的——如果你不理解的话。"

"我能感觉到你对它的感受，很美。"

"不，不，不是我，是它们——那些我想要留住的往昔时光。他们仅仅是些男人，一些很明显无足轻重的男人，不然他们就不会'身份不详'了；然而，他们为了世界上最美的事业牺牲——逝去的南部。你知道，"她接着说，声音依旧沙哑，眼里泪光点点，"人们拥有这样的梦想，永远能够握紧辉煌的过去，而这样的梦想也伴随我长大。这很容易，因为一切都消逝了，对我来说不会再有任何幻想的破灭。我也曾试图按照那些过去的贵族准则生活——那只剩下一点点碎片了，你知道，就像一个古老花园里的玫瑰在我们身边枯死——那些我过去从住在隔壁的南部联邦老兵和几个老黑人那里听到的故事，还有这些男孩身上具有的一种让我感到陌生的谦恭有礼和骑士精神。噢，哈利，有些东西令人难忘，真的！我怎么也说不清楚这是什么东西，但它确实存在。"

"我明白。"他再次静静地安慰她。

莎莉·卡罗尔微笑着，用从他胸前口袋里探出的那块手帕的一角拭了下眼泪。

"你不会觉得不开心吧，亲爱的？即便我哭了，我还是很开心，而且我从中获得了力量。"

他们手牵手慢慢走开了。她找到一片松软的草坪，拉着他坐到了自己的身边，两人靠着一堵低矮的残壁。

"真希望这三个老女人赶紧离开，"他抱怨道，"我想吻你了，莎莉·卡罗尔。"

"我也是。"

他们焦躁地等待着那三个佝偻的身影离开，然后她吻了他，一直吻到天空都仿佛失去了色彩，所有的微笑与泪水都融化进了这几秒永恒的沉醉。

之后他们慢慢往回走，在周围的角落里，薄暮与夜色玩起了睡意蒙眬的黑白棋。

"一月中旬前后你就来北方吧，"他说，"至少待上一个月。会很带劲的。到时会有个冰雪节，如果你没见过雪，你会发现那里简直是个仙境。可以溜冰，滑雪，滑雪橇，还能坐着雪橇观光，还有各种穿着雪鞋的火炬游行。已经有好几年没办过冰雪节了，这次一定会非常盛大。"

"我会觉得冷吗，哈利？"她突然问。

"当然不会。你的鼻子可能会挨冻，但是你不会冷得发抖的。因为那里干冷，你知道。"

"我想我是个适合夏天的孩子。我不喜欢任何寒冷的天气。"

她收住了话，他们沉默了一会儿。

"莎莉·卡罗尔，"他缓缓说，"你觉得——三月份去呢，应该可以了吧？"

"我爱你。"

"那就三月？"

"好的，三月，哈利。"

三

普式火车^①里整晚都非常寒冷。她按铃叫来了乘务员，想再要一条毯子，可是他也没有，她只好无奈地把她原本的被子折了一下，整个人瑟缩在卧铺的一角，想要抓紧时间睡一会儿。她要让自己明早看起来容光焕发。

早上六点，她起床后不情愿地套上衣服，摇摇晃晃地去楼上的餐车要了杯咖啡。雪从车门的缝隙间飘洒进来，在门厅的地板上形成了一层滑滑的冰衣。这种寒冷很有趣，它蔓延到了每个角落。她呼吸时吐出的白气清晰可见，于是，她带着一种童真的喜悦吐着白气玩。坐在餐车里，她远眺着窗外白色的群山与河谷，星星点点的青松的每一根枝干都仿佛是为一次冰雪盛宴准备的绿色餐盘。偶尔会有一间孤零零的农舍从眼前掠过，在雪白的荒野中，它是那么丑陋、萧瑟与孤寂。每当此时，她都会心头一冷，一瞬间对被关在这里面等待春天的灵魂产生了一种同情。

当她摇摇晃晃地回到卧铺车厢之后，突然感到了一股力量，她觉得这或许就是哈利所说的让人振奋的空气的感觉吧。这就是北方，北方——现在是她的家了！

---

① 普式火车，19 世纪美国发明家乔治·普尔曼设计的豪华型列车车厢，常用作特等客车，也称"卧车"。

吹呀，狂风，呼啸吧！
　　带我去云游四方。①

　　她满心欢喜地兀自吟唱了起来。

　　"这是什么歌?"乘务员彬彬有礼地问。

　　"我叫它《甭烦我》。"

　　电线杆上的长电线渐渐多了起来；两条铁轨在列车旁飞快地向后奔驰——三条——四条；一排排有着白色屋顶的房子渐入眼帘；一辆车窗结了冰的有轨电车一闪即逝；街道——越来越多的街道——城市到了。

　　她在冰冷的车站里茫然地站了会儿，然后她看到三个裹着皮草的身影朝她走来。

　　"她在这儿!"

　　"噢，莎莉·卡罗尔!"

　　莎莉·卡罗尔放下了她的行李。

　　"嗨!"

　　一张冰冷熟悉的脸亲吻了她，然后她就置身于一群吐着白气的人们中间，还同他们握着手。这之中有高登，一个矮小热情的三十岁男人，他看上去就像一个业余雕刻家创作的哈利的失败模型，还有他的妻子，迈拉，一个无精打采、亚麻色头发的女人，戴着一顶毛皮汽车

---

① 出自美国民谣《大风歌》。

帽。莎莉·卡罗尔几乎立刻隐约地觉得她是个斯堪的纳维亚①人。一个乐呵呵的司机接过了她的行李，在大家只言片语的寒暄和感叹中，在迈拉草草说的几个"亲爱的"的敷衍声中，一群人簇拥着她走出了车站。

接着，他们坐在轿车里，穿过了一条条覆满积雪的街道。在那里，一群小男孩把雪橇挂在货车或者汽车的后面玩耍着。

"噢，"莎莉·卡罗尔叫了起来，"我也要玩那个！可以吗，哈利？"

"那是小孩子的把戏。不过我们或许可以——"

"看起来好像马戏表演。"她失望地说。

哈利的家是栋在一片雪地上的板房。在那里，她见到了她挺喜欢的一个灰白色头发的高大男人，还有一个长得像一只鸡蛋的女人，这女人亲吻了她——他们是哈利的父母。经过了筋疲力尽、难以言表的一个小时，这期间充满了只言片语、热水、烤肉、鸡蛋还有各种困惑；之后，她跟哈利单独待在了书房，问他这里能不能抽烟。

这是间大屋子，在壁炉上方的墙上挂着一幅圣母像，周围是一排排有淡金色、深金色和朱红色封套的书。所有的椅子上都有一个镶着蕾丝花边的小方枕用来垫在头下面。沙发很舒适，书看上去像是读过的——至少一部分吧——这让莎莉·卡罗尔突然想起了家里的那个老旧的书房，堆满了她爸爸巨大的医学书，还有她三位曾叔父的油画，

---

① 斯堪的纳维亚（Scandinavian），在地理上是指斯堪的纳维亚半岛，包括挪威和瑞典，文化与政治上则包含丹麦。这些国家互相视对方属于斯堪的纳维亚，虽然政治上彼此独立，但共同的称谓显示了其文化和历史有深厚的渊源。

那张老沙发虽说在过去四十五年里已修补了无数遍，但是窝在上面做梦依然是一种奢侈的享受。而眼前这间书房对她来说既非魅力非凡，也非厌恶无比。它仅仅是个摆了一大堆非常昂贵，看起来只有十五年历史的东西的房间而已。

"你觉得北方这里怎么样？"哈利热切地问道，"有没有让你吃惊？我的意思是，是不是跟你期待中的一样？"

"你就是我的期待啊，哈利。"她静静地说着，向他张开了双臂。

但是短暂的接吻之后，他似乎竭力想要把她的热情发掘出来。

"我指的是，这镇子。你喜欢么？你能感受到它空气里充满的活力吗？"

"噢，哈利，"她笑了起来，"你得给我时间啊。别这样一股脑儿地问我问题。"

她吐出一口烟，心满意足地叹了口气。

"有件事我必须提醒你，"他歉意十足地说，"你们南方人很重视家庭，还有与之相关的一切——并不是说这样不对，但是，你会发现在这里有些不一样。我的意思是——你会注意到很多一开始对你来说会有点粗俗的东西，莎莉·卡罗尔，但请记住我们镇子上只有三代人。每个人都有父亲，约一半的人有爷爷。但是再往前追溯就没了。"

"当然咯。"她嘟囔着。

"我们的祖父们，你知道，建立了这个地方，并且他们中的很多人在刚开始建立这个镇子的时候都做着奇奇怪怪的工作。比方说，有个女人现在几乎是我们镇子的代表人物，嗯，她爸爸是这里的第一个清道夫——就是这么回事。"

"怎么了，"莎莉·卡罗尔不解地问，"你觉得我会对人家评头论足吗？"

"当然不是，"哈利打断道，"我也并不是在为我们这里任何一个人向你道歉。是因为——呃，去年夏天一个南方女孩来这里说了些令人遗憾的话，还有就是——嗯，我觉得我该告诉你。"

莎莉·卡罗尔突然觉得愤愤不平——就好像平白无故地被人打了一巴掌——但是哈利显然觉得这个话题到此为止了，因为他已经开始另一个热情洋溢的话题了。

"现在是冰雪节，你知道。十年来头一次。他们正在建一座冰宫，自一八八五年以后他们就没建过冰宫了。他们用所能找到的最透明的冰来建造——并且规模极其宏伟。"

她站起来走到窗前，拉开厚重的土耳其窗帘向外张望。

"噢！"她突然喊道，"有两个小男孩在堆雪人！哈利，我可以出去帮他们吗？"

"想得美！过来吻我。"

她很不情愿地离开了窗口。

"我觉得这天气不适合接吻，对吧？我的意思是，它让你坐不住，不是吗？"

"我们不会一直干坐着的。你来的第一个礼拜我有假，而且今晚晚宴后还有个舞会呢。"

"噢，哈利，"她蜷作一团，一半倚在他的膝盖上，一半靠在枕头上，坦言道，"我什么都不懂。我不知道自己会不会喜欢这宴会，也不知道别人的喜好，我什么也不懂。你得提醒我哦，亲爱的。"

"我会提醒你的，"他柔声说，"只要你告诉我你来到这里很开心。"

"开心——开心极了！"她低语，以她特有的方式钻入他的怀中，"有你在的地方就是我的家，哈利。"

她说出这句话的时候生平第一次觉得自己在演戏。

那天晚上，在晚宴柔和的烛光中，似乎一直是男人们在交谈，而女孩们则高傲而超然地坐在那里，即使有哈利坐在她的左边也没有让她有丝毫家的感觉。

"都是些英俊的小伙子，你觉得呢？"他问道，"看看你周围。那是斯巴德·哈伯德，去年普林斯顿橄榄球队的阻击手，还有祖尼·莫顿——他跟他身旁的那个红头发的家伙都是耶鲁曲棍球队的队长；祖尼是我们班的。瞧瞧，全世界最棒的几个运动员都来自我们附近的几个州。这里是男人的国度，告诉你。看看，还有约翰·杰·菲什伯恩！"

"他是谁？"莎莉·卡罗尔天真地问。

"你不知道吗？"

"我听说过他的名字。"

"西北部最有名的小麦商，也是全国最有名的金融家之一。"

她突然转向右边，因为那里传出了一个声音。

"我想他们忘记介绍我了。我叫罗杰·帕顿。"

"我叫莎莉·卡罗尔·海珀。"她优雅地回应。

"我知道。哈利告诉过我你要来。"

"你是他们的亲戚吗？"

"不，我是个教授。"

"哦。"她笑了。

"我在大学教书。你是南方人，对吗？"

"是的，佐治亚州的塔里腾。"

她立刻喜欢上了他——红褐色的小胡子，湛蓝如水的眼睛里有着这里其他人所没有的东西，一种审美的品位。他们吃饭时有一茬没一茬地聊着，她下定决心一定要再见到他。

喝完咖啡后，她被引见给无数长相俊美的小伙子，他们个个循规蹈矩地与她跳舞，并且似乎都想当然地认为除了哈利，她什么都不想谈。

"老天，"她想，"他们跟我说话时好像觉得我订婚了就比他们都老了似的——难不成我会到他们妈妈那里告一状还是怎么的！"

在南方，一个已经订婚的女孩，甚至是一个已婚的少妇，在社交场合都会得到跟一个涉世未深的少女一样半真半假的调笑与奉承，但在这里，这些似乎都是禁止的。一个年轻的男子，刚刚开始谈论莎莉·卡罗尔的眼睛，并且说到那双眼睛在她刚进门的时候就吸引住了他，但当他知道她是贝拉米家的客人——哈利的未婚妻后，就开始歇斯底里地发作起来。他似乎觉得自己犯了什么伤风败俗不可原谅的大错，然后就马上一本正经起来，随即找了个机会从她身边溜走了。

当罗杰·帕顿插话提议说两人到外面坐会儿的时候，她高兴极了。

"嗯，"他开心地眨着眼睛问道，"南方来的卡门过得好吗？"

"好极了。那个——那个危险的丹·麦格鲁 ① 过得怎么样啊？不好意思，他是我唯一了解比较多的北方人。"

他似乎觉得这句话很有趣。

"挺好的，"他坦言道，"虽说是文学教授，但我也不一定读过危险的丹·麦格鲁。"

"你是本地人吗？"

"不是，费城 ② 人。从哈佛到这里来教法语。但我在这里待了十年了。"

"比我多九年零三百六十四天。"

"喜欢这里吗？"

"嗯哼。当然咯！"

"真的？"

"嗯，是啊，怎么了？我看起来不开心吗？"

"我刚刚看到你望着窗外——还在瑟瑟发抖。"

"只是想象而已，"莎莉·卡罗尔笑道，"我习惯外面是宁静的，有时我看到外面飞舞的雪花，就会觉得是某种死了的东西在动。"

他表示理解地点点头。

"之前来过北方吗？"

"在北卡罗来纳州的阿什维尔待过两个月，都是七月份。"

---

① 丹·麦格鲁，加拿大著名诗人罗伯特·瑟维斯（Robert W. Service，1874—1958）的叙事诗《猎杀丹·麦格鲁》中的人物。

② 费城（Philadelphia），美国最古老、最具历史意义的城市，在美国城市中排名第四，居民共约 620 万人，费城是德拉瓦河谷都会区的中心城市，位于宾夕法尼亚州（Pennsylvania）东南部，市区东起德拉瓦河，向西延伸到斯库基尔河以西，面积 334 平方公里。

"他们都是些帅气的小伙子，对吗？"帕顿指的是旋转在舞池里的那些人。

莎莉·卡罗尔吃了一惊。这话哈利也说过。

"肯定的啊！他们是——犬科动物嘛。"

"什么？"

她脸红了。

"对不起，我不是这个意思。你知道，我喜欢把人分成犬科动物和猫科动物，不论男女。"

"那你是哪一类？"

"我是猫科动物啊。你也是。还有大部分的南方男人以及这里的大部分女孩，他们都是。"

"哈利呢？"

"哈利显然是犬科的。今晚我见过的所有男人似乎都是犬科的。"

"'犬科'到底是什么意思呢？相对于温婉的一种明显的阳刚之气吗？"

"大概是吧。我从没细想过——反正我一见到谁就能立刻分辨出他是'犬科'还是'猫科'。听着挺荒唐吧？"

"没有。我挺感兴趣的。我曾经也对这些人有一套理论。我觉得他们是冰冻人。"

"什么？"

"我觉得他们越来越像瑞典人——易卜生[1]笔下的人物。变得越

---

[1] 亨里克·易卜生（Henrik Ibsen，1828—1906），挪威著名作家及诗人。

来越阴沉忧郁。是因为这里漫长的冬季。你读过易卜生吗？"

她摇摇头。

"嗯，你会发现他笔下的大部分人物都有一种沉郁的刚性。他们正直，狭隘，整日无精打采，从不会有什么大喜或者大悲。"

"也就是说从不欢笑落泪吗？"

"对极了。这就是我的理论。你看，这里有成千上万的瑞典人。他们来这里，我猜，大概因为这里的气候跟他们家乡很像，然后他们就渐渐融入了。今晚这里大概不到五六个，但是——我们有过四个瑞典裔的州长。我的话让你觉得无聊吗？"

"我很感兴趣。"

"你那个未来的嫂子有一半瑞典血统。我个人挺喜欢她，但我的观点是，瑞典人对我们的影响整体上说非常糟糕。斯堪的纳维亚人，你知道，是世界上自杀率最高的民族。"

"这里那么令你讨厌，为什么还要留在这儿呢？"

"噢，这并不能影响我的生活。我觉得我算是个隐士了，书本对我来说比人重要。"

"但作家总说南方才是悲剧的。你知道——西班牙女郎、黑发、匕首和疯狂的音乐。"

他摇了摇头。

"不是，北方民族才是悲剧性的民族——他们从不会放肆地让自己品味泪水所带来的快乐。"

莎莉·卡罗尔想起了她的墓园。她想这大概就是她说它不会使她感到压抑的意思吧。

"意大利人大概是这个世界上最快乐的人——但是这个话题很无聊，"他顿了顿，"总之，我想告诉你，你要嫁的那个人是个大好人。"

莎莉·卡罗尔的自信油然而生。

"我知道啊。从某种程度上讲，我是个需要别人照顾的人，而且我确定我会得到很好的照顾。"

"我可以请你跳舞吗？你知道，"他们站起来的时候，他说道，"如今能找到一个知道自己为什么结婚的姑娘真是太不容易了。她们中的九成觉得结婚就是走进了电影里的黄昏。"

她笑了起来，不禁更加喜欢他了。

两小时后，在回家的路上，她在后座依偎着哈利。

"噢，哈利，"她低语道，"好——冷——啊！"

"但是车里挺暖和的啊，亲爱的。"

"但是外面好冷；还有，噢，那呼啸的狂风！"

她把脸深深地埋进他的皮大衣里。当他冰凉的嘴唇吻上了她的耳尖时，她不由自主地颤抖起来。

四

她在北方的第一周在不知不觉中匆匆而逝。在一个寒冷的一月的黄昏，她玩了哈利曾答应过她的"汽车拉雪橇"。有一整个早上，她都在一个乡村俱乐部的小山上裹着皮衣滑雪橇；她甚至还尝试着滑雪，在空中划出了优美的弧线后咯咯地笑着落进绵软蓬松的雪堆里。除了有一天下午在苍黄的阳光下，沿着明晃晃的闪着光的平原，穿着

雪靴健行 ①，她喜欢其他所有冬季运动，但是不久后她发现所喜欢的这些都是小孩子的把戏——大家跟她一起玩，只是为了迁就她；他们表现得很开心，也只是对她开心的一种附和而已。

起初，贝拉米一家让她非常不解。这家的男人们都很让人信得过，深得她的喜爱；尤其是贝拉米先生，一头银灰色的头发，总是神采奕奕却又不失威严，特别当她知道他出生在肯塔基后，立刻就喜欢上了他，因为这让她觉得他是连接她过去的生活和现在新生活的纽带。但对于这家的女人们，她总是带有明显的敌意。她未来的嫂子迈拉似乎骨子里就是个迂腐无趣的人。她谈吐明显缺乏个性，这对于莎莉·卡罗尔来说简直让人厌恶透顶了，因为在她长大的地方，女人生来就该有魅力和自信。

"如果这些女人长相平平，"她想，"她们就一无是处了。她们会在你的注视中慢慢消失殆尽，只是徒有虚名的陪衬物罢了。男人们才是社交圈的主角。"

最后是贝拉米太太，让莎莉·卡罗尔极其厌恶，给她的第一印象是鸡蛋一样的外形，这后来得到了证实——她像一只发出沙哑碎裂之声的鸡蛋，体态臃肿，行动笨拙，莎莉·卡罗尔甚至觉得一旦她摔倒在地就会变成一堆蛋糊。不仅如此，贝拉米太太似乎是这个镇子排外情绪的典型代表。她总是叫莎莉·卡罗尔"莎莉"，而且顽固地认为双名只不过是个冗长荒唐的绰号而已。而莎莉·卡罗尔觉得，简化她的名字跟让她衣不蔽体给大家看没什么两样。她喜欢"莎莉·卡罗

---

① 雪靴，一种适合在雪地上行走的鞋具，又叫熊拿鞋，雪靴健行是冬季运动的一个项目。

尔"这个名字，她讨厌只剩一个"莎莉"。她也知道哈利的妈妈不喜欢她的短发，而且自从她来这儿的第一天，贝拉米太太走进书房时使劲儿地抽了抽鼻子以后，她再也不敢在楼下抽烟了。

在所有她见过的男人当中，她最喜欢的就是经常来家里做客的罗杰·帕顿了。他再也没提过当地人的易卜生倾向，但当有一天他来访看到她窝在沙发上读着《彼尔·金特》[1]后，他笑着叫她忘了他说过的话——那些全是胡说八道。

后来，在她来这里第二周的一天下午，她和哈利发生了一场极为严重的口角，险些结束了他们之间的关系。她觉得这完全是哈利造成的，尽管导火线是个裤子松掉了的陌生男人。

那天他们穿过一堆堆高高的积雪往家走，头顶是莎莉·卡罗尔几乎无法辨认的太阳。途中，他们遇到了一个裹着灰色毛衣活像个泰迪熊的小女孩，莎莉·卡罗尔无法克制地涌出了一股慈母之情。

"看哪！哈利！"

"什么？"

"那个小女孩——你看到她的脸了么？"

"看到了，怎么了？"

"红得像颗小草莓似的。噢，她好可爱啊！"

"这有什么，你自己的脸也跟她的差不多红了呀！这里的每个人都健康得很。我们一会走路就开始在外面适应寒冷了。这里的气候多好啊！"

---

① 《彼尔·金特》(*Peer Gynt*，1867)，易卜生所著的剧本。

她看了看他，不得不承认他说的没错。他看起来健康极了，他哥哥也是。而且那天早上，她也注意到自己的脸上多了一片红晕。

突然，他们被什么抓住了视线，没办法转移，他们盯着前方街角处的一个地方看了会儿。有个男人站在那儿，膝盖弯曲，表情紧张，眼睛紧盯着上方，仿佛他准备向着寒冷的天空起飞。然后他们同时爆发出一阵大笑，因为随着走近这个男人，他们发现原来这是个滑稽的错觉，因为这个男人的裤子实在太松了。

"我们都被吓到了。"她笑道。

"他肯定是个南方人，看裤子就知道了。"哈利调侃道。

"干吗这么说话，哈利！"

她惊讶的表情一定惹怒了他。

"这些该死的南方人！"

莎莉·卡罗尔气得两眼冒火。

"不准这么说他们！"

"抱歉，亲爱的，"哈利带着恶意的歉意说，"但是你知道我怎么看那些人的。他们是些——是些堕落的人——一点儿都不像过去的南方人。他们跟黑人待久了，自己也变得懒散而又得过且过。"

"闭嘴，哈利！"她愤怒地喝道，"他们不是那样！他们可能有点懒——任何人在那种气候下都会变懒——但他们都是我最好的朋友，我不想听到任何人这样不分青红皂白地胡乱批评他们。他们有些是这个世界上最优秀的人。"

"哦，我知道。他们来北方上大学的时候还是不错的，但在我所见过的那些鬼祟卑鄙、邋里邋遢、不修边幅的人中，那些南方小镇里出来的人最差劲。"

莎莉·卡罗尔紧握着戴着手套的双拳，狂怒地咬紧嘴唇。

"怎么了，"哈利接着说，"在纽黑文的时候，我们班就有个这样的，当时我们都以为终于找到个真正的南方贵族了，但事实证明他根本就不是什么贵族——只不过是个战后去南方投机的北方人的儿子，莫比尔那一带几乎所有的棉花田都是他老爸的。"

"南方人不会像你现在这样说话。"她一字一句地说。

"他们可没有这样的活力！"

"也不会有这副腔调。"

"对不起，莎莉·卡罗尔，我听你说过你永远不会嫁给——"

"那完全是两回事。我是说过我不会一辈子待在塔里腾的小伙子身边，但是我从没一概而论。"

他们沉默地走了一会儿。

"我可能说得太过分了，莎莉·卡罗尔。我很抱歉。"

她点点头，什么也没说。五分钟后，他们站在门廊上时，她突然拥住了他。

"噢，哈利，"她叫道，眼里噙着泪，"我们下星期就结婚吧。我害怕这样的争执。我怕，哈利。要是我们结婚了就不会这样了。"

可是哈利，尽管是他的错，还在生气。

"别犯傻了。我们说好了三月份的。"

莎莉·卡罗尔的眼泪消失了；她的表情也坚毅了几分。

"好吧——我想我不该说。"

哈利心软了。

"亲爱的小傻瓜！"他叹道，"过来吻我，我们忘了这件事吧。"

当天晚上，歌舞表演结束时乐队弹奏的《迪克西》①让莎莉·卡罗尔内心涌出了一种比今天的泪水与欢笑更加强烈且持久的感情。她身子前倾，双手紧握着椅子的扶手，脸都涨红了。

"曲子打动你了吗，亲爱的？"哈利低声问道。

但是她没听到他的话。在那缠绵悱恻的小提琴声里，在那铿锵有力的鼓声里，她那远古的灵魂们前行着，没入一片黑暗中，当如叹息般的横笛在低沉的重奏中响起时，他们仿佛就要飘然远去，几乎不可见了，她在心底向他们挥手道别。

> 走吧，走吧，
>
> 　　唱着《迪克西》南行！
>
> 走吧，走吧，
>
> 　　唱着《迪克西》南行！

五

这晚寒冷异常。昨天一场突如其来的暖流几乎使整条街道上的积雪都融化了，但现在漫天纷飞的雪花好像粉末般的精灵一样卷土重来，它们随风飘荡，使低空中弥漫着一层细密的雾霭。天空不见了——只有一顶黑暗的帐篷在街道上方垂下它不祥的幕帘，雪花如同

---

① 《迪克西》(*Dixie*，1859)，美国南北战争时期作为南部联邦的战斗歌曲而流行的一支曲子，其作者是美国北方人丹·艾美特 (Dan Emmett)，内容主要是对于南方乡土的歌颂。

一支庞大慑人的军队袭来——更恐怖的是，这支军队冻住了一扇扇闪着昏黄灯光的窗户透出的丝丝舒适的光线，湮没了拉着雪橇的马蹄发出的阵阵平稳的嘚嘚声，北风肆无忌惮地席卷了整个城镇。真是个可怕的镇子，她想——太可怕了。

夜深人静的时候，她偶尔会觉得这里仿佛空无一人——这里的居民很早以前就走了——只留下了一幢幢闪着灯光的房子被无尽的冰雪最终掩埋为坟冢。哦，如果她的坟墓上也盖满了雪花可怎么办！整个严冬都被覆盖在一层层厚重的积雪之下，就连碑石都仅仅成了大片大片阴影里一个小小的影子。那可是她的坟墓——本应该撒满鲜花，被阳光和雨露滋养的坟墓啊。

她又想起她坐火车来的时候经过的那些孤独的乡间小屋，还有那里的人们在整个严冬所经历的生活——从窗口透进的源源不断的雪光，在松软的积雪表面形成的冰凌，最后是缓慢又阴郁的融雪，还有罗杰·帕顿跟她提过的严酷的春天。她的春天——她已经永远失去它了——紫丁香花竞相绽放，慵懒甜美的感觉萦绕在她心头。她正埋葬着这春天——今后同时埋葬的还有那份甜美。

长久地积蓄力量后，暴风雪终于爆发了。莎莉·卡罗尔觉得一片雪花在她睫毛上迅速融化了，哈利伸出他裹着厚厚皮草的胳膊帮她把那顶繁复的法兰绒软帽往下拉了拉。接着，一小股雪花又溜了出来打游击，他们的马耐心地低下了头，晶莹剔透的雪花立刻覆满了它的全身。

"噢，它很冷啊，哈利。"她马上说。

"谁？马吗？哦，不，它才不冷呢。它喜欢这种天气！"

又过了十分钟，他们转过一个街角，看到了他们的目的地。在冬日的天空下，一座冰宫矗立在闪着亮绿色光泽的高山上。共有三层，有城垛、斜面墙和悬着冰凌的窄窗，里面的无数电灯装点着一个富丽堂皇、晶莹剔透的大厅。莎莉·卡罗尔握住了哈利皮袍下的手。

"太美了！"他兴奋地大叫，"老天，太美了，对吧！从八五年①以后就没有过了！"

不知怎的，自从八五年以后就没有过的这个说法让她透不过气来。冰雪就是鬼魂，这座冰宫里也一定住满了八十年代的亡魂，他们有一张张苍白的面孔和一缕缕打满积雪的发丝。

"快来吧，亲爱的。"哈利说道。

她跟在他后面下了雪橇，等着他把马拴好。一行有四人——高登、迈拉、罗杰·帕顿，还有一个女孩——在一阵响亮的叮叮当当声中停在了他们身边。这里已经挤满了人，每个人都裹着皮草或是羊毛皮，叫嚷着呼朋引伴地穿过雪地，雪越积越厚，几码之外的人已几不可辨。

"这有一百七十英尺高呢，"哈利一边往入口处一点点挪动，一边对旁边的一个裹得严严实实的人说道，"占地六千平方码。"

只言片语飘进了她的耳朵："一个主厅"——"二十至四十英寸厚的墙壁"——"冰洞里有接近一英里的……"——"那个建造它的加拿大佬……"

他们走进冰宫，莎莉·卡罗尔被眼前巨大的水晶墙惊呆了。她不禁反复吟诵着《忽必烈汗》②里的两行诗句：

---

① 指 1885 年。

② 《忽必烈汗》（*Kubla Khan*，1797），英国著名浪漫主义诗人柯勒律治（Samuel Taylor Coleridge，1772—1834）的名诗。

这是个奇迹呀，算得是稀有的技巧

阳光灿烂的安乐宫，连同那雪窟冰窖！

在这个闪闪发光的巨大洞穴里，黑暗被拒之门外，她坐在一张木制长椅上，黑夜所带来的压抑感渐渐消散了。哈利说得对——它很美；她的目光流连于光滑的墙壁表面，建造者们精心挑选的纯净透彻的冰砖营造出一种冰清玉洁、玲珑剔透的人间仙境。

"看哪！我们到了——天哪，这地方太棒了！"哈利叫嚷道。

远处的角落里一支乐队突然奏起了《万岁，万岁，大家欢聚一堂》，嘈杂奔放的乐曲声震耳欲聋，随后灯光骤然熄灭；寂静仿佛从冰壁中倾泻而下向他们席卷而来。莎莉·卡罗尔在黑暗中仍然能看到她呼出的白气，还有对面一排排模糊的苍白脸庞。

乐声渐弱，如泣如诉，游行队伍的嘹亮歌声从外面飘了进来。歌声越来越嘹亮，仿佛是一群北欧海盗正穿过古老的荒原；歌声渐响——他们一步步靠近了；一排火把出现了，然后是一排接着一排，一长队身穿灰色厚短尼大衣，脚踩软鹿皮靴的身影步伐整齐地走了进来，肩上搭着雪鞋，火把飘扬摇曳，歌声回荡四壁。

灰色的队伍走过后，紧随其后的是另外一队，这次火光在猩红的雪橇帽和火红的厚大衣上摇曳飘动着，他们唱着副歌走了进来；随后是一长排蓝白色的队伍，接着是绿色的、白色的、棕黄色的。

"白色的那些是华库塔俱乐部的，"哈利热切地低语道，"就是你在舞会上见到的那些。"

歌声渐响；整个巨大的洞穴仿佛一个汇集了火光摇曳的火把，变幻莫测的色彩和齐整韵动的软毛皮鞋所踏出的脚步的光影幻境。领头的队伍转了个弯，停了下来，然后是一队接着一队地排列开来，形成了一面严丝合缝的火焰旗，紧接着是成千上万的声音里所爆发出的一阵呐喊，仿佛惊雷刺破长空，直震得火把也跟着摇曳起来。壮丽如斯，华美如斯！对莎莉·卡罗尔来讲，这场景就如同北方民族正在一个巨大的祭坛上为他们那灰白的异教雪神献祭一般。呐喊过后，乐队又开始演奏了起来，更多的歌声不绝于耳，整个大厅里回荡着来自各支队伍的欢呼声。她静静地坐在那里，听着时断时续的呼喊声划破静谧；猝然间，迸发出一阵爆炸声，她吓了一跳，整个洞穴里都弥漫着巨大的烟云——是摄影师们在拍照——然后集会结束了。在乐队的引领下，各支俱乐部再次形成纵队，一路高歌地向外走去。

"快！"哈利喊道，"我们得在熄灯前看看楼下的迷宫！"

他们站了起来往一条斜坡路走去——哈利和莎莉·卡罗尔走在最前面，她戴着露指手套的小手被他裹着皮手套的手紧紧握着。斜坡路的尽头是一间长长的空无一人的冰室，天花板极低，他们得弯着腰才能走进去——他们的手分开了。她还没意识到哈利想干什么，他已经冲进五六条闪着光的通道中的一条，没入一片绿色的幽光里，成为一个渐行渐远的模糊黑点。

"哈利！"她叫道。

"快来啊！"他回应道。

她环顾着这间空房间；其他人肯定已经决定回去了，也许已经一深一浅地走在雪地里了。她迟疑了一下，接着就跟着哈利冲了进去。

"哈利！"她喊道。

她已经来到了三十英尺之下的分岔路口；她听到了从左边远远传来的一声模糊低沉的回应，带着一丝恐慌，她朝着那个声音奔去。她经过了另一个拐角，又遇到了有两条分岔的小路。

"哈利！"

没有回应。她开始笔直地往前跑，然后又闪电般地回头，沿原路飞奔折回，一阵突如其来的冰冷的恐惧感瞬间将她笼罩。

她又来到了一个拐角处——是这里吗？——往左转应该是通往那个又长又低的冰室入口的啊，可是这里也只是另一条闪着光的通道，尽头是无边的黑暗。她又叫了一声，可只有墙壁单调沉闷的回声回应她，没人应答。她又掉了个头，接着又转了个弯，这次她来到了一条宽敞的通道面前。它就像是分开红海的一条绿色通道①，又像是连接着荒芜空洞坟墓的潮湿地道。

此刻，她往前走的时候脚下有些打滑，因为她的套鞋底已经结了一层薄冰。她不得不扶着半滑半黏的墙壁，以此来保持平衡。

"哈利！"

还是没人应答。她自己的回声仿佛在嘲笑她，回荡着直至消失在走廊的尽头。

突然一瞬间，灯光都熄灭了，她整个人完全陷入一片幽深的黑暗中。她带着恐惧微弱地喊了一声，然后瘫倒在一小块寒冷的冰面上。她跌倒的时候，隐隐察觉到左膝似乎撞了一下，但是顾不上这些了，

———————————————

① 参见《圣经·出埃及记》中关于摩西劈开红海将以色列人带出埃及的传说。

因为有比迷路更为强烈的恐惧感笼罩着她。她如今只身一人流落在这个北方的迷宫里，就如同冰冻了的北冰洋上的捕鲸人一般孤独寂寥，也如同遍布着探险者森森白骨的无人荒原一般凄清寒凉。到处散发着一股冰冷的死亡气息；仿佛正从地下席卷而来，将她吞没。

一股绝望而又愤怒的情绪迫使她又站了起来，开始盲目地在黑暗中继续前行。她一定要走出去，不然或许就会被困在这里很多天，然后慢慢地冻死，就像她看过的书里提到的嵌在冰里的尸体一样被完好地保存下来，直到冰川融化的那天。哈利没准儿还以为她跟别人离开这里了呢——他现在肯定已经走掉了；大家到明天才会发觉她不见了。她悲惨无助地扶住了墙。这墙有四十英寸厚，他们说过——四十英寸啊！

"噢！"

在她的两侧，她觉得有什么东西正沿着墙蠕动，一定是那些出没于这座宫殿，这个小镇，这整个北方的阴湿的亡灵们。

"噢，谁来救救我——有谁可以来救救我呀！"她大声地呼喊道。

克拉克·戴罗——他会明白的，或许还有乔·尤因，他们不会任她在这里自生自灭的——不会任由她的身心与灵魂在这里永远地冻结。不会是她——她可是莎莉·卡罗尔！要知道，她从来都是个快乐的姑娘。一个快乐的小姑娘。她一向都喜欢温暖，喜欢夏天，喜欢《迪克西》。而这里的一切对她来讲都是陌生的——如此的陌生。

"别哭了。"有什么东西在高声说，"你再也哭不出来了。你的眼泪会被冻结，所有的泪水都将凝结在这里！"

她彻底瘫倒在冰面上。

"哦，上帝啊！"她嘟哝着。

很长一段时间过去了，筋疲力尽的她觉得眼皮越来越重。随即仿佛有人在她身边坐了下来，一双温软的手捧住了她的脸。她感激地抬眼望去。

"哦，是玛杰莉·李啊，"她兀自柔声低吟道，"我知道你会来的。"真的是玛杰莉·李，跟莎莉·卡罗尔想象中的样子一模一样，年轻白净的额头，热情的大眼睛，质地柔软的箍骨裙，让人觉得躺在她怀里舒适无比。

"玛杰莉·李。"

迷宫里越来越暗了——所有的墓碑都应该要重新粉刷了，当然，那样一定会破坏它们的美。但是，你应该就能看到它们了呀。

后来又过了一段时间，过得时快时慢，时光仿佛不断地溶解在一大团模糊的光影里，然后向着一个苍黄的太阳聚拢而来。接着，她听到了一声巨响，打破了她刚刚重拾的宁静。

那是太阳，是光；是火把，一连串的火把，一连串的声音；一张脸显现在火把下，一双有力的手臂扶起了她，她感到脸颊上有什么东西——湿漉漉的。有人抓着她，用雪花揉搓着她的脸。荒谬——竟然用雪花！

"莎莉·卡罗尔！莎莉·卡罗尔！"

那是危险的丹·麦格鲁；另外还有两张她不认识的脸。

"孩子，孩子！我们找了你两个小时了！哈利都快急疯了！"

所有的记忆又闪回到她的脑海里——那些歌声，那些火把，那些游行队伍的大声欢呼。她在帕顿的怀里扭动着，发出一声悠长的低泣。

"噢，我要离开这儿！我要回家。带我回家。"——她声嘶力竭地大吼一声，这让从另外一条走廊飞奔而来的哈利心头一凉——"就明天了！"她歇斯底里不顾一切地大喊着——"明天！明天！明天！"

六

大片金色阳光喷洒在这间整日面对着尘土飞扬的长街的房屋上，散发着一种令人慵懒萎靡而同时又神奇地让人舒适无比的热气。两只鸟儿在隔壁一棵大树的浓荫里叽叽喳喳叫个不停，长街的尽头，一个黑人妇女声调悠扬地叫卖着草莓。这是四月的一个下午。

莎莉·卡罗尔·海珀，下巴枕着手臂趴在古老的窗台上，睡眼蒙眬地瞅着楼下闪闪的灰尘，今年春天的第一股热浪正渐渐升腾。她看到一辆古旧的福特老爷车颤颤悠悠地拐过街角，咯吱咯吱、丁零当啷地开了过来，在墙边猛地停下。她一声不吭，不一会儿，一声熟悉的口哨划破了天空。莎莉·卡罗尔微笑着眨了眨眼睛。

"早啊。"

一个脑袋费力地从楼下的车顶探出。

"不早了。"

"你确定！"她故作惊讶地说，"我觉得挺早啊。"

"干吗呢？"

"啃青桃。顺便等死。"

克拉克最后加了把劲儿，把身体扭到最大限度，好看一看她的脸。

"水热得像壶里冒出的蒸汽，莎莉·卡罗尔。要去游泳吗?"

"真懒得动，"莎莉·卡罗尔懒洋洋地叹道，"不过还是去吧。"

（刘晨月　译　耿强　校）

脑袋与肩膀

一

一九一五年，贺拉斯·塔博克斯十三岁。就在这一年，他参加了普林斯顿大学的入学考试，所有科目都是 A 等，表现优异，如文科的历史和文学，内容涵盖恺撒、西塞罗①、维吉尔②、色诺芬③、荷马④和贺拉斯⑤；理科的包括代数、平面几何、立体几何和化学。

两年后，正当乔治·M.科汉⑥创作《在彼一方》时，贺拉斯已经在大学二年级中崭露头角并且遥遥领先。那时，他正在潜心准备一篇题为《三段论——被

---

① 西塞罗（Marcus Tullius Cicero，前 106—前 43），古罗马著名政治家、演说家、雄辩家、法学家和哲学家。

② 维吉尔（Vergilius，前 70—前 19），古罗马著名诗人。

③ 色诺芬（Xenophon，约前 430—354），古希腊历史学家、作家。雅典人。苏格拉底的弟子。著有《远征记》《希腊史》以及《回忆苏格拉底》等。

④ 荷马（Homer，约前 9 世纪—前 8 世纪），古希腊盲诗人。

⑤ 贺拉斯（Quintus Horatius Flaccus，前 65—前 68），古罗马诗人、批评家。

⑥ 乔治·M.科汉（George Michael Cohan，1878—1942），美国著名剧作家、作曲家、艺人、演员。百老汇剧诗艺术的奠基人。

淘汰的学术形式》的论文。当蒂耶里堡 [1] 战役进行得如火如荼之时，我们的主人公正端坐在桌前，思忖着是否应等到自己年满十七岁再着手创作《新现实主义者的实用偏见》的系列论文。

不久，报童传来消息说战争已经结束，贺拉斯欣欣不已。因为这就意味着皮特兄弟出版公司将会推出斯宾诺莎 [2] 创作的新版《知性改进论》。战争也有它的好处，它使年轻人变得更加自立自强，诸如此类。不过，贺拉斯还是觉得校长简直不可饶恕：因为在签订所谓"停战协定" [3] 的那个晚上，校长竟然默许管乐队在他窗外敲锣打鼓地大肆庆祝，使他在关于《德国唯心主义》的论文中漏去了三句极为重要的语句。

第二年，贺拉斯进入耶鲁大学攻读文学硕士学位。

这年贺拉斯十七岁，身材颀长，眼睛近视，神色阴郁。每每开口，惜字如金，一副拒人于千里之外的样子。

"我都没觉得自己是在跟他本人说话。"迪林杰教授跟一位感同身受的同事说道，"跟他讲话简直就像在跟他派来的代表讲话。我甚至觉得，他会对我说'好，等我请示一下自己再答复你吧'。"

其实，哪怕贺拉斯·塔博克斯会变成宰牛屠户，抑或是售帽商人，都没什么好大惊小怪的。因为生活自然而然会闯入他的生活，紧紧套住他，摆弄他，拉拽他，就像展开周六下午廉价货柜上的一卷爱

---

① 蒂耶里堡（Château-Thierry），法国北部城镇，位于马恩河上，是 1918 年 6 月第二次马恩河战役的发生地。

② 斯宾诺莎（Spinoza，1632—1677），西方近代哲学史重要的理性主义者，与笛卡儿和莱布尼茨齐名。

③ "停战协定"，也被称作"假停战"。1918 年 11 月 11 日，德国和协约国代表在法国瓦兹省签订了《康边停战协定》，标志着第一次世界大战结束。

尔兰风情花边饰带那样。

说得文雅点，我应该承认这是因为早在殖民时代，那些勇敢无畏的先驱抵达位于康涅狄格州①的那块不毛之地后，彼此商量着："我们在这里建什么好呢？"他们当中最为坚韧不拔的那位答道："让我们来建造一个剧场经理可以上演音乐喜剧的城镇！"至于后来他们建立耶鲁大学，试演音乐喜剧的事情都是众所周知的了。总而言之，在某年的十二月，音乐剧《霍姆·詹姆斯》在舒伯特剧院上演了。玛西亚·梅朵在该剧第一幕中演唱了一首《笨拙的毕灵普上校②之歌》，尔后在最后一幕又跳了一段著名的舞蹈，她的舞姿摇曳而令人战栗。所有的学生都强烈要求玛西亚·梅朵加演一场。

玛西亚当年芳龄十九，虽然没有翩翩起舞的双翼，但观众一致认为玛西亚舞姿轻盈曼妙，无翼胜似有翼。玛西亚天生是个金发碧眼的可人儿，即使在明晃晃的晌午，不施粉黛、素面朝天的她也是明艳动人不可方物。跟大多数女性相比，这恐怕也是玛西亚唯一的可取之处了。

正是查理·穆恩承诺如果玛西亚愿意去拜访贺拉斯·塔博克斯这位天才的话，他会以五千根"长红"牌香烟作为报偿。这位查理在谢菲尔德大学③读大四，是贺拉斯的堂兄。他们彼此欣赏，惺惺相惜。

---

① 康涅狄格州（Connecticut），位于美国东北部。
② 毕灵普上校，英国漫画家戴维·洛（David Low, 1891—1963）笔下的一个傲慢自负、刚愎自用的极端保守分子。
③ 谢菲尔德大学（University of Sheffield），位于英国南约克郡的谢菲尔德。谢菲尔德大学由谢菲尔德医学院（成立于 1828 年）、福斯学院（1879）与谢菲尔德技术学院（1884）于1897 年合并而成谢菲尔德大学学院，后于 1905 年获得皇家特许状，晋升为谢菲尔德大学。

那天晚上，贺拉斯简直是忙得不可开交。他正冥思苦想，琢磨着法国人劳里埃怎么就不能承认新现实主义的重要性呢。正当贺拉斯醉心于研究时，门外清晰分明地传来了轻轻的敲门声，但他却抱着侥幸心理安慰自己，既然自己没留意那敲门声，那这声音就应该是幻觉吧。贺拉斯自以为他愈来愈向着实用主义靠拢了，但在这一刻，尽管他本人浑然不觉，其实他正以风驰电掣般的速度朝着与实用主义大相径庭的命运轨迹前进着。

敲门声响起——三秒钟的罅隙过后——敲门声再度响起。

"请进。"贺拉斯不由自主地低声咕哝道。

他听见开门、关门的声音，但此时他正坐在炉火前宽大的扶手椅上，目不转睛地埋头苦读，所以连头也没抬一下。

"把东西放在隔壁房间的床上吧。"他漫不经心地说道。

"把什么东西放到隔壁房间的床上呀？"

玛西亚·梅朵说起话来倒是婉转如歌，不过她的嗓音听起来就像竖琴伴奏留下的余音。

"洗好的衣服啊。"

"不行。"

坐在椅子里的贺拉斯不耐烦地欠了欠身体。

"为什么不行啊？"

"为什么？因为我这根本没有你的衣服！"

"嗯？"贺拉斯气急败坏地答道，"那你应该回去把衣服拿来。"

火炉的另一侧也有一把舒适的扶手椅。晚上时光，他习惯了轮流坐两把椅子，以此作为一种锻炼和调整的方式。他将一把椅子唤作贝

克莱 ①，另一把唤作休谟 ②。突然之间，他听到有人坐在了休谟上，发出了一阵窸窸窣窣、若有若无的声响。他循声望去。

"好吧。"玛西亚笑靥如花，这微笑跟她在音乐喜剧《哦，公爵喜欢人家的舞蹈！》中第二幕中所露出的微笑如出一辙。她娓娓道来："好吧，奥马尔·哈亚姆 ③，有你在这荒原中伴我欢歌 ④。"

贺拉斯凝视着她，一时感到头晕目眩。有那么一瞬间，他还以为玛西亚的身影是自己头脑中的幻象。女人不应该径直走进陌生男子的房间，更何况她还坐在他的爱椅休谟上。女人应该为男人送来洁净的衣物；应该坐电车上绅士让给她的座位；应该在男士老成持重，体味了情感羁绊的真谛时再与其发展到谈婚论嫁才对。

那么这个女子一定是"休谟"变作的。那一袭薄纱长裙不正是从"休谟"的皮革扶手中散发出的幻景吗？如果他再多看一会，他一定能透过她而看到"休谟"，然后他就会明白，房间里只有自己一人而已。他使劲揉了揉眼睛。他真的应该多做些吊环之类的体育锻炼了。

"拜托，眼神不要这么凶好不好！"眼前的幻景俏皮地表达着自己的不满，"我怎么感觉你巴不得人家从你的专属地盘上消失呢？而且

---

① 乔治·贝克莱（George Berkeley，1685 —1753），生于爱尔兰，是英国近代经验主义哲学家三代表之一［另两位是洛克（John Locke）和休谟（David Hume）］，著有《视觉新论》（1709）和《人类知识原理》（1710）等。

② 大卫·休谟（David Hume，1711—1776），生于苏格兰爱丁堡，英国哲学家和历史学家。作品包括《人性论》（1739—1740）和《政治论》（1752）。

③ 奥马尔·哈亚姆（Omar Khayyam，约1048—约1122），波斯古代著名诗人，著有代表作《鲁拜集》(The Rubaiyat)，编撰《代数学》(Algebra)，改革了穆斯林历。

④ 节选自《鲁拜集》第十二诗节。原文为"树藤下放着一卷诗章，一瓶葡萄美酒，一点干粮，有你在这荒原中伴我欢歌——荒原呀，啊，便是天堂！"（郭沫若译本）

是消失得干干净净，除了你眼中我的影子之外，一丝不留。"

贺拉斯咳了起来。这是他的两大标志动作之一。贺拉斯说话，你根本感觉不到他躯体的存在，就像在听留声机唱片里播放的歌声似的，而那唱歌的人早已逝去。

"有何贵干？"他问道。

"我想要那个信①"，玛西亚煞有介事地嘟囔着，"那个一八八一年你从我祖父那儿买来的信，这信是属于我的。"

贺拉斯想了想。

"我这儿并没有你的信，"他心平气和地说道，"我本人只有十七岁。而我父亲一八七九年三月三日才出生。所以，你肯定认错人了。"

"你只有十七岁？"玛西亚满脸狐疑地反问道。

"确实只有十七岁。"

"我认识一个女孩儿，"玛西亚不禁怀旧地回忆道，"她十六岁呢就加入了闹剧表演剧团。那时的她是多么自恋呀！每次说自己'十六岁'时，总忘不了加上'只有'二字。所以我们都叫她'只有杰西'。她的这个口头禅从开始到现在可是一丁点都没变，听起来好像在找借口似的。这个词只会令人生厌。说'只有'可不是个好习惯呢，奥马尔。"

"我可不叫奥马尔。"

"我知道。"玛西亚心领神会地点头道，"你叫贺拉斯。我之所以叫你奥马尔，是因为你让我想起了吸过的烟头。"

---

① 应为那些信，玛西亚没文化，表达不规范。

"不过我这里没有你的信。我怀疑是否曾经见过你的祖父。说实话，我觉得你本人也根本不可能在一八八一年就已经出生了吧？"

玛西亚吃惊地看着贺拉斯。

"我？一八八一年？当然可能啦！《弗洛罗多拉》^①六人组合还在修道院读书的时候，本小姐已经是二线演员了。在索尔·史密斯夫人出演朱丽叶的那部剧里，我可是她的护士这个角色的第一位扮演者呢。这有什么不可能的呀？而且，奥马尔，一八一二年战争^②的时候，我还在一家餐厅当过歌手呢。"

贺拉斯心念一转，恍然大悟。他咧嘴笑道：

"是查理·穆恩让你来的吧？"

玛西亚怔怔地看着贺拉斯。

"查理·穆恩是谁？"

"矮个头，扁鼻孔，大耳朵。"

玛西亚耸了耸肩，对这个描述嗤之以鼻。

"我不会留心看朋友的鼻孔。"

"那么是查理？"

玛西亚咬了咬嘴唇，然后又打了个哈哈。

"我们换个话题吧，奥马尔。再这么下去，不出一分钟我就要在这椅子上呼呼大睡了。"

"那倒是。"贺拉斯不无懊丧地说道，"休谟总是令人昏昏欲睡。"

---

① 《弗洛罗多拉》，爱德华七世时代的音乐喜剧，也是最早让百老汇声名鹊起的音乐剧之一。
② 1812 年战争，美国与英国之间发生于 1812 年至 1815 年的战争，是美国独立后第一次对外战争。

"你说的是哪位朋友？他快不行了吗？"

突然，身材修长的贺拉斯·塔博克斯霍地站了起来，双手插在裤兜里，开始在房间里来回踱步。这是他的第二个标志性动作。

"这些我都不在乎，"他仿佛自言自语似的说道，"一点都不！你在这儿我一点都不在意，这没什么。你是个非常漂亮的小东西，可是我不喜欢查理·穆恩派你过来。难道我是供看门人或是化学家拿来实验的对象吗？难道我的智商有那么幼稚可笑吗？难道我看起来就像漫画杂志上的波士顿小子那么滑稽好玩吗？那个乳臭未干的傻蛋穆恩，整天喋喋不休地谈论自己在巴黎的一周迷情，他有什么权利——"

"才不是呢，"玛西亚断然地插了一句，"你是个甜心小子。来吧，吻我！"

贺拉斯顿时在她面前停住了脚步。

"为什么让我吻你呢？"贺拉斯热切地问道，"难道你就这么随随便便地到处吻来吻去吗？"

"那又怎么了？是这样啊！"玛西亚大大方方地承认道，"生活就是这样，吻完你来再吻他。"

"好吧，"贺拉斯断然答道，"我不得不说，你的观点简直荒唐透顶。首先，生活绝不仅仅是你说的那样；其次，我不会吻你，因为这可能成为我的新习惯，一旦养成就绝难改变了。今年我就养成了赖床到七点半才醒的习惯。"

玛西亚心领神会地点了点头。

"那你找过什么乐子吗？"玛西亚问道。

"你所谓的找乐子是指什么?"

"听着,"玛西亚一本正经地说道,"我挺喜欢你的,奥马尔。但是你最好弄明白自己在说些什么。你说的话就跟脏兮兮的漱口水似的,吐多少,错多少。我刚才问你有没有找过什么乐子。"

贺拉斯摇了摇头。

"也许,以后会有吧。"贺拉斯答道,"你瞧,我的生活是有条不紊的计划、一丝不苟的实验。当然,并不是说我就不会感到厌倦,有时当然也会厌倦。不过——唉,跟你说不清楚!但是你和查理·穆恩所说的那种乐子对我来说可没什么好乐的。"

"说说看呗。"

贺拉斯目不转睛地盯着玛西亚,说了没几句就改了主意,又开始来回踱步了。贺拉斯犹豫不决,不知自己是否应该望着玛西亚。不过他还是情不自禁地望了过去,玛西亚笑意盈盈地望着他。

"说说看吧。"

贺拉斯转过身去。

"如果我说了,你就得跟查理·穆恩说我没在家,你能保证吗?"

"嗯哼。"

"那好吧。本人的经历是这样的:我从小就爱问'为什么',凡事总想弄个明白。我父亲是普林斯顿大学年轻的经济学教授。他在教育我的过程中坚持竭尽所能地回答我提出的每一个问题。而我对这种教育方式的反应,让父亲产生了通过实验推进幼儿智力早熟的想法。更糟糕的问题来了,我当时患有耳疾——从九岁到十二岁先后动过七次手术。所以,我和同龄的孩子们没有什么交往,也就变得少年老成了。总之，当我的同龄人在吃劲费力地读《雷木斯大叔讲故事》①时，我已经能欣赏卡图卢斯②用拉丁语创作的抒情诗的妙处了。

"我十三岁就通过了大学入学考试，没办法，谁叫我整天接触的尽是那些教授鸿儒呢。我对自己的聪明才智自鸣得意。因为除了智力过人，我在其他方面都还不算是太不正常。十六岁的我受够了那种被别人当怪物看的日子。我觉得肯定是命运的捉弄，偏偏造化弄人，事已至此，我决定攻读硕士学位，好为这一切画上句号。我生平最大的志趣是现代哲学。我是个信奉安东·劳里埃学派③的现实主义者——还多少受了柏格森④思想的熏陶。还有就是，再过两个月，我就年满十八周岁了。陈述完毕。"

"哇哦！"玛西亚赞叹道，"表述很充分啊！干净利落，不错。"

"满意了？"

"还没，你还没吻我呢。"

"这不是我要做的事情，"贺拉斯义正词严地拒绝道，"我可不是道貌岸然地标榜自己克服了男儿本性。我当然也有男儿本性，只是——"

"喂，不要这么一本正经啊！"

"我又能怎么办呢？"

---

① 该作品由乔尔·钱德勒·哈里斯（Joel Chandler Harris，1848—1908）创作，他是美国著名的黑人作家，以取材于民间流行的俚语故事的童话闻名。代表作《雷木斯大叔讲故事》（ The Favourate Tales of Uncle Remus ）系列，共六大卷，被誉为"美国儿童文学的经典"。
② 卡图卢斯（Catullus，约前87—约前54），古罗马抒情诗人。他传下一百一十六首诗，包括神话诗、爱情诗、时评短诗和各种幽默小诗。
③ 此派别是作者虚构的。
④ 亨利·柏格森（Henri Bergson，1859—1941），法国哲学家，文笔优美，曾获诺贝尔文学奖。

"我讨厌呆板无趣的家伙。"

贺拉斯开始说道:"我向你保证,我——"

"哦,闭嘴!"

"我个人的理性——"

"什么国籍①,我没提啊。你是美国人,对吗?"

"当然。"

"嗯,那就好。听我说,我倒想看看你做一些出格的事来,一些难登大雅之堂的事。我倒想看看——你刚才是怎么说你自己来着——受巴西②思想熏陶的你,能不能变得食一点人间烟火呢?"

贺拉斯再次摇了摇头。

"反正我不会吻你的。"

"我的生命要枯萎了,"玛西亚悲情地喃喃低语,"我真是个一败涂地的女人。我一生竟然连一个受巴西思想熏陶的吻都得不到。"她不禁唏嘘道,"无论如何,奥马尔,你能来看我的演出吗?"

"什么演出?"

"我在音乐剧《霍姆·詹姆斯》里扮演一个坏女人。"

"轻歌剧吗?"

"嗯,算是吧。里面有个角色是种水稻的巴西农民,可能你会感兴趣。"

"我看过一次《波希米亚女郎》,"贺拉斯朗声答道,"某种程度上,我挺喜欢的。"

---

① 玛西亚误把"理性"(rationality)听成了"国籍"(nationality)。
② 玛西亚文化程度低,误把"柏格森思想"(Bergsonian)听成了"巴西人的"(Brazilian)。

"也就是说你会来？"

"嗯，我嘛——这个——"

"哦，我懂了——你一定是得去巴西过周末的吧！"

"怎么会呢！我很高兴去看你的演出。"

玛西亚高兴地拍手叫好。

"好极了。我会寄一张票给你的。周四晚上的？"

"为什么，我——"

"就这样吧！周四晚上见。"

玛西亚起身走到了贺拉斯跟前，双手搭在了他肩上。

"我喜欢你，奥马尔。不好意思刚才还打算捉弄你，本以为你挺刻板无趣的呢，其实，你是个好孩子。"

贺拉斯满眼不屑地瞅了瞅玛西亚。

"我可比你年长了数千岁来着。"

"您显年轻啊！"

两人煞有介事地握了握手。

"我叫玛西亚·梅朵，"她加重语气道，"记好了——玛西亚·梅朵。放心吧，我不会告诉查理·穆恩你来过。"

一秒钟的工夫，玛西亚已经飞也似的三步一阶跳到了最后一级台阶上。这时，楼梯扶栏上方响起了贺拉斯的声音："喂，听着——"

玛西亚闻声驻足，抬头望去，只见一个模糊的身影闪了出来。

"喂，听着！"这位天才再次发话道，"听得见吗？"

"通话连接成功，奥马尔。"

"希望没有让你觉得我认为接吻在本质上是不可理喻的。"

"你会这么想？怎么会呢？你压根就没吻过我啊！不必烦恼——回见。"

听到门外传来女人的声音，玛西亚旁边的两户人家都好奇地开门张望了起来，楼上的身影传来一声不安的咳嗽。玛西亚提起了裙裾，疯也似的冲下了最后一层楼梯，转瞬消失在了康涅狄格州的朦胧夜色中。

楼上，贺拉斯又开始在自己的书房里踱来踱去。周身是娴雅的红宝石色的贝克莱高贵端庄地伫立着，那坐垫上还静静地躺着一本摊开的书，令人遐思万千。贺拉斯时不时地将目光投向贝克莱。之后贺拉斯发现，自己每次兜圈子都会情不自禁地离休谟愈来愈近。休谟身上散发着一种非同以往而又不可名状的风情，恍若那个娉娉婷婷的情影依然萦绕在此，贺拉斯觉得若是自己坐在休谟上，仿佛置身于妙龄女郎的温香软玉之中呢。虽然一时半会儿也说不清休谟到底哪儿不一样，虽然这变化悄无声息，但贺拉斯心里十分清楚，这一切绝不是自己的主观臆想，而是实实在在发生了。休谟现在所氤氲的，是过去整整两百年中都前所未有的气息。休谟氤氲着玫瑰精油的馥郁芬芳。

二

周四晚上，贺拉斯·塔博克斯坐在第五排靠近过道的位子上观看音乐剧《霍姆·詹姆斯》。令他感到不可思议的是，自己居然能乐在其中。他对汉默斯坦①式的传统幽默桥段赞赏有加，惹得周围一些愤

---

① 奥斯卡·汉默斯坦（Oscar Hammerstein，1895—1960），美国著名音乐人，两次获得奥斯卡最佳原创歌曲奖。

青学生对其侧目不已。不过贺拉斯可无心理会这些，他正心急如焚地等待着玛西亚·梅朵出场，好听她唱那首《笨拙的毕灵普上校之歌》哪！她出来了，只见梅朵头戴一顶花边软帽，光彩明艳令贺拉斯为之倾倒。甚至当一曲终了，雷鸣般的掌声也没能让贺拉斯回过神来。他意识到自己真是心醉神迷不能自拔了。

在第二幕后的中场休息时，一个引座员突然来到贺拉斯身前，询问他是不是塔博克斯先生，之后便交给了贺拉斯一张字迹圆柔但文笔幼稚的便条。贺拉斯有些不明所以地打开便条，一边的引座员有些不耐烦地在过道上晃来晃去。

亲爱的奥马尔：

每次演出完我都会饿得肚子咕咕叫。如果你愿意在塔夫脱烧烤店填饱我的肚子的话，只要跟这个帮我传便条的大块头说一声就好啦。

你的朋友

玛西亚·梅朵

"跟她说，"贺拉斯咳了一声，"跟她说完全没问题。我在剧院门前等她。"

大块头引座员轻慢地笑了笑。

"我沦为她的意思是让你奈后台门口。①"

---

① 此人发音不准，"沦为"应为"认为"，"奈"应为"来"。

"哪儿？去哪儿？"

"瓦面，粗门祖转，鼻直到底。①"

"你说什么？"

"瓦面，粗——门——祖——转，鼻直到底。"

说完，这个态度轻慢的家伙就退下了，贺拉斯身后一个大一新生失声笑了出来。

于是半个钟头之后，天生金发碧眼的人儿就坐在了塔夫脱烧烤店里，她的对面是那位天才，正说着一件没头没脑的事。

"难道你非得跳最后一幕那段舞蹈吗？"贺拉斯诚恳地说，"我的意思是，如果你拒绝跳那支舞，他们会解雇你吗？"

玛西亚闻言露齿而笑。

"那支舞挺有意思，我喜欢跳。"

玛西亚话音刚落，贺拉斯脱口冒出一句失礼的话。

"我认为你应当厌恶这支舞蹈才对。"他直言不讳地说，"坐在我身后的那帮家伙可都在讨论你的胸部呢。"

玛西亚一下子脸红到了脖子根。

"我又能有什么办法呢？"玛西亚急急忙忙地分辩道，"那支舞对我来说不过是必须完成的一场杂技表演。天哪，你知道那支舞有多难！每次跳完了那支舞，晚上我都得在肩上擦上一个小时的止痛剂呢！"

"在舞台上你觉得自己开心吗？"

"呃—哈哈—当然啦！我习惯了引人注目的感觉，奥马尔。而且

---

① 此人发音含糊，应为"外面，出门左转，笔直到底"。

我喜欢成为焦点。"

"嗯哼！"贺拉斯拉下了脸，蹙眉深思。

"谈谈你的巴西思想们①呗。"

"嗯哼！"贺拉斯没好气地应道。过了一会，他问道："这出戏接下来在哪儿演？"

"纽约。"

"大约上演多久？"

"看情况吧。整个冬天——也说不定。"

"哦！"

"抬起头来看着我，奥马尔，难道你没兴趣吗？这地儿当然没你的房间好，对吗？我真希望我们在你房间里呢。"

"在这儿我感觉自己像个傻瓜。"贺拉斯坦言，并且不无紧张地环视四周。

"真是的！我们聊得很开心啊。"

贺拉斯的眼眸瞬间蒙上了无限的感伤，这让玛西亚伸手轻轻拍了拍他的手，语气也变得温柔起来。

"以前你请女演员吃过晚餐吗？"

"没有。"贺拉斯不无苦涩地说，"之后也不会再有了。我都不知道今晚干吗要来这里。这里的灯红酒绿，这里的欢声笑语，跟我的生活圈都格格不入。我都不知道该跟你聊些什么。"

"我们聊我的事啊。上次见面聊的都是你的事呢。"

---

① 玛西亚没文化，用词不准，此处应为"那些巴西思想"。

"好吧。"

"其实，我的确姓梅朵，但是我的名字不叫玛西亚，而是维罗妮卡。我十九岁。出个题考你：这个女孩是如何跻身闪亮舞台的呢？回答：因为她出生在新泽西州的帕塞伊克①，大约一年前在特伦顿②的马塞尔茶室，她谋得了一份推销纳贝斯克③饼干的营生。之后她开始和一个叫罗宾斯的男人交往，那人在特伦特屋的卡巴莱歌舞④餐厅当歌手。因缘际会，有天晚上，罗宾斯让女友与自己合唱并共舞了一曲。之后的一个月我们每晚都在特伦特屋演出。随后我们带着像雪花片般洋洋洒洒的一堆推荐信去了纽约。

"两天内我们就在蒂维纳瑞斯餐厅找到了一份工作。我还从皇家花园的一个小伙子那儿学会了跳西迷舞⑤。我们在蒂维纳瑞斯餐厅待了半年，直到有天晚上，专栏作家彼得·博伊斯·温德尔在这儿吃了一份牛奶土司。第二天一早，他在自己的报纸上刊登了一首赞美玛西亚舞姿惊艳绝伦的诗。于是，在两天之内，我就收到了三次歌舞表演的邀请和在歌舞剧《午夜嬉戏》⑥中表演的机会。之后，我给温德尔写了一封感谢信，他同样将这封信刊登在了他的专栏里，还评价说我的文风接近卡莱尔⑦，只是稍显粗糙。他鼓励我放弃舞蹈，专攻北美

---

① 帕塞伊克（Passaic），美国新泽西州东北部一城市。
② 特伦顿（Trenton），美国新泽西州首府。
③ 纳贝斯克（Nabisco），世界著名的饼干和休闲食品品牌，为卡夫食品公司所属。
④ 卡巴莱歌舞，餐馆或夜总会中的歌舞或滑稽短剧等现场表演。
⑤ 西迷舞，一种爵士舞，舞者跳此舞时身体姿势不变，肩膀前后摇动。
⑥《午夜嬉戏》，由托马斯·恩伯（Thomas Urban）设计，于1916年出演，台上的美国女孩被渲染得极具视觉美感。
⑦ 托马斯·卡莱尔（Thomas Carlyle，1795—1881），苏格兰评论家、讽刺作家、历史学家。他的作品在维多利亚时代颇具影响力。

文学。这使得我收到了更多歌舞表演的邀请和在一部正儿八经的歌舞剧中出演天真少女的机会。于是我就接受啦。所以我现在能在这儿，奥马尔。"

玛西亚说完了，有那么一会儿，两人相顾无言。梅朵将最后一点儿威尔士烤兔肉叉了起来，随后又放了下来，静静地等贺拉斯开口。

"我们走吧。"贺拉斯冷不丁说了一句。

玛西亚的目光倏地冰冷坚硬了。

"什么意思？我那么惹你讨厌吗？"

"当然不是，只是我实在不喜欢这里。我不喜欢和你待在这种地方。"

玛西亚二话没说就向服务生打了个手势。

"多少钱？"玛西亚开门见山地问道，"我的那份——兔子肉和姜汁啤酒。"

贺拉斯只好不知所措地看着服务生在一边算账。

"听着，"他开口说，"你的账该让我来付！是我请你。"

玛西亚微微叹了口气，起身离开桌子向外走去。贺拉斯的脸上写满了迷惑，放下钞票就赶忙跟着玛西亚走了出去。他们拾阶而上，进入了大厅。他在电梯门口追上了她，两人相对而视。

"听着，"他又说道，"是我请你。我刚才说了什么得罪你的话吗？"玛西亚吃惊地看了他一会儿，目光变得柔和起来。

"你是个粗鲁的家伙！"玛西亚一字一顿地说，"你不觉得自己很粗鲁吗？"

"我不是有意的。"贺拉斯坦诚的神色让玛西亚心软了，"我喜欢你，你知道的。"

"但你却说你不喜欢和我在一起。"

"我是不喜欢。"

"为什么？"

贺拉斯沉郁的深灰色眸子里突然燃起了熊熊火焰。

"因为不喜欢所以不喜欢。我养成了喜欢你的习惯。整整两天了，我满脑子想的全是你，根本无法思考。"

"好吧，如果你——"

"等一下，"贺拉斯突然插了一句，"有些话我得对你说。是这样的，再过一个半月，我就满十八周岁了，到那时我会去纽约看你。只是在纽约见面的时候，我们可以在一个幽静点的地方见面吗？"

"当然可以！"玛西亚嫣然一笑，"你可以直接来我的寓所。如果你没意见，就睡在沙发上好了。"

"我可不能睡在你家的沙发上，"贺拉斯冲口而出，"但是我想跟你聊天。"

"当然可以！"玛西亚重复道，"就在我的寓所。"

贺拉斯闻言，高兴地把双手插进了口袋里。

"太好了。这样我就能和你单独相处了。我想和你聊天，就像上次在我房间里那样。"

"甜心小子。"玛西亚嫣然一笑，"你的意思是你想吻我了对吗？"

"是的。"贺拉斯的话简直是吼出来的，"你若愿意，我会吻你的。"

电梯乘务员一脸鄙夷地看着他们。玛西亚走向电梯的栅栏门。

"我会给你寄明信片的。"玛西亚说。

贺拉斯的眼神火辣热切。

"记得给我寄张明信片啊！到了一月份我随时会来找你的。那时我就满十八岁啦。"

玛西亚迈步走进电梯，贺拉斯不知为何咳了起来，感觉自己像接受了某种挑战一般，他先是望了望天花板，随后大步流星地离开了。

三

他又来了！在曼哈顿喧哗躁动的观众中，玛西亚一眼就认出了贺拉斯。他就在坐在最前排，头部微微前倾，深灰色的眸子正目不转睛地盯着她。尽管舞台上有一整排浓妆艳抹的芭蕾舞女，周遭嘈杂的小提琴声更是不绝于耳，可是玛西亚知道，此时在贺拉斯的眼中，整个世界只有他们两个人，舞女也好，琴声也罢，在贺拉斯看来，不过是爱神维纳斯雕像上微不足道的粉尘而已。玛西亚的心中升腾起一种本能的抵触情绪。

"傻小子！"玛西亚急急地自言自语道，并一口回绝了观众的加唱要求。

"一周才挣一百块，想让我哪样啊——难道变成永动机不成？"玛西亚在舞台一侧自顾自地嘟囔着。

"玛西亚，怎么了？"

"讨厌某个坐在第一排的家伙。"

当最后一幕上演的时候，玛西亚正在为自己的拿手节目做出场准备，她突然莫名其妙地感觉自己十分怯场。玛西亚从未给贺拉斯寄过什么明信片。昨晚她还若无其事地装作没看见人家，跳完舞之后，她逃也似的立刻离开了剧院，之后在家里度过了一个不眠之夜，一直翻来覆去地在思念——其实过去整整一个月里，她天天莫不都是如此朝思暮想——思念贺拉斯那苍白又深情专注的脸庞，思念他那颀长又稚气未脱的身影，他所散发出的那种冷若冰霜又难以名状的吸引力，简直令玛西亚欲罢不能。

现在他真的出现在自己面前了，玛西亚却又有点无所适从、怅然若失的感觉——好像有一种非同寻常的责任强加到她身上一般。

"小天才！"玛西亚高声喊道。

"你说什么？"她身边的一个黑人喜剧演员不解地问。

"没什么——自言自语而已。"

在舞台上，玛西亚感觉舒服了一些。现在轮到她跳了——女人只要漂亮，男人就会喜欢，玛西亚总觉得自己跳的舞也似这般，不过是华而不实的噱头罢了。

城外，城里，勺子上的果冻，

夕阳西下，在月色下颤动。

贺拉斯这会儿根本就没在看自己，玛西亚看得格外分明。贺拉斯显然在盯着舞台布景上的那座假城堡呢，脸上的表情和他在塔夫脱烧烤店时一模一样。玛西亚突然觉得怒火中烧——他简直就是在批评她嘛。

　　　　这颤动令我欢喜，

　　　　感情这东西多么神奇，

　　　　城外，城里——

　　玛西亚感到一阵难以遏制的厌恶感涌上心头，她突然惊惧地意识到了观众的存在，自从她登上舞台这还是头一遭呢。那个坐在前排脸色苍白的家伙是在对我暗送秋波吗？那个年轻女孩撇着嘴巴是讨厌我吧？我的肩膀——摇来晃去的肩膀——真的是我的吗？这是真的吗？肩膀可不是用来摇晃的啊！

　　　　那么你会一目了然，

　　　　丧礼上我需要有跳圣威图斯舞的殡仪人员

　　　　到了世界尽头我愿——

　　一支低音管和两把大提琴奏响了最后的一曲和音。有那么一小会儿，玛西亚保持着踮起脚尖全身紧绷的芭蕾舞姿势一动不动，年轻的面庞无精打采地望向观众席，用一个坐在后排女孩的话说就是"一副古里古怪、不知所措的神情"。之后玛西亚顾不得向观众鞠躬就冲下舞台奔向了化妆室，火急火燎地换好了另一身衣服，一出门就坐上了计程车。

　　玛西亚的寓所很温馨——尽管面积不大。墙上点缀着一排她跳舞的剧照，还放着她从一个蓝眼睛书商那儿淘来的一套吉卜林[①] 和一套欧·亨利的作品集，玛西亚偶尔会翻翻这些文集。几把椅子呢，倒是

———————————

① 吉卜林（Kipling，1865—1936），英国作家，1907 年获诺贝尔文学奖。

应景，可惜竟无一把舒适的。还有一盏粉色灯罩的台灯，上面绘有几只画眉。房间里其他的摆设也都是清一水的粉色，反而令人窒息。当然，房间里不是没有高雅的物什，只是这些高雅的物什堆砌在一起反而显得不伦不类，彼此格格不入，可见都是房间主人心血来潮添置的，品位不一，而且急于求成。最大的败笔莫过于那幅橡木皮框的唯美风景画，这幅画描绘的是从伊利①铁轨望向帕塞伊克的图景。尽管玛西亚的初衷是想营造明快的氛围，但这幅画的格调夸张怪诞，既有一种莫名的奢靡铺张之风，又有些古里古怪的小家子气，实在是拙劣的败笔，玛西亚对此心知肚明。

天才走进这个房间，不自然地握住了玛西亚的手。

"这次我追上你了。"

"哦！"

"我想要你嫁给我。"

玛西亚张开双臂投入了他的怀抱，全心全意地给了贺拉斯一个火辣辣的拥吻。

"好！"

"我爱你。"贺拉斯说。

玛西亚再次吻了他，之后轻叹一声，跌坐进了扶手椅里，斜靠在椅背上，莫名其妙地哈哈大笑起来。

"为什么呢？你这个小天才！"玛西亚嚷道。

"好吧好吧，随便你怎么称呼好了。我告诉过你的，要知道我可

---

① 伊利（Erie），美国宾夕法尼亚州西北部一城市。

比你整整大了一万岁呢——千真万确。"

玛西亚又笑起来。

"我可讨厌人家跟我作对呢。"

"我再也不敢跟你作对啦!"

"奥马尔,"玛西亚正色道,"你为什么想娶我呢?"

天才站了起来,双手插进了口袋里。

"因为我爱你啊!玛西亚·梅朵。"

听了这话,玛西亚识趣地再也不称他奥马尔了。

"亲爱的,"玛西亚说道,"其实我也有点爱你。你身上的某些特质——我说不清楚到底是什么——让我每次在你身边时都会感到怦然心动。但是,甜心——"玛西亚顿了一顿。

"但是什么啊?"

"我们之间有好多'但是'要考虑。比如说'但是你刚满十八岁,而我马上就二十岁了'。"

"胡说!"贺拉斯打断道,"可以这么说——我虚岁十九岁了,你周岁也刚好十九岁。这样算来我们几乎一般大——当然,这还没算我比你年长的那一万岁呢。"

玛西亚笑了起来。

"但是还有其他的好多'但是'呢。比如说你的家人——"

"我的家人!"天才愤愤地说道,"我的家人就想把我培养成一个畸形怪物。"想到接下来自己要说的话是那样十恶不赦,贺拉斯的脸涨得通红,"我的家人应该滚回家里该干吗干吗去!"

"天哪!"玛西亚惊慌地喊道,"他们都是这样子对你的吗?那他们简直是一堆垃圾。"

"垃圾——就是垃圾。"贺拉斯表示强烈赞同,"他们干的事情都是垃圾。一想到他们是怎么把我变成一个小干木乃伊,我就气不打一处来。"

"你怎么会觉得自己是木乃伊呢?"玛西亚静静地问道,"难道是因为我?"

"是的。自从遇见了你,大街上的每个人都令我嫉妒,因为他们在我之前领略到了爱情的滋味。过去我竟然称之为'性冲动',天哪!"

"但是还有更多'但是'呢!"玛西亚不依不饶。

"还有什么啊?"

"我们靠什么生活呢?"

"我会挣钱养家。"

"你还在读大学。"

"你觉得我还会在乎那个文学硕士学位吗?"

"你在乎的是成为我的主人①,对吗?"

"对!啊?什么!不对!"

玛西亚嫣然娇笑,灵巧地转身坐在了贺拉斯的腿上。贺拉斯忘情地揽住了怀里的人儿,低头在她的脖颈处种了一朵吻痕。

"你是个挺正派的人呢,"玛西亚若有所指,"但这听起来又不合逻辑。"

"噢,不要这么较真好不好!"

"人家不是有意的。"玛西亚说。

---

① 单词 master 是多义词,既可理解为"硕士",又可理解为"主人"。

"我讨厌那些一本正经的家伙！"

"但是我们——"

"噢，闭嘴！"

玛西亚乖乖就范了，因为她不能用耳朵说话。

四

　　贺拉斯和玛西亚在二月初完婚。这事在耶鲁和普林斯顿两所大学的学术圈引起了极大的轰动。贺拉斯·塔博克斯，这个十四岁就在《大都市报》的周末刊物上发表文章的奇才，竟然放弃了自己的大好前程，放弃了成为美国哲学家这一名扬天下的机会，就为了娶一个歌舞团的女孩儿——学术圈的人管玛西亚叫"歌舞团的女孩"。但是跟现代其他爆炸性新闻一样，人们对这一事件也不过是三分钟热度。

　　他们在哈莱姆区①租了一间平房。经过两周的奔波，在贺拉斯那"万般皆下品，唯有读书高"的价值观被无情地消磨殆尽后，他总算在一家南美出口公司谋得了一份小职员的工作——之前有人告诉他说出口业前景广阔。玛西亚打算继续表演几个月——直到贺拉斯能养家糊口。贺拉斯的起薪只有一百二十五美元，尽管公司跟他说几个月后他的工资就能翻倍，玛西亚还是断然拒绝考虑辞去自己当时每周有一百五十美元收入的工作。

　　"我们何不把自己比作'脑袋与肩膀'呢？亲爱的。"玛西亚温柔

---

① 哈莱姆区（Harlem），美国纽约市曼哈顿的一个社区，曾是 20 世纪美国黑人文化与商业中心，也是犯罪与贫困的主要中心。

地说，"就让我这个'肩膀'再坚持摇晃几个月，好让你这个生锈的'脑袋'发挥作用吧。"

"我讨厌这个比喻。"贺拉斯闷闷不乐地说。

"你看，"玛西亚毫不客气地说道，"你的工资都不够付房租。你以为我愿意抛头露面吗？我不想。我想完全属于你。可是我要是每天干坐在家里，傻傻地数着壁纸上的向日葵等你回家的话，就是真的白痴了。等你一个月挣三百美元，我立马辞职。"

尽管这番话深深刺痛了他作为男人的尊严，贺拉斯不得不承认玛西亚言之有理。

三月翻飞而过，四月翩跹而至。五月为曼哈顿的公园和河道添了明丽绚烂而又繁华喧嚣的一笔。婚后两人过得十分快乐。贺拉斯再没什么习惯可言了，因为他根本没时间去培养任何习惯！这证明贺拉斯是那种最贴心的模范丈夫。而且，对于贺拉斯醉心的事物，玛西亚全无概念，因此两人并无什么冲突和龃龉。他们的思考范围完全在两个领域。玛西亚充当务实的家务总管，贺拉斯则要么生活在那个过去的抽象思维世界里，要么志得意满地生活在对爱妻的崇拜和倾慕里。玛西亚总是能给贺拉斯带来新鲜感——她的见解自然天成，新颖独到；她的精神活力四射，思维清晰；她的性情风趣幽默，总能言笑晏晏。

无论玛西亚到哪儿演出，每每提及自己丈夫的过人才智，都会无比自豪。她的那些九点档演出的伙伴都对此印象深刻。而他们眼中的贺拉斯不过是一个高高瘦瘦、沉默寡言而又略显稚嫩的年轻男子，并且每天晚上都会接玛西亚回家。

有一天，像往常一样，贺拉斯晚上十一点来接玛西亚回家。"贺拉斯，"玛西亚说道，"你站在路灯底下，看起来就像个幽灵呢。难道你瘦了吗？"

贺拉斯模棱两可地摇了摇头。

"我不知道。今天开始，我每月的工资涨到一百三十五美元，还有——"

"我才不在乎这个，"玛西亚郑重其事地说，"你现在晚上都在没命地工作，还总是读那些大部头的经济书——"

"是经济学。"贺拉斯纠正道。

"好吧。每天晚上我都睡很久了，你还在读这些书。这样下去，你又要变得跟我们结婚前一样，弯腰驼背的。"

"可是，玛西亚，我必须得——"

"不！没必要。亲爱的，我想现在是我说了算，我可不能让你熬坏了身子，变成了近视眼。你必须得做些运动。"

"我在运动！每天早上，我——"

"哦，我知道！但是你做的那几个哑铃能冒几滴汗呢？我说的是正儿八经的运动。你应该到健身房去。记得你之前跟我提过你是体操健将来着，人家还想选拔你参加大学体操队，后来因为你跟赫伯特·斯宾塞①有约才不了了之的，不是吗？"

"之前我挺喜欢那个。"贺拉斯沉吟道，"但是现在做未免太浪费时间了。"

"好吧。"玛西亚说，"咱俩做个交易。你去健身房，我呢，就从

––––––––––––––––––––––––––––––––––––––

① 赫伯特·斯宾塞（Herbert Spencer，1820—1903），英国哲学家，被称为"社会达尔文主义之父"。

那排棕色的书里挑一本来读。"

"《佩皮斯①日记》吗？好呀！读来应该蛮有趣，他的作品很容易读。"

"我可没觉得——他才不好读。感觉就像在嚼平板玻璃。但是你跟我念叨过无数次它能开拓视野啦。好吧，你每周有三天晚上去健身，我就喝一剂塞缪尔猛药。"

贺拉斯有些犹豫。

"这个——"

"快点吧，现在开始！你为了我做大回环，我为了你恶补文化知识。"

就这样，贺拉斯最后还是妥协了。因此整个炎炎夏日，贺拉斯每周都会花三到四个晚上去"队长健身房"的吊架上做运动。到了八月份，在玛西亚面前，贺拉斯不得不承认，运动的确使得他白天的脑力工作更有成效。

"吾身健，吾神旺。"贺拉斯如是说。

"可别信这个，"玛西亚答道，"这些药品②，之前我试过一次，根本就不管用。你还是得坚持运动。"

九月初的一天晚上，正当贺拉斯在一间空空荡荡的房间里做吊环屈体运动时，一个满怀心事的胖男人过来与他攀谈，贺拉斯注意到，那个胖子已经留心自己好几个晚上了。

---

① 塞缪尔·佩皮斯（Samuel Pepys，1633—1703），17世纪英国作家。以散文和流传后世的日记而闻名，于1659年至1669年近十年间以日记的形式完整记录了自己生活和工作中的见闻琐事。

② 贺拉斯上句说的是拉丁语 Mens Sana in Corpore Sano，玛西亚误认为是一种药名。

"嘿，小伙子！再表演下你昨晚露的那个绝活。"

正在锻炼的贺拉斯向他咧嘴一笑。

"这是我自创的。"贺拉斯道，"灵感来自欧几里得[1]的第四命题。"

"他是哪个马戏团的？"

"早死了。"

"好吧。那他肯定是做这个绝活的时候摔断了脖子。昨晚我坐在这儿看你做时，心里想着，你肯定会摔断自己的脖子。"

"就像这样！"贺拉斯说着，一边拉着吊环表演了那个绝活。

"做这个，你脖子和肩膀的肌肉不会疼死吗？"

"刚开始很疼，但一周之内我就已经证明完毕[2]啦！"

"嗯！"

贺拉斯优哉游哉地在吊环上荡来荡去。

"那你有没想过专门干这行？"胖男人又问道。

"别找我。"

"这个绝活一般人做会没命的，如果你愿意的话，可以赚大钱。"

"还有这个呢！"贺拉斯欣欣雀跃地叫道，胖子看着身着粉色紧身运动衣的普罗米修斯[3]再次挑衅了上帝和提出"万有引力定律"的艾萨克·牛顿，不禁惊讶得目瞪口呆。

此次偶遇之后的第二天晚上，当贺拉斯下班回到家时，躺在沙发

---

[1] 欧几里得（Euclid，约前330—前275），古希腊数学家，被称为"几何之父"。

[2] 拉丁词组 Quod Erat Demonstrandum，意为这就是所要证明的，很多早期数学家用过，包括欧几里得和阿基米德。

[3] 普罗米修斯，希腊神话中人名，为人类盗火种甘愿受罚。

上的玛西亚面色苍白，正在等他。

"今天我昏倒了两次呢。"玛西亚冷不丁冒了一句。

"什么？"

"是的。你瞧，再过四个月宝宝就要出生了。医生说我半个月前就该停止跳舞。"

贺拉斯坐下来思量了一番。

"我很开心，当然。"贺拉斯忧心忡忡，"我们要有孩子了，我当然开心。但这可是一笔不小的开支啊。"

"我在银行存了两百五十块钱。"玛西亚很有信心地说，"而且马上会收到半个月的工钱。"

贺拉斯迅速地计算了一下。

"包括我的工资在内，在接下来的半年里，我们大约会有一千四百块的收入。"

玛西亚的脸色沉了下来。

"就这么点？当然，我这个月还能靠唱歌赚点钱。明年三月份我就又能工作了。"

"当然不行！"贺拉斯气急败坏地说，"你就好好待在家里。我们想想——请医生，雇护士，还要请保姆。我们必须得多赚点钱。"

"是啊！"玛西亚不无担忧地说，"可是钱从哪来呢？现在可全靠你这个生锈的'脑袋'了呢。'肩膀'现在运转不灵了。"

贺拉斯站了起来，穿上了外套。

"你这是去哪？"

"我有办法了。"贺拉斯答道，"我去去就回。"

十分钟后，当贺拉斯沿街向"队长健身房"走去时，他明确知道自己接下来打算干什么，明白这可不是跟自己开玩笑，他虽然很惊讶，内心却是波澜不惊。若是一年前的那个自己，该觉得多么不可思议啊！若是周遭的人们知道了，又该觉得多么难以置信啊！但是当命运之门对你敲响时，开门之后迎来的事可就由不得你了。

　　健身房内灯火通明。贺拉斯适应了一下室内的灯光，便发现那个满怀心事的胖子，这会儿正坐在一摞帆布垫子上，抽着一支粗雪茄。

　　"喂，"贺拉斯直截了当地问，"昨晚跟我说的，表演吊环绝活能挣钱，是真的吗？"

　　"怎么了？当然是真的。"胖子诧异地回答。

　　"那好，我想了一下，想试试看。在晚上和周六下午我有空——如果报酬足够可观，我可以一直做下去。"

　　那胖子看了一下自己的手表。

　　"好。"他说，"你该见见查尔斯·鲍尔森。一旦他看了你的表演，一定会在四天之内雇用你的。这会儿他不在。明晚我帮你约他。"

　　胖子倒是言出必行。第二天晚上查尔斯·鲍尔森果然来了，整整一个小时的时间，他都在观赏天才在空中划出的各种匪夷所思的抛物线。接下来的那天晚上，查尔斯带来了两个大块头，一看就是那种天生抽黑雪茄的大烟枪，喜欢用低沉、热切的声音满嘴谈钱的生意人。就在那个周六，贺拉斯·塔博克斯的身影首次在科尔曼街花园的体操表演会上亮相了。尽管面对着将近五千名观众，贺拉斯却没有丝毫的紧张。因为早在孩提时代，贺拉斯就习惯了在公开场合宣读文章——从小他就懂得如何使自己超然物外。

"玛西亚，"当天晚上，贺拉斯满心欢喜地说，"我想我们已经平安渡过难关啦。鲍尔森说可以帮我争取到在竞技场公开表演的机会。这样的话我整个冬天都可以开工。竞技场啊，你知道吗？那可是很大——"

"是的。我之前应该听说过。"玛西亚打断他，"但是我想知道，你所表演的这个绝活，不是什么骇人的自杀方式，对吧？"

"当然不是！"贺拉斯平静地说，"但是一个男人心甘情愿为你赴汤蹈火，你觉得还有比这更美好的自杀方式吗？为了你，我死得其所。"

玛西亚走了过来，伸出双臂紧紧地搂住了贺拉斯的脖子。

"吻我。"玛西亚呢喃道，"叫我'甜心宝贝'，我喜欢你叫我'甜心宝贝'。给我拿一本明天读的书吧。不要再是塞姆·佩皮斯了，我想看些有趣点有劲儿点的。我现在整天无事可做都快疯了。我想写信，可是又不知道该写给谁。"

"写给我啊。"贺拉斯说，"我会读的。"

"我倒是想写呢。"玛西亚叹了口气，"要是我认识的字够多，我就给你写一封世界上最长的情书，而且不让你觉得无聊。"

但是两个多月过后，玛西亚自己倒觉得十分无聊了。一连好几晚都是那个神色匆匆、面带倦容的年轻人在竞技场的表演舞台上演出。之后有两天，那身白色运动衣被淡蓝色的运动衣取代了，台下掌声寥寥。不过在那之后贺拉斯又登台了，那些离舞台近些的观众可以看到这个年轻的特技表演者脸上荡漾着一抹纯真的幸福，即使是在空中气喘吁吁地翻转腾挪，表演那些令人叹为观止的独创肩摇摆运动时也是如此。表演结束后，贺拉斯给了电梯乘务员一抹灿烂的笑容，就一步五阶地大步冲上楼去，之后蹑手蹑脚地走进了一个十分安静的房间。

"玛西亚。"贺拉斯轻声唤道。

"嗨！"玛西亚给了他一抹苍白的微笑，"贺拉斯，有个事帮下忙。找找我最上面的抽屉，里面有一大叠纸。那是一本书——算是吧——贺拉斯。那是我在过去卧床的这三个月里写的。我想让你把它拿给彼得·博伊斯·温德尔，就是那个刊登我信件的人。他会告诉你那是否是本好书。我就是用我平时说话的口吻，也是用我给他写信的方式写的。这故事里提到的很多事都是我的经历。可以帮我拿给他吗？贺拉斯。"

"当然，亲爱的。"

贺拉斯俯下身来，把头靠在了玛西亚的枕头上，和她并肩躺在一起，然后轻轻抚摸着她金黄色的秀发。

"我挚爱的玛西亚。"贺拉斯柔情似水。

"不要。"玛西亚喃喃地说，"按我说的那样叫我。"

"甜心宝贝。"贺拉斯热情如火地在玛西亚耳边低语，"挚爱的甜心宝贝。"

"我们该给女儿取什么名呢？"

他们就那么慵懒地躺了一会，其乐融融，心满意足。贺拉斯仔细想了一下。

"我们就叫她玛西亚·休谟·塔博克斯。"贺拉斯喜笑颜开。

"为什么叫休谟？"

"因为他是咱俩初次见面的介绍人啊。"

"是吗？"玛西亚咕哝着，睡意迷蒙，有几分惊讶，"我还以为他的名字叫穆恩呢。"

玛西亚合上了眼睛，过了一会儿，盖在玛西亚胸前的被子有规律地缓慢上下起伏着，可不是睡熟了。

贺拉斯踮着脚尖走到了桌前，拉开了上面的抽屉，看到了一堆字迹斑驳、模糊不清的手稿。他看了看第一页：

桑德拉·佩皮斯缩写本

玛西亚·塔博克斯　著

贺拉斯会心一笑。看来塞缪尔·佩皮斯终究还是影响了她啊。他翻开那本手稿，开始读了起来。他的笑意更浓了——因为他读了下去。半个小时过后，贺拉斯意识到玛西亚醒了，并且正坐在床上望着自己。

"甜心。"玛西亚轻声唤道。

"怎么了，玛西亚？"

"你喜欢这本书吗？"

贺拉斯咳了起来。

"我正津津有味地读着呢，很不错啊！"

"把它拿给彼得·博伊斯·温德尔吧。告诉他你曾是普林斯顿大学数一数二的尖子生，所以你觉得好的书错不了。告诉他这本书会征服世界的。"

"没问题，玛西亚。"贺拉斯温柔地说。

玛西亚再次合上了眼睛，贺拉斯俯身亲了亲她的前额——然后满是怜惜和柔情地在她身边站了一会儿，才离开了房间。

整个夜晚，那些潦草难辨的春蚓秋蛇，随处可见的拼写和语法错误以及蹩脚古怪的标点符号都在贺拉斯眼前翩翩起舞。半夜贺拉斯醒了好几次，每次醒来，心中都是千头万绪，溢满了对玛西亚内心想要表达自我的无限同情。贺拉斯对此很是伤感，而且这也是几个月以来，他第一次又重新忆起了那个几乎抛诸脑后的梦想。

他本来打算写一套丛书普及新现实主义，正如叔本华[①]普及了悲观主义，威廉·詹姆斯[②]普及了实用主义。

可是天不遂人愿。命运捉弄了他，逼得他去做劳什子的吊环表演。想到那记轻轻的敲门声，想到那个坐在休谟上婀娜娉婷的身影，想到玛西亚威逼利诱的香吻，贺拉斯付之一笑。

"即便如此，我还是我。"贺拉斯在黑暗中清醒地大声惊叹，"那个坐在贝克莱上，鲁莽地以为只要充耳不闻，那敲门声就是幻觉的家伙也是我。我还是那个我，犯下这样的罪行，我真该坐电椅被处死。

"可怜的灵魂是无形透明的，却想要以有形的方式表达自身的情感。玛西亚用她写出的书表达，我用我未写的书表达。我们都试图选择自己的表达方式，尔后得偿所愿——知足而乐。"

五

由专栏作家彼得·博伊斯·温德尔执笔作序的《桑德拉·佩皮斯

---

① 亚瑟·叔本华（Arthur Schopenhauer，1788—1860），德国哲学家，被视为悲观主义哲学家，代表作有《作为意志和表象的世界》(The World as Will and Representation) 等。
② 威廉·詹姆斯（William James，1842—1910），美国本土第一位哲学家和心理学家，也是教育学家，实用主义的倡导者。

缩写本》开始在乔丹先生的杂志上连载，并在三月份发售了单行本。自分册首次付梓之后，该书便受到了广泛关注。一个老旧俗套的主题——一个姑娘，为了能登上梦想的舞台，从偏远的新泽西小镇千里迢迢来到纽约这个大都市。作品文风简洁，遣词造句自成一家，表达灵动活泼。正因其词汇匮乏，反倒令字里行间弥散着丝丝缕缕挥之不去的淡淡忧伤。这让她的作品呈现出一种难以抵挡的魅力。

恰好彼得·博伊斯·温德尔当时正大力提倡人们直接用富有表现力的日常口语，以此来丰富美国语言。作为这本书的赞助人，他以雷霆万钧之势向那些态度不温不火、满口陈词滥调的传统评论者发起了猛烈进攻，对玛西亚的书倾力推荐。

玛西亚的系列连载一次能获得三百元的稿酬，这钱每次都来得恰逢其时。尽管现在贺拉斯在竞技场表演的月薪比以往玛西亚任何时候赚的都要多，可是面对小玛西亚声嘶力竭的哭喊，夫妇俩认为孩子还需要呼吸清新的田园空气。因此在四月初，他们在西切斯特县的一栋小屋里安顿了下来，这儿房前屋后有草坪，有车库，所有的什物应有尽有，当然也包括一间安如磐石的隔音书房，玛西亚曾信誓旦旦地向乔丹先生允诺，等到女儿消停了，她就会闭门写作，潜心于她那不朽的文盲文学。

"这样也不错。"一天晚上，贺拉斯在从车站回家的路上这样想道。他正思量着在他面前展开的几种未来图景。为期四个月、有五位数报酬的特技表演，一次重返普林斯顿大学执掌体操队的机会。奇怪极了！他曾经打算回到那里领军哲学研究的啊。现在倒好，连听到安东·劳里埃要来纽约这样的消息，贺拉斯都能心如止水，不为所动。

要知道，过去劳里埃可是他的偶像呢。

砾石在贺拉斯脚底沙沙作响。他看见自己家的客厅灯火闪亮，还注意到一辆大型轿车停在自己家的车道上。许是乔丹先生又来了吧，一定是来规劝玛西亚专心工作的。

玛西亚早听见了贺拉斯走近的声音，门口的灯光打在玛西亚身上，映出了她姣好的身形。玛西亚走出来迎上贺拉斯。

"里面有个法国人。"玛西亚紧张兮兮地说，"他的名字我叫不来。但这个人讲话可深奥了。还是你去跟他聊两句吧。"

"什么法国人？"

"问我哪行呢？他是一个小时前跟乔丹先生一起开车来的。说什么想会会桑德拉·佩皮斯云云。"

夫妇俩走进门，两个男人起身相迎。

"你好！塔博克斯。"乔丹说，"我可是让两位名人会晤了。我把劳里埃先生请来啦。劳里埃先生，这位是塔博克斯先生，塔博克斯太太的丈夫。"

"不会就是安东·劳里埃先生吧？"贺拉斯惊呼道。

"正是我啊，是我。我必须来，我非来不可。我拜读了尊夫人的书，对此书很是着迷。"——劳里埃在自己的口袋里摸索了一会——"看，我也读到过您的消息。我今天读的这张报纸上就提到了您的名字呢。"

劳里埃终于掏出了一份剪报。

"读读看！"劳里埃急切地说，"里面也提到您了。"

贺拉斯的眼睛飞速扫了一下那张报纸。

"对美国方言文学卓尔不群的贡献。"报纸上写道，"没有文学腔调的矫饰，本书的质量正源于此，一如《哈克贝利·费恩》[①]。"

贺拉斯的目光停在了接下来的一段话上，他突然大惊失色——赶忙读了下去：

"玛西亚·塔博克斯与舞台结缘绝非只是作为观众，更是作为一名表演者的妻子。去年她嫁给了贺拉斯·塔博克斯。每晚塔博克斯先生都会在竞技场为孩子们表演精彩绝伦的飞空吊环表演。据说这对年轻伉俪将自己戏称为'脑袋与肩膀'，毫无疑问，塔博克斯太太代表的是进行文学创作和精神思考的'脑袋'，而她的先生则用自己敏捷灵活的'肩膀'承载起了家庭生活的重担。

"'天才'这个称号常被滥用，但塔博克斯太太显然当之无愧。芳龄二十——"

贺拉斯再也读不下去了。他脸上挂着古怪的表情，目不转睛地盯着安东·劳里埃。

"我想给你个忠告——"贺拉斯声音嘶哑。

"什么？"

"若是听到了敲门声，千万别应声！不要理会敲门声——干脆装扇隔音门！"

（刘红梅　译　耿强　校）

---

① 小说全称为《哈克贝利·费恩历险记》(Adventures of Huckleberry Finn, 1884)，是马克·吐温(Mark Twain，1835—1910)的代表作，也是美国文学史上一部影响深远的作品。小说的中心情节是讲白人孩子哈克和黑奴吉姆如何结下深厚友谊的故事。

雕花玻璃酒缸

一

　　这世上曾经有过一个旧石器时代，有过一个新石器时代，有过一个青铜器时代，想不到，许多年过去之后，竟又冒出了一个雕花玻璃时代。在这个雕花玻璃时代里，年轻的小姐们若能把那些嘴上蓄着毛茸茸的八字胡髭的年轻男士说动了心，劝得他们回心转意，要来娶她们为妻了，那么，事成之后，她们总归要静下心来，花费好几个月的时间给亲朋好友们写致谢信，感谢他们送来了各式各样的雕花玻璃礼品——潘趣酒①调酒缸、洗指碗②、成套的玻璃餐具、高脚玻璃酒杯、盛冰激凌的碟子、装棒棒糖的碟子、细颈盛水瓶、花瓶等等，凡此种种，不一而足——因为，虽说雕花玻璃器皿在九十年代③已经算不得什么新鲜事物

---

① 潘趣酒（punch），一种用果汁、香料、茶、果酒等掺和而成的甜饮料。
② 洗指碗（finger-bowl），盛了水放在餐桌上供人餐后洗手指用的碗。
③ 指 19 世纪 90 年代。

了，可是在当时却是格外地繁盛走俏，它折射出的令人眼花缭乱的光芒，把波士顿高档住宅区的时髦风尚直接传到了位于美国中西部的那些偏远地区。

婚礼过后，那些潘趣酒调酒缸就被收拢起来，依次排列在餐具柜上，最大的那尊位居正中央；那些成套的玻璃餐具也都被收藏在瓷器橱里；烛扦则分列在左右两端——然而，时隔不久，这里也发生了"生存竞争"。那只装棒棒糖的碟子，由于没能保住它那小巧玲珑的柄儿，只好被拿到楼上去做了放发卡的盘子；一只猫儿在那里雄赳赳地昂首阔步，把最小的那只调酒缸撞得从餐具柜上跌落下来；紧接着，那个女佣在拿糖碟儿的时候一不留神，又把那只中号酒缸砸破了一个口子；到后来，那些高脚玻璃酒杯也都一个个落下了腿骨折的终身残疾，甚至连那成套的玻璃餐具也像那"十个小黑人"①一样，不知怎么就一个接一个地不见了踪影，最后剩下的那一只，也已是疤痕累累、遍体鳞伤，只能拿去当了插牙刷的缸子，跟其他那些落魄的"正人君子"为伍，挤挤插插地待在浴室里的搁架上。不过，等事情闹到这步田地的时候，雕花玻璃时代反正也已经一去不复返了。

雕花玻璃时代绚丽壮观的第一拨浪潮刚刚过去之后不久，有一天，那位忒爱打探别人隐私的罗杰·费厄博尔特太太前来拜访那位漂亮的少妇哈罗德·派珀太太了。

---

① 《十个小黑人》(Ten Little Niggers)，原为一首家喻户晓的英语童谣，讲述的是十个小黑人接二连三地神秘死去的故事。后来，美国歌词作家赛普迪麦斯·温纳（Septimus Winner，1827—1902）将其改编为滑稽说唱节目《十个小印第安人》(Ten Little Injuns，1868)。阿加莎·克里斯蒂的著名侦探小说《无一生还》(And Then There Were None，1939)即据此童谣改编而成。

"我的天呀，"惯爱打探别人隐私的罗杰·费厄博尔特太太说，"我真喜欢你们家这幢别墅。我觉得你们家布置得实在太有艺术性了。"

"我觉得您实在是太过奖啦，"漂亮少妇哈罗德·派珀太太说，那双稚气未脱的黑眼睛里立即放出了光彩，"那您一定要经常来玩儿哦。我下午差不多总是一个人待在家里的。"

费厄博尔特太太真忍不住想说，她才不信这种鬼话呢，谁还看不出她这个人是怎么恪守妇道的——弗雷德·格德尼先生一星期里总有五个下午要来登门造访派珀太太，如此这般已有半年之久，这个心照不宣的秘密，早已经传得沸沸扬扬、满城风雨啦。费厄博尔特太太到了这个年纪，已经成熟老辣得什么也甭想逃过她那双眼睛了。哼，对这帮漂亮的少妇，她是一个也信不过的——

"我顶喜欢这间餐厅了，"她说，"瞧这些精美绝伦的瓷器，还有这尊硕大无朋的雕花玻璃酒缸。"

派珀太太朗声笑起来，笑得花枝乱颤，费厄博尔特太太本来还对有关那位弗雷德·格德尼先生的传闻心存不少疑团，听了这悦耳动听的笑声，疑心顿时也就烟消云散了。

"啊，您是说那只最大的酒缸啊！"派珀太太说这话时，嘴巴已笑成了一朵娇艳欲滴的玫瑰花儿，"那只酒缸说起来还真有一番来历呢——"

"哦——"

"您还记得卡尔顿·坎贝那小伙子吗？他呀，他有一度对我追得可紧呢。后来，有天晚上，我就对他说，我马上就要跟哈罗德结婚了。那已经是七年前的事儿了，是九二年吧。他费了好大的劲儿才克制住自己，然后说：'伊芙琳，我要送你一件礼物，这件礼物也跟你这个人一样冷酷、一样漂亮、一样空虚、一样只消一眼就能看透。'我倒真的被他吓得有点儿六神无主了——他的那双眼睛，全然就是一副凶神恶煞的样儿。我还以为他真要慷慨地送给我一幢闹鬼的别墅，或者送给我某个你一打开就会爆炸的玩意儿呢。没想到送来的就是这只酒缸。当然，这只酒缸确实也很漂亮。它的直径，或者是周长吧，或者是什么什么的，足足有两英尺半呢——不对，好像是三英尺半。不管怎么说吧，反正那个餐具柜确实是小得放不下它的；只能半截儿悬空将就着搁在那儿了。"

"哎呀，我亲爱的，你说这事儿怪不怪！那小伙子大概也就是在那个时候才一气之下远走他乡的，对不对？"费厄博尔特太太嘴上这样说，心里却在忙不迭地铭记着那几个精辟的字眼儿——"冷酷、漂亮、空虚、一眼就能看透。"

"对，他到西部去了——不，好像是去了南方吧——说不定是去哪儿哪儿了吧。"派珀太太回答说，脸上洋溢着那种美艳无比、憨态可掬的笑意，使她因岁月的消磨而日渐淡去的美貌又平添了几分姿色。

费厄博尔特太太一边戴上手套，一边还在啧啧称赞着，说那间宽敞的音乐室一头直通书房，另一头则是远远可以看见的餐厅的一角，当中有这么一大片开阔的地方，的确能给人以轩豁之感。房子虽小了点儿，却着实是本城最别致的一所豪宅。于是，派珀太太便接着说起了他们准备搬家的事儿，打算搬到德福洛克斯林荫道上的一幢比这更大一些的别墅去。可见她男人哈罗德·派珀先生一定是个很会赚钱、生财有道的人。

在越来越浓的秋日的暮色中，费厄博尔特太太一踏上人行道，脸上立刻就摆出了那种不以为然、略显不快的表情，大凡年届四十、日子过得一帆风顺的妇女，走在大街上时脸上都会挂着这副表情吧。

她一路走一路就在想，我要是哈罗德·派珀的话，我就会少花那么一点儿时间在生意上，多花那么一点儿时间在家里。要是有哪位朋友去劝劝他就好了。

不过，假如费厄博尔特太太觉得这天下午她还算"不虚此行"的话，只要她稍微再多待上两分钟，她准会称之为"胜利而归"了。因为，就在她顺着大街刚刚走下去一百码，身影渐远，但还没有完全消失之际，一个模样非常英俊、神情异常激动的年轻人闪身出现在那条人行道上，他显然是直奔派珀公馆而来的。派珀太太一听到门铃声，便亲自出来开了门，脸上带着相当惊慌的表情，匆匆地将来人领进了书房。

"我必须赶来见你一面才行，"他慌不择词地开口便说，"你的这封便笺真把我急坏了。是不是哈罗德逼着你写下这封信的？"

她摇了摇头。

"这回我算完啦，弗雷德，"她吞吞吐吐地说着，两片嘴唇也变得活像两片凋零的玫瑰花瓣儿一样，在他眼里，她还从来没有像现在这样难受过，"他昨天晚上一回到家里，就为这事儿闹别扭了。他那个堂妹杰茜·派珀也认为，这事儿闹得也实在太不像话了，哪怕是出于责任感，她也不能袖手旁观，于是，她就直接闯进了他的办公室，把一切都告诉他了。他现在伤心极了，况且——啊，我也不能不设身处地地替他想一想啊，弗雷德。他说，我们整个夏天一直都是社交圈里人家说闲话的对象，他自己还一直蒙在鼓里，他以前也曾听到过人家在谈话中只言片语地提到过有关我的事儿，也碰到过人家遮遮掩掩地丢给过他一些暗示，他本来还不怎么懂，现在一下子全明白了。他气得不得了呢，弗雷德，他是爱我的，我也爱他——说得更确切一点儿。"

格德尼慢慢点了点头，似睁非睁地半闭着眼睑。

"是啊，"他说，"是啊，我跟你有同样的毛病。我也是心太软，总是体谅别人的苦衷。"他那双灰褐色的眼睛直愣愣地望着她那乌黑的双眸，"这件令人快活的好事情已经结束啦。我的上帝啊，伊芙琳，我今天一直都闷在办公室里，整整一天都在傻傻地看着你这封信笺的背面，一直在傻傻地看着，傻傻地看着——"

"你赶紧走吧，弗雷德，"她稳住神，态度很坚决地说，声音中又特意加重了一丝催促的味道，这种说话的口吻又一次深深地刺伤了他，"我已经以我的名誉为担保向他发过誓，保证绝不会再跟你见面了。至于我跟哈罗德的婚姻能够走多远，我自己心里有数，可是，这么晚了还跟你在这儿卿卿我我，那是万万不行的。"

他们这时依然还在站着说话儿，她一边说，一边有意朝门口悄悄挪动了一点儿。格德尼凄楚地望着她，在这怅然诀别的时刻，他很想再珍重地朝她看上最后的一眼——然而，就在这时，门外的走道上冷不丁地传来了一阵脚步声，两个人都吓得愣怔住了，顿时变成了两个石头人儿。慌忙中，她倏地伸出手去，一把揪住他外套上的大翻领——半拖半扭地扯着他，穿过那扇大门，钻进了那间黑咕隆咚的餐厅。

"我来哄他到楼上去，"她凑在他耳边悄声说，"你就待在这儿别动，等你听见他在上楼了，就赶紧从前门溜出去。"

于是，他就独自一人躲在里面，竖起耳朵聆听着，只听她进了客厅，在连声问候着迎接自己的丈夫。

哈罗德·派珀现年三十六岁，比他太太年长九岁。他的长相还算仪表堂堂——不过，此处还得添加两条小小的旁注：其一是，他的两只眼睛未免也长得太靠近了些；其二是，他那张面孔若是平静下来，总会带着些许木愣愣的表情。他对这起"格德尼事件"的态度，足可以代表他对一切问题的处世态度。他当时就对伊芙琳说，他认为这个问题可以就此收场了，他绝不会责怪她，今后也绝不会以任何方式旁敲侧击地重提这段旧事；他还暗暗告诫自己，面对这样一起事件，这样做也不失为一种相当宽宏大量的处理方法了——并认为这样做也让妻子受到了莫大的感动。然而，如同所有自以为心胸特别宽大的男人一样，他其实也是一个心胸特别狭窄的人。

他这天晚上一回到家里，就特意换上了一副格外亲切的态度，热情问候着伊芙琳。

"你得抓紧时间去换身衣服才行啊，哈罗德，"她急不可待地说，"我们还要去布朗森家做客呢。"

他点了点头。

"我换身衣服也要不了多长时间呀，亲爱的。"接着，他的说话声就渐渐远去了，他在朝书房里走呢。伊芙琳的一颗心儿在嘭嘭地乱跳。

"哈罗德——"她也跟在他身后走进了书房，可是一开口说话，就觉得嗓子眼儿里堵得慌。他不慌不忙地点起了一支香烟。"你可得抓紧点儿呀，哈罗德。"她站在门里边，好不容易才把一句话说完。

"干吗这么急啊？"他问道，有点儿不耐烦了，"你自己都还没有打扮好呢，伊芙①。"

他两腿一伸，坐进了那张莫里斯安乐椅②里，还顺手打开了一份报纸看起来。伊芙琳只觉得心里猛地咯噔了一下，她知道，他这一躺就意味着至少要十分钟——而格德尼还提心吊胆地在隔壁房间里站着呢。万一哈罗德铁了心，要先喝上一杯再上楼，并且亲自到餐具柜上去拿那只细颈盛水瓶，那可怎么办？她忽然灵机一动，自己不妨先行一步，把那酒瓶和酒杯给他拿过来，这样就可以防患于未然了。她很担心自己的轻举妄动会引起丈夫注意到那间餐厅，可是，她也不能冒险让自己不愿见到的另外那种情况发生呀。

不过，就在这节骨眼儿上，哈罗德站起身来，把报纸随手一扔，就径直朝她走来。

"伊芙，亲爱的，"他一边说，一边俯身向前，伸出双臂，把妻子揽在怀中，"但愿你别把昨天晚上的事儿放在心上——"她亲昵地依偎在他怀里，但身子却在不住地哆嗦着。"我知道，"他又接着说，"那不过是因为你一时交友不慎才惹出的一场风波罢了。我们大家谁都难

---

① 伊芙（Evie），伊美琳（Evylyn）的昵称。
② 莫里斯安乐椅（Morris Chair），一种椅背的斜度可调节、椅垫可拆下的座椅。

免会有闪失的。"

伊芙琳几乎压根儿就没有听进去他在说什么。她满脑子里想的都是，她能不能干脆就这样依偎着他，再顺势把他拖出书房、引到楼上去？她是不是可以佯装不舒服，撒撒娇，要他抱着她上楼去？——遗憾的是，她心里很清楚，倘若那样的话，他准会让她在那张长沙发上躺下来，再去为她斟一杯威士忌来的。

突然间，她那颗忐忑不安、早已紧张到了极点的心儿又猛然抽搐了一下，简直快要吊到嗓子眼儿里了。她听见餐厅的地板在嘎吱作响，声音虽然很轻微，却听得格外分明。是弗雷德在那儿蠢蠢欲动，试图从后门悄悄溜出去呢。

紧接着，她的心儿又再次怦然狂跳了一下，几乎要飞出喉咙口了，只听"哐当"一声巨响，如同冷不丁儿地敲响了一记震耳欲聋的锣声，整个屋子里都在回荡着那个声音。是格德尼的胳膊撞在那只最大的雕花玻璃酒缸上了。

"怎么会这么大的动静！"哈罗德大喝一声，"是什么人在里面？"

她紧紧抱着他不肯松手，但他还是挣脱开了，顷刻间，这间屋子仿佛就像坍塌了一样，稀里哗啦的声音响彻在她耳边。她听见餐具室的那扇门被人猛然推开，紧跟着便是一阵混乱的扭打声、铁锅子撞击出的乒乓声；气急败坏之下，她也一头冲进了厨房，一把拉上了煤气的总阀。她丈夫慢慢松开了扼在格德尼脖颈上的胳膊，然后便一动不动地呆立在那儿，起初还是一脸的惊愕，随后，那张脸上便渐渐露出了痛苦的表情。

"我的天哪！"他木愣愣地喊了一声，接着就一遍又一遍地吼叫着，"我的天哪！"

他倏地转过身去，作势又要扑向格德尼，但又硬生生地收住了脚步，他那发达的肌肉也明显松弛下来。接着，他咬牙切齿地挤出了一声干巴巴的苦笑。

"你们这两个人——你们这两个人啊——"伊芙琳双臂合围牢牢抱住他，一双眼睛也在苦苦哀求地望着他，但他还是用力把她推在一边，昏头昏脑地一屁股坐在洗涤槽边的一张椅子里，面色则如同墙上的瓷砖，"你居然一直在干着这种蝇营狗苟对不起我的事情呀，伊芙琳。啊，你这个小妖精！你这个小妖精啊！"

她觉得自己从来没有像现在这样为自己的丈夫深深地感到难受过；她也从来没有像现在这样深深地爱恋着他。

"这事儿不能怪她，"格德尼相当低声下气地说着，"是我自己找上门来的。"可是派珀却直摇头，等到他抬起头来、茫然不解地圆睁着他那双眼睛时，他脸上的那种表情便活像突然遭遇了一起严重车祸，连脑子也伤得不轻、一时失去了正常思维能力的人一样。他的那双眼睛，在这突然间竟变得让人好生怜悯，不禁悄然拨动了伊芙琳心灵深处的那根不会发声的琴弦——然而，在此同时，她胸中却又陡然涌起了一股怒不可遏的火气。她感到自己的眼睑在燃烧；她的一只脚在暴怒地乱跺；她的那双手在桌子的上方神经质地胡乱挥舞着，仿佛想把一件武器抓到手似的。到后来，她竟像发了疯一样猛然向格德尼扑去。

"滚出去！"她歇斯底里地尖叫着，一双乌黑的眼眸里燃烧着熊熊烈焰，两只小拳头遏制不住地捶打他的胳膊。"这一切都是你造成的！

你给我滚出去——滚出去！滚出去！"

二

哈罗德·派珀太太年届三十五岁时，人们对她的看法可就褒贬不一了——女人们都说她风韵犹存，男人们则说她姿色大不如从前了。人家之所以会这样说她，大概是因为她那曾经让女人们自惭形秽、让男人们趋之若鹜的天生丽质的姣美容颜，如今已经渐渐消逝了的缘故吧。她的那双眼睛依然还是那么大，还是那么深沉，还是那样含着淡淡的幽怨，可是那股子让人捉摸不透的韵味却已荡然无存了；她那幽怨的眼神如今也不再那样永远让人心驰神往了，只不过是凡胎俗骨之人的左顾右盼罢了，何况她还养成了这样一种习惯，但凡遇到让她心惊胆战或者让她大为恼火的事情，眉头马上就拧成了一团，眼睛也要一连眨巴好几下。她那两片嘴唇也已失去了往日那种迷人的风采：一是，红润已经渐渐褪去；二是，她原先莞尔一笑时，嘴角会微微地往下一撇，既增添了藏在眼角眉梢的幽怨之情，又淡淡地带着些讥讽和娇媚，如今竟连这一点也不复存在了。她现在若是笑起来，嘴角反倒往上翘了。在往昔的那些日子里，每当伊芙琳在为自己美若天仙的姿容感到沾沾自喜的时候，她感到最得意的还是自己那迷人的微笑——常常还会有意卖弄一番。等到她不想再卖弄了，那迷人的笑容竟也渐渐消散了，连同她身上最后那一点儿神秘的韵味一起化为乌有了。

伊芙琳下决心不再卖弄她那迷人的微笑之时，就是在那起"弗雷德·格德尼风波"发生之后还不到一个月之际。从外表上看，他们夫妇之间的关系差不多还跟以前一个样儿。不过，在当时那短短的几分钟时间里，伊芙琳突然发觉，自己对丈夫的爱原来竟是那样的深厚，她同时也意识到，自己对丈夫的伤害又是多么地难以平复。面对着一次次心如刀绞的沉默，面对着一阵阵大发雷霆的训斥和狂怒不已的谴责，她苦苦挣扎了整整一个月——她恳求他的宽恕，她低声下气、可怜巴巴地委身于他，曲意温存，然而换来的却是他那怨怼、刻薄的嘲笑声——到后来，她也渐渐变得默不作声了。久而久之，夫妇之间就有了隔阂，被拦起了一道隐隐约约、却又无法捅破的屏障。于是，她把涌动在胸中的满腔爱意全都倾注在她那年幼的儿子唐纳德身上了，她惊诧不已地发觉，她已经把儿子当成自己的半条命了。

到了第二个年头，愈积愈多的涉及彼此共同利益和共同责任的诸般事务，再加上时而如行云流水般掠过心头的一些往事，促使夫妇俩又重归于好了——不过，经历了这样一场风生水起、令人潸然泪下的情感风波之后，伊芙琳意识到，她人生中的大好时光已经一去不复返了。留下的只是一场空。她原本在彼此的心目中也许就是青春与爱情的化身——可是，经过了那样一段互不理睬的沉默期，柔情蜜意的源泉也就慢慢枯竭了，她自己也已断了念想，再也没有那种相敬如宾地坐在一起举杯对酌的心情了。

她开始津津乐道于这样一些事情了：喜欢找女伴儿们聊聊天，喜欢找以前看过的一些书来看，还喜欢找点儿针线活儿来做，好一边做着活儿，一边照看她的两个孩子，如今她已经把全部心思都扑在这一双儿女身上了。她开始为一些琐碎的小事操心了——譬如说，在吃饭的时候，只要一看到饭桌上有面包屑，哪怕正在跟人说着话儿，她也会分心的：她已经从花样年华渐渐步入中年啦。

她三十五岁生日那天是一个特别繁忙的日子，因为他们是事到临头才告知亲友们要在这天晚上请客的，她一直忙到傍晚时分，才在自己卧室的窗前站了一会儿，发觉身上真的是有些累了。要是在十年前的话，她准会躺下来小睡一下的，可是现在呢，她总觉得样样事情都需要她亲自去过问一下才放得下心来：女佣们都还在楼下收拾打扫，瓷器、花瓶之类的小摆设还堆得满地都是，食品杂货店的人一会儿还要送货来，还得毫不客气地跟他们好好杀杀价——此外，她还得抽空给唐纳德写封信，唐纳德已经十四岁了，今年是他头一年离开父母在外地念书。

岂料，就在她差不多已经拿定主意要躺下来歇息一会儿的时候，耳边突然又传来一个她再熟悉不过的"信号"，是小女儿朱莉在楼下冷不丁儿地尖叫了一声。她抿紧嘴唇，眉头拧成了一团，眼睛也连眨了好几下。

"朱莉！"她喊了一声。

"哎——哎——哎——哟！"是朱莉在叫痛的声音，声调拖得很长。紧接着，希尔达的声音飘上楼来，希尔达就是那个刚刚雇来接替前任的女佣。

"是她自己不小心划破了一点儿皮，派珀太太。"

伊芙琳慌忙奔向她那只针线筐，在里面好一顿翻找，总算找出了一块破手绢，便急匆匆地赶下楼来。朱莉马上扑在她怀里哭成了一个泪人儿，她搂着朱莉，到处查看究竟伤在哪儿了，看来还真伤得不轻呢，因为朱莉的连衣裙上沾着斑斑点点的血渍。

"在我的大拇指上！"朱莉哭诉着，"喔—唷—唷—唷，好痛啊！"

"都是这只酒缸惹的祸，就是这最大的一只，"希尔达带着歉疚的口吻说，"我在擦这餐具柜的时候，把它暂时拿下来放在地板上了，没想到朱莉一溜烟地跑了过来，围着它玩儿啊玩的，一不小心就划伤了。她只是划破了一点儿皮。"

伊芙琳皱起眉头，狠狠瞪了希尔达一眼，然后果断地扳过朱莉身子，抱起她坐在自己的膝头上，接着就动手把那块手绢撕成了条条。

"来——让妈妈看看，亲爱的。"

朱莉竖起受伤的那只大拇指，伊芙琳一把握住它包扎起来。

"瞧，这不就好了嘛！"

朱莉一脸的疑惑，把她那只裹着小布条儿的大拇指看了又看。她弯了弯那只大拇指，又竖起来晃了晃，那张泪迹斑斑的小脸上顿时又露出了高兴的、神气活现的样儿。她鼻头抽了抽，又把那大拇指竖起来晃了晃。

"你这个淘气的小宝贝啊！"伊芙琳叫了一声，又亲了亲女儿，不过，在离开这间屋子之前，她忍不住又皱起眉头朝希尔达瞪了一眼。真粗心！现如今，用人们全都是这种德行。要是能雇到一个有模有样的爱尔兰女佣该多好啊——可惜现在再也雇不到啦——你看看这些个瑞典人——

五点钟的时候，哈罗德到家了，他一到家就上楼直奔她的卧室来，扬言今天一定要吻她三十五下才行，因为今天是她的三十五岁生日，那种欢天喜地的腔调，着实让她觉得可疑。伊芙琳不许他胡来。

"你一直在外头喝酒嘛，"她毫不客气地说，但随即又像给他定性似的补了一句，"算你只喝了几口吧。你明明知道，我很讨厌你身上的这股酒味儿。"

"伊芙，"他说，但欲言又止，自个儿走到窗前的一张椅子里坐下来，"有件事我现在可以告诉你了。我估计你也知道了，城里那个铺子的经营状况近来一直不大妙。"

她此时正站在窗前梳头，一听到这番话便倏地转过身来，两眼直直地望着他。

"你这话是什么意思嘛？你不是一直在说，现有的资金足够在城里再开出一两家五金器材批发部的吗？"她话语中带着大为惊异的口气。

"本来倒是够的，"哈罗德意味深长地说，"没想到，克拉伦斯·埃亨这家伙实在太精明过人了。"

"你那会儿说，他今天也要来参加晚宴，我就觉得好奇怪。"

"伊芙，"他又在自己的膝盖上拍了一巴掌，接着往下说，"从一月一日起，'克拉伦斯·埃亨公司'就更名为'埃亨-派珀公司'了——而'派珀兄弟公司'，作为一个独立的公司，也就不复存在啦。"

伊芙琳吃了一惊。听到丈夫的名字居然退居在第二位，她心里多少总感到有些不痛快；但他竟还是那副兴高采烈的样子。

"我想不通，哈罗德。"

"是这样的，伊芙。埃亨这家伙一直跟玛科斯有些勾勾搭搭，关系很不正常。要是这两家联合起来了，我们可就成了毫不起眼的小角色啦，日子只能勉强对付着过，订单也只能接些小一点儿的来做，一遇到有风险的买卖就犹豫不决缩在后面了。还不都是个资本金多寡的问题嘛，伊芙，要是他们果真成立了'埃亨-玛科斯公司'，大生意就都给他们抢过去啦，可是现在呢，那些大买卖都该由'埃亨-派珀公司'来做啦。"他停顿了一下，又清了清了嗓子，顿时便有一小团威士忌酒味飘过来，直冲她的鼻孔，"实话告诉你吧，伊芙，我一直怀疑是埃亨的老婆在插手这件事。我听说，这位女士个头虽小，野心可不小呢。估计她也知道，玛科斯夫妇在本地大概也帮不了她多大的忙。"

"她是不是——出身于平民阶层啊？"伊芙琳问道。

"我还从没见过她的面呢，这一点我可以肯定——不过，我看你这话也错不了。克拉伦斯·埃亨的名字被提送到乡村俱乐部①已经有五个月了——至今还没有下文呢。"他大为不屑地挥了挥手，"埃亨和我今天在一起吃了顿午饭，席间已经大体上把这件事给敲定了，所以我才想，要是能请他们夫妇俩今晚也来参加我们的晚宴，倒也不失为一桩好事情——反正总共也才九个人，多半还都是自家人。不管怎么说，在我看来，这也算得上一桩大事吧。再说，我们当然也得摸清他们的底细才行啊，伊芙。"

"是啊，"伊芙若有所思地说，"我看我们是该这样做。"

伊芙琳感到惴惴不安的倒并不是这种以拉拢社交关系为目的的应酬——可是，一想到"派珀兄弟公司"眼看就要更名为"埃亨-派珀公司"了，她不免感到有些吃惊。看来家业好像是在日渐衰败了。

---

① 乡村俱乐部（Country Club），位于市郊，设有高尔夫球场等娱乐设施、供城里上流社会的时尚人士玩乐的高档娱乐场所，能够加入这种组织便是一种有身份、有地位的象征。

半个小时之后，当她正要换上晚礼服去张罗宴会的时候，忽然听见丈夫的声音从楼下传来。

"哎，伊芙，快下来吧！"

她出了房间，走进过道里，人伏在楼梯的栏杆上喊了一声："什么事？"

"我想让你来帮我一下，趁这会儿宴会还没有正式开始，先调制出一部分潘趣酒来。"

她匆忙把晚礼服重新在衣架上挂好，然后就奔下楼来，却看到他已经在忙着把各种必不可少的配料分门别类地摆放在餐厅的桌子上了。她走到餐具柜前，从那排酒缸中随意挑了一只，抱着它走了过来。

"啊，不，"他很不乐意地叫起来，"我们还是用那只大号的吧。有不少人呢，埃亨和他老婆，你和我，加上米尔顿，就是五个人了，再加上汤姆和杰茜，就是七个人了，还有你妹妹和乔·安布勒，总共有九个人呢。你不知道，这酒要是由你亲手调制出来，那才叫销路好呢，一会儿就喝完啦。"

"我们就用这只吧，"她坚持说，"这只酒缸也能装不少酒。汤姆是个什么样的人，你又不是不知道。"

汤姆·劳里是杰茜的丈夫，哈罗德的堂妹夫，此人有个相当古怪的癖好，只要一喝起酒来就要耍酒疯，结果总是弄得大家不欢而散。

哈罗德摇了摇头。

"别犯傻啦。那只酒缸至多也只能装三夸脱左右，我们有九个人呢。再说，也得让用人们喝上点儿吧——何况这种潘趣酒又不是什么特别凶的烈性酒。多调些出来，让人看着也能多添几分乐趣呢，伊芙，我们也不一定非要把调好的酒都喝完不可呀。"

"按我说的办，就用这只小号的吧。"

他又固执地摇了摇头。

"不行。你别蛮不讲理好不好。"

"我怎么蛮不讲理啦，"她立即毫不客气地回敬道，"我可不想看到这屋子里有喝醉酒的人。"

"谁说你要让人家喝醉啦？"

"那就用这只小号的酒缸好嘞。"

"得啦，伊芙——"

他一把夺过这只小号的酒缸，想提起它放回原处。她见状立即双手齐出抱住酒缸，使劲儿往下按。一时间两人就你争我夺起来，几个回合之后，他气得闷哼了一声，猛然一个侧转身，将那酒缸从妻子的手指间夺了下来，拎着它朝餐具柜走去。

她无奈地望着他，竭力想摆出一副倨傲的表情来，没想到他却哈哈一笑，全然不当回事儿。她只好自认失败，但也发狠说，她从此再也不管这潘趣酒的事儿了，说完就离开这间屋子扬长而去。

三

七点三十分，伊芙琳款款走下楼来，只见她脸颊红润，高高盘起的发髻闪闪发亮，像是薄薄地抹了一层生发油。埃亨太太果然是一个小女人，虽说染了一头红发，身穿一袭极其考究、在法兰西第一帝国时代甚为流行的长裙，却依然掩饰不住她那略微有点儿紧张的神色，但是跟伊芙琳寒暄了几句之后，她也就变得十分健谈了。伊芙琳一见这女人就打心眼儿里很不喜欢，不过，此人的丈夫，她觉得还是相当不错的。他有一双目光敏锐的蓝眼睛，还有一种与生俱来的才能，在社交场合极善于巴结那些日后有可能使他飞黄腾达的人。显而易见，要不是因为他铸成了大错，在刚刚步入职业生涯的时候就过早地结了婚，此人说不定早已在社会上飞黄腾达了。

"我很高兴能够有缘认识派珀的太太，"他非常干脆利落地说，"现在看来，你丈夫和我今后免不了要常常见面啦。"

她躬身向他致意，优雅得体地朝他微微一笑，然后就转身去迎接别的客人了：哈罗德的那个文静、谦逊的弟弟米尔顿·派珀；劳里夫妇，也就是杰茜和汤姆；她自己的那个还未出嫁的妹妹伊莲娜；最后是乔·安布勒，此人是一个铁杆儿单身汉，也是伊莲娜常年的"护花使者"。

哈罗德在前面引路，众人纷纷入了座。

"我们今天举行的是一个潘趣酒会，"他喜气洋洋地对众人宣布说——伊芙琳发觉他早已品尝过由他自己调制出的酒了——"所以，我们只请大家喝潘趣酒，今天就不再请大家喝别的鸡尾酒啦。调这种潘趣酒是我太太最拿手的杰作呢，埃亨太太；你要是有兴趣的话，不妨让她把那配方教给你；不过，因为她今天不巧有点儿小小的"——他忽然瞥见了妻子的眼色，便顿了一下——"有点儿小小的不适，所以，这批酒是本人调制的。请大家尝尝这酒的口味怎么样吧！"

在整个席间，潘趣酒有的是，然而伊芙琳却注意到，埃亨、米尔顿·派珀，以及所有的女宾，都在对那个斟酒的女佣摇头，表示不想再喝了，由此可见，她坚持要用这只酒缸的做法果然没错。酒缸里还有足足半缸酒呢。她拿定主意，等宴会一结束，就去好好奚落哈罗德一顿，岂料，好不容易挨到女宾们都离席了，埃亨太太偏偏又跑来缠住了她，于是，她只好身不由己地跟这个小女人聊起来，东拉西扯地说着哪些城市如何如何、哪些女装店如何如何之类的话题，出于礼貌，还得装出一副很感兴趣的样子。

"我们一直到处闯荡，已经不知道搬过多少个地方了，"埃亨太太在喋喋不休地说着，一边还猛劲儿摇晃着她那满头红发的脑袋，"啊，可不是嘛，我们以前在哪个城市也没有住过这么久——不过，这一回我倒真希望能在此地永远住下去了。我挺喜欢这儿的，你怎么样？"

"唔，是这样的，我自小就一直生活在这儿，所以，自然就——"

"哦，这话不假，"埃亨太太说着，哈哈一笑，"克拉伦斯过去老是这样对我说，做他的太太就得做好随时要搬家的思想准备，说不定他哪天一进家门就会说：'哎，我们明天要搬到芝加哥去住了，你赶快收拾收拾吧。'久而久之，我也就养成了这样一种习惯，无论走到哪儿，从来不指望会在那儿好好地住下去。"她说罢，又是那样浅浅地哈哈一笑；伊芙琳怀疑这笑声就是她在社交场合惯用的虚与委蛇的笑声。

"可想而知，你丈夫倒是一个很有本事的人呢。"

"啊，可不是嘛，"埃亨太太马上大言不惭地说，"他可有头脑呢，克拉伦斯这个人聪明得很。不但点子多，干劲也足，你知道的。他一旦认准了目标，就会全力以赴，不达目的誓不罢休。"

伊芙琳点点头。她心里却一直在纳闷儿，不知餐厅里的那帮男人是不是还在那儿大喝潘趣酒。埃亨太太仍在口若悬河地展现她的发迹史，东拉西扯说个没完，可是伊芙琳却早已无心再听下去了。好几支雪茄集结在一起散发出的第一波浓烈的烟味开始飘进了这间屋子。她暗自寻思，这幢住宅的面积真的不算大呀；一遇到像今晚这样的聚会，书房里往往都弄得青烟缭绕，第二天得让人把所有的窗户都打开，把所有的窗帘都拉开，要开上好几个钟头，才能散掉那难闻的恶臭。也许本次合作会带来……她憧憬着未来，眼前浮现出一幢面貌全新的豪宅的轮廓……

埃亨太太的说话声飘进了她的耳朵：

"我还真想知道你那个配方呢，不知你能不能把它抄一份给我——"

就在这时，餐厅里响起了一阵嘈杂的椅子声，随后就见那几个男人大摇大摆地朝这间屋子走来。伊芙琳一眼就看出，她最讨厌见到的事情终于变成了事实。哈罗德的一张面孔涨得通红，说话也语无伦次，没有一句是完整的话，连汤姆·劳里走起路来也是跟跟跄跄的，他期期艾艾地想紧挨着伊莲娜在那张长沙发上坐下来，不料却差点儿没一屁股坐在伊莲娜的大腿上。他一脸茫然地坐在那儿，两眼冲着大伙儿直眨巴。伊芙琳忍不住也朝他挤了挤眼睛，却又觉得这样做实在无趣得很。乔·安布勒面带微笑，一副怡然自得的样儿，在嗞啦嗞啦地猛抽着雪茄。只有埃亨和米尔顿·派珀这两人似乎还算没有露出丑态。

"这个城市还是挺不错的，埃亨，"安布勒说，"你日后会有这种体会的。"

"我已经有这种体会啦。"埃亨愉快地说。

"你还会有更多的体会的，埃亨，"哈罗德说，头点得像什么似的，"只要有我在，包你什么事儿都好办。"

他眉飞色舞地为这个城市唱起了赞歌，然而，伊芙琳在这边听了却觉得很不舒服，心里就在疑惑，不知他这样说会不会扫了大家的兴，反正她自己觉得挺无聊的。看来还不至于。他们个个都在聚精会神地听着呢。他刚一停顿，伊芙琳就赶紧插进来打断了他的话。

"这些年来你们都在哪些地方住过呀，埃亨先生？"她摆出一副饶有兴趣的样儿问道。但话一出口，她便想起来，埃亨太太刚才已经都告诉过她了，不过，那也没关系。反正不能让哈罗德话这么多。他酒一多，人就变成一头奇蠢无比的大傻驴了。可是，他竟然愣头愣脑地又来蹚这趟浑水了。

"我来教教你吧，埃亨。首先，你得在这山上的豪华住宅区里弄套别墅。斯特恩家的那幢别墅，或者李奇威家的那幢别墅，你都可以买下来。一定要这样做，人家才会说：'瞧，那就是埃亨家的公馆。'那才叫家道殷实，你明白吗，要的就是这种效果。"

伊芙琳脸都红了。这话听上去根本就不对头嘛。然而埃亨好像还是没有察觉到这话里有什么不对头的地方，只是在一个劲儿地点头。

"你们是不是一直在找——"不料，她的话还没有说完，话音就被湮没了，也没有人听见，因为哈罗德的大嗓门又嚷嚷开了。

"一定要搞幢大别墅——这是第一步。第二步就要去广交朋友了。

本城的人都势利得很呢，起初是不会把外来人放在眼里的，不过，要不了多久——等他们了解了你这个人之后，情况就大不一样啦。对于你们这样的人"——他冲着埃亨夫妇做了个很夸张的手势——"那是绝对没有问题的。将来准会对你们客气得不得了，只要扫平了这第一道障—障—障——"他咽了一口唾沫，好不容易才勉强说清了"障碍"这个词，接着又摆出一副老资格的样子，颐指气使地把这句话再重复了一遍。

伊芙琳用恳求的目光望了望她那个妹夫，不料，他还没有来得及插进一句话，汤姆·劳里的嘴里早已叽里咕噜地冒出一大串话来，由于他使劲儿用牙齿咬着那支已经熄灭的雪茄，他的话说得含混不清，谁也听不懂。

"要嘛就嘤要嘛啊哈得嗯——"

"你在胡说什么呀？"哈罗德急切地盯着他问道。

汤姆只好乖乖地、非常费劲地取下了他叼在嘴里的那支雪茄——没料想，他取下的只是半截儿，另外那半截儿雪茄却断在他嘴里了，于是，他就"呼嗒"一声，把剩在嘴里的那半截儿雪茄朝对面啐去，哪知那半截儿湿漉漉的烟屁股竟无巧不巧地落在埃亨太太的大腿上了。

"请原谅。"他嘴里咕哝了一声，然后就站起身来，稀里糊涂地似乎还想追过去把它捡起来。幸好米尔顿手疾眼快，一把拽住了他的外套，拉得他一个趔趄，差点儿跌倒在地，而埃亨太太倒也不无风度，大大方方地拉起裙子来微微抖了抖，把那截烟屁股抖落在地板上，却自始至终没有低头朝它看一眼。

"我本来是想说，"汤姆口齿不清地又接着说，"可是，真不巧——"他抬起一只手来冲着埃亨太太摆了摆，算是道歉——"我本来想说的是，关于乡村俱乐部里的那档子事儿，有关这件事的一切真相，我都听说了。"

米尔顿探过身去，凑在他耳边悄悄地说了句什么。

"你少来管我，"他脾气很坏地说，"我想干什么，我心里清楚得很。他们今天不就是冲着这件事来的嘛。"

伊芙琳坐在那里，显得很慌张，嘴巴嗫嚅着想说话，却又说不出来。她看见自己的妹妹在冷笑，而埃亨太太的那张脸早已涨得一片绯红。埃亨只顾低头瞅着自己的表链，手指头在下意识地抚弄着他那只手表。

"是谁在从中作梗，坚决不让你进来，我也听说了，而且此人一点儿也不比你强。这种区区小事，我完全有办法摆平它。可惜我以前并不认识你呀，要不然早给你解决啦。哈罗德告诉过我，你一直为这事儿耿耿于怀——"

米尔顿·派珀猛然站起身来，他尴尬得实在坐不住了。一时间，大家也都神情紧张地纷纷站立起来，这时候，米尔顿急不可耐地低声咕哝了一句什么，大意是说，他得早点儿回去了，埃亨夫妇因为听得很仔细，倒是一字不差地听清了他这句话。接着，埃亨太太强压下一口苦水，转过身来，强作欢颜地朝杰茜笑了笑。伊芙琳看见汤姆一个箭步冲上前去，伸手拍了拍埃亨的肩膀——就在这时，她忽然听见胳膊肘边上冷不防地又冒出了一个陌生的、却是万分焦急的声音，于是，她急忙扭头一看，原来是希尔达，就是那个刚刚雇来接替前任的女佣。

"求求你快来吧，派珀太太，我觉得朱莉的那只手怕是中毒了。她那只手全肿起来了，小脸蛋儿也烧得烫手，而且疼得一直在那儿哼哼唧唧地叫唤呢——"

"朱莉发高烧了？"伊芙琳尖声问道。请来的这帮客人顿时就被抛在了脑后。她飞快地转过身去，睁大眼睛寻找埃亨太太，然后便悄悄地朝她走去。

"真是对不起呀，太太——"情急之下，她一时竟想不起这位太太的名字了，不过，她马上又接下去说，"我那个宝贝女儿生病了。我得上楼去看看，我会尽快下来的。"她说完便转身就走，一路飞奔着跑上楼去，虽然脑子里仍然还残留着屋子里那一派乱糟糟的场面：烟雾缭绕的雪茄烟，众说纷纭的高声喧哗，看那样子好像快要演变成乱作一团的争吵了。

她冲进孩子的房间，打开电灯一看，只见朱莉正烦躁不安地在床上滚来滚去，嘴里也在不住地发出嘤嘤的哭声。她伸手摸了摸孩子的面颊。那小脸蛋都烧得发烫了。她忍不住惊叫了一声，连忙顺着那只小胳膊摸进被窝儿里，拉出那只受伤的小手。希尔达说的果然没错。那只大拇指整个儿都肿起来了，一直肿到了小手腕上，手指头的正当中有一个因发了炎而变得红通通的小伤口。难道真感染上血中毒啦！她吓得心惊肉跳起来。敷在伤口上的那块布条儿已经掉了，伤口一定是沾染上什么脏东西了。这小丫头弄破手指头的时间是三点钟——现在还不到十一点。前后有八个钟头。血中毒怎么也不可能发作得这么快呀！她急忙朝那电话机奔去。

马丁医生就住在马路对面，岂料人却不在家。他们家的那位家庭内科医生——福尔克医生家的电话也没人接。她绞尽了脑汁，万般无奈之下，只好硬着头皮打电话去找她的那位专门看喉病的喉科医生了，她咬着嘴唇，心情烦躁地等待着，那位喉科医生翻查了半天，总算找出了两个内科医生的电话。在这望眼欲穿的一瞬间，她觉得自己好像听见楼下有嘈杂的吵闹声——不过，此时此刻，她整个人仿佛都沉浸在另一个世界里了。十五分钟以后，她总算打通了其中一个内科医生的电话，可是那人在电话里的声音却显得很是恼火，似乎很不情愿在这深更半夜被人从床上叫起来。她放下电话就赶紧奔回到孩子的房间，一进屋里就急着察看女儿的那只手，却发现那只手肿得更厉害了。

　　"啊，上帝！"她哭喊了一声，在床边跪下来，伸过手去一遍又一遍地抚摸着朱莉的头发。她朦朦胧胧地忽然想到该去取些热水来才是，便又直起身来朝门口走去，不曾想，晚礼服上的腰带却被扣在了床架上，整个人被绊得重重地向前跌去，摔得手脚都趴在了地上。她挣扎着爬起来，焦躁地使劲儿拉扯着腰带。腰带没拉开，倒反而牵动了整个床，惹得朱莉又是一阵呻吟。于是，她动作稍微缓和下来，不过，就在她慌七慌八地摸索着的时候，手指头忽然摸到了系在胸襟前的褶结，便用力一扯，竟把整个裙撑都撕脱下来，这才火急火燎地冲出了房间。

　　刚走进门外的过道里，她就听见有一个嗓门很大的声音在说话，口气也显得非常强硬，可是等她走到楼梯口时，那个声音却又戛然而止了，紧接着便是"砰"的一声，外面的大门关上了。

音乐室终于映入眼帘。屋子里只剩下哈罗德和米尔顿还待在那儿，哈罗德斜靠在一张椅背上，脸色煞白，领口大开，嘴巴耷拉着在不住地颤抖。

"怎么回事啊？"

米尔顿焦虑不安地望着她。

"刚才闹得有点儿不愉快——"

这时，哈罗德也看见了她，便费劲儿地直起腰来，接着便破口大骂起来。

"竟敢在我自己的家里当众侮辱我自己的堂妹。这个该死的出生于平民阶层的暴发户，真他妈的不是个东西。竟敢当众侮辱我自己的堂妹——"

"汤姆跟埃亨吵了起来，哈罗德只好出面干涉了。"米尔顿说。

"我的老天爷，米尔顿，"伊芙琳叫道，"你就不能好言劝劝他们吗？"

"我劝了；我——"

"朱莉生病了，"她没等他说完就打断了他，"她自个儿不当心弄破了手指，现在伤口发炎了。你扶哈罗德上床去行不行？"

哈罗德抬起头来。

"朱莉病了？"

伊芙琳懒得理睬他，只从旁边擦身而过，径直走进了餐厅，却一眼看见那只大酒缸依旧还放在餐桌上，缸底还剩着些酒水，但冰块早已融化了，她心头顿时就惊惧得不寒而栗。她听见前面的楼梯上响起了一片脚步声——是米尔顿扶着哈罗德上楼去了——接着又听见了一声咕哝："唉，朱莉没事儿吧。"

"别让他进孩子的房间！"她高喊了一声。

接下来的几个小时全然是浑浑噩噩地熬过来的，简直像是一场噩梦。那位医生直到将近午夜时分才来，好在他不到半个钟头就用他的柳叶刀做完了创面切开引流手术。那位医生忙到两点钟才走，临走前还给她留下了两个护士的地址，要她打电话去请，并且答应六点半他还会再来回访一次。这孩子的确染上了血中毒。

到了四点钟，她才留下希尔达守候在孩子床边，回到自己的卧室，一进屋就抖抖索索地脱下身上那套晚礼服，气得一脚把它踢进了角落里。她换上了一件平常做家务时穿的便服，然后又回到孩子的房间，换下希尔达去煮咖啡。

直到中午时分，她才忽然想到该去哈罗德的卧室看一看了，可是一进门却发现哈罗德早已醒来，两眼直愣愣地盯着天花板，整个儿一副惨不忍睹的样子。他转过脸来望着她，目光茫然，眼睛里布满了血丝。一时间，她简直恨死他了，恨得连话也说不出来。一个嘶哑的声音从床头传来。

"现在是几点钟啦？"

"中午。"

"我简直成了一个该死的傻瓜——"

"你是不是傻瓜不要紧，"她厉声说，"朱莉感染上血中毒啦。医生说，也许会——"说到这里，她哽咽得说不下去了，"医生认为，她那只手怕是保不住了。"

"什么？"

"她自个儿不当心在那只——在那只酒缸上割破了手指头。"

"是昨天晚上吗？"

"啊，这跟什么时间割伤的有什么关系？"她哭着说，"她感染上血中毒啦。难道你没听见吗？"

他一脸惊疑地望着她，猛然在床上撑起半边身子来。

"快让我穿衣服。"他说。

她的满腔怨气总算渐渐平息下来，随后，一阵倦怠，加上对他的怜悯之情，如同巨浪一样涌上心头，袭遍她的全身。不管怎么说，这毕竟也是他的不幸啊。

"是的，"她有气无力地说，"我看你是得快点穿上衣服了。"

四

如果说伊芙琳的美若天仙的容貌在她三十刚出头的那几年依然还停驻在她身上的话，那么，几年一过，那美丽的容貌便像突然下了狠心似的彻底离开了她。她脸上的那些原先只需略施粉黛即可掩饰过去的鱼尾纹，不知何时就陡然加深了，大腿上、腰臀部位、胳膊上的赘肉也都迅速积聚起来。她那一遇到不顺心的事儿眉头就拧成一团的习惯性动作也已变成了一种固有的表情——看书时、说话时，甚至连睡觉时，都会自然而然地流露出来。她已经年届四十六岁了。

也像大多数家业走了下坡路、而不是日趋兴旺的人家的情形一样，她和哈罗德之间也不知不觉地产生了一种说不出有什么特色的对立情绪。夫妇俩闲来无事时就你看着我、我看着你，那种无话可说、只能作罢的心情，就好比面对家里的那些又破又旧的椅子，无奈只能勉强将就着用一样；丈夫一旦生了病，伊芙琳也会有些放心不下，但是，跟一个失意潦倒的男人朝夕相伴，难免也会有些郁闷、消沉，她只好千方百计打起点儿精神来。

这天晚上，家里人聚在一起打桥牌，牌局散了之后，她也如释重负般地松了一口气。她今天晚上打错的牌多得异乎寻常，不过，她压根儿也就没把它放在心上。伊莲娜真不该说那种话，说什么战场上步兵的危险性特别大。迄今已经有三个星期没接到儿子的来信了，当然，对平常人来说，这也算不了什么，可是对她来说，这么久杳无音信，难免会使她有些心神不定；她根本不知道自己究竟出过几张"梅花"牌，这也是情理之中的事儿。

哈罗德已经上楼去了，她便兀自踱出门外，站在屋前的门廊上透透新鲜空气。皎洁的月光弥漫在人行道和草坪上，给眼前的景色增添了几分魅力，于是，她微微张开嘴巴，仿佛是轻轻打了个哈欠，又像是轻轻笑了一声，她情不自禁地回想起年轻时曾经有一回在月光下与恋人久久缠绵的情景。往事如烟，现在想想都感到惊讶，遥想当年，她的生活曾经是那样纯情浪漫，一次又一次的恋爱构成了她生活的主调。可是现在呢，构成她生活主调的却是一个接一个的难题了。

眼前的一大难题就是朱莉——朱莉已经十三岁了，这孩子近来对自己身体上的缺陷也变得越来越敏感了，她宁愿哪儿也不去，就闷在她自己的房间里看书。前几年，她最怕别人提及上学的事儿，伊芙琳自己也舍不得送她去上学，所以，这孩子是在她母亲形影不离的呵护下长大的，可怜她小小年纪就戴着一只假手，却又根本不想用它，总是垂头丧气地把它藏在自己的口袋里。最近这段时间，她已经在接受训练，学着用这只假手了，因为伊芙琳很担心，假如她老是不用，恐怕会害得她连整只胳膊都抬不起来了，可是训练时间一过，那只小手便又悄悄缩回到她连衣裙的口袋里了，除非在她妈妈的逼迫下，她才会无精打采地顺从妈妈的旨意，把它伸出来活动一番。有一段时间，伊芙琳干脆只给她穿没有口袋的衣服，不料，朱莉却痛苦得像丢了魂儿似的，成天闷闷不乐地在屋子里到处乱转，这种状况持续了长达一个月之久，伊芙琳终于软下心来，从此再也不想做这种试验了。

另一个棘手的难题是唐纳德，这个难题从一开始就不一样。对于朱莉，伊芙琳想教育她尽量少依赖妈妈，然而对唐纳德，她则千方百计地想把他留在自己的身边，岂料却总是事与愿违——最近，唐纳德的问题已经不是她力所能及的了；他所在的那个师早已开往海外前线，至今已经有三个月了。

她又打了个哈欠——生活本来就是年轻人的事儿嘛。她自己的青春时代不是也过得很幸福吗！她想起了自己的那匹小马驹"小玲珑"，想起了当年陪母亲一起远游欧洲时的情景，那年她才十八岁——

"人生真是五味杂陈呀，实在太不可捉摸了。"她自言自语地说出声来，无限感慨地对着那轮明月长舒了一口气，随后便踱进屋里，正要把门关上，却忽然听见书房里好像有动静，顿时吓了一跳。

是那个已经人到中年的女佣玛莎：他们家现在只有这一个用人了。

"怎么啦，玛莎！"她吃惊地说。

玛莎急忙转过身来。

"哦，我还以为你已经上楼去了呢。我只是在——"

"有什么要紧的事情吗？"

玛莎有些支支吾吾。

"没有；我——"她愣在那儿，像是有点儿慌了神的样子，"是这样，派珀太太，有封信，我记不清放在哪儿了。"

"有封信？是你自己的信吗？"伊芙琳问道，并随手打开了电灯。

"不是，那封信是写给你的。信是今天下午刚到的，派珀太太，是那个末班邮差送来的。那个邮差刚把信交给我，恰好后门的门铃响了。我手里拿着信就进屋来了，看来我当时一定是把那封信随手塞在什么地方了。我想趁着这会儿没人，赶紧进来找一找。"

"是一封什么样的信啊？是唐纳德先生寄来的吗？"

"不是的，好像是一份广告，大概是吧，要不就是哪家商号寄来的公函。我还记得，信封是长长的、窄窄的那种。"

他们立即在那间音乐室里到处寻找起来，几只托盘上，茶几上，壁炉架上……统统都找遍了，然后又找到了书房里，连那一排排书籍顶端的空隙处都摸遍了。玛莎无计可施，只好停下手来。

"我实在想不起来放哪儿了。我当时是直奔厨房间去的。餐厅，对，兴许是放在餐厅里了。"她正要满怀希望地拔脚奔向餐厅，却听见背后忽然传来一阵急促的呼吸声，便赶紧转过身来。是伊芙琳重重地跌坐在一张莫里斯扶手椅里了，只见她眉头紧锁，两条眉毛已经拧成了一团，一双眼睛也在惶急地眨巴着。

"你是不是犯病啦？"

足足有一分钟没听见她答话。伊芙琳默然无语地坐在那儿，一动也不动，玛莎看得出，她的胸脯在剧烈地起伏。

"你是不是病了？"她慌忙又问了一声。

"没有，"伊芙琳语气非常缓慢地说，"不过，我已经知道那封信在什么地方了。你去吧，玛莎。我已经知道啦。"

玛莎满腹狐疑地抽身走开了，伊芙琳却依然一动不动地坐在那儿，只有眼角边的肌肉在不住地抽搐着——收缩、松开、再收缩……她已经知道那封信在哪儿了——她已经完全明白了，仿佛那封信就是她亲手放在那儿的一样。此时此刻，她凭着做母亲的本能，已经确凿无疑地预感到那是一封什么样的信了。那种长长的、窄窄的信封，看上去像是一份广告，然而不同的是，那封信的右上角印有"陆军部"这几个大字，下方则是一行较小的字体，标有"公函"字样。她知道，这封信就放在那只特大号酒缸里，封皮上用钢笔写着她的姓名，信中带来的是触及她灵魂的死讯。

她摇摇晃晃地站起身来，手扶着那一排排书橱朝餐厅里走去，跨过了那道门槛。片刻之后，她摸到了电灯的开关，便立即揿亮了电灯。

那只大酒缸赫然出现在她眼前，酒缸将电灯的灯光折射成了一个个色彩斑斓的小方块，那些猩红色的小方块个个都镶着黑黝黝的光晕，而金黄色的小方块则个个都镶着蓝幽幽的光晕，整个缸体显得极其笨重而又光华夺目，处处都透着奇谲诡异而又活灵活现的不祥之兆。她向前迈出了一步，但又突然收住了脚；再向前迈出一步，她就能看见缸口，继而看见那缸底了——再向前跨一步，她就能看见一道白边了——再迈出一步就能——她的双手无力地垂落在那粗糙、冰凉的雕花玻璃缸面上——

她迟疑了一下，这才缓缓撕开信封，抖抖索索地从里面掏出一份折叠着的信笺，好不容易才艰难地打开了它，把它捧在眼前，霎时间，那页用打字机打出的公函便昭然跃入眼帘，犹如一记重拳劈面朝她打来。随后，那纸公文便像一只折了翅膀的鸟儿一样飘飘摇摇地掉落在地板上。在这一瞬间，整个屋子似乎都在天旋地转、嗡嗡作响，片刻之后突然又平静下来；一阵微风穿过敞开的前门悄然吹进屋里，也将一辆从门前呼啸而过的汽车的噪声送进屋里；她听见楼上传来一阵窸窸窣窣的声音，接着又听到书橱后面有刺耳的敲管道的嘎嘎声——是她丈夫在关一只水龙头——

然而，在这电光石火般的一瞬间，伊芙琳仿佛怎么也不敢相信，这纸公文送来的竟然就是唐纳德的死讯，她只觉得这是她自己与这只雕花玻璃酒缸之间一直在恶狠狠地暗中较劲儿的角逐又打了一个回合，这场漫无止境、索然无味的较量，平时也一直就没有间断过，有时还会突然掀起惊涛骇浪来，这只漂亮的怪物，其实就是冷酷、恶毒的化身，是一个男人送给她的一件不怀好意的礼物，虽然那个男人的长相她早已忘却了。多少年来，它就这样堂而皇之地端坐在她家厅堂的正中央，不声不响、虎视眈眈地隐伏在那儿，如同一只千眼怪物，时刻在放射着千万道冰凌般的光束，那阴鸷邪恶、耀眼夺目的光束，彼此映照着，融化成一片又一片凶兆，却始终不老，始终不变。

伊芙琳紧挨着桌子边缘坐下来，神情恍惚地盯着那只玻璃酒缸。那怪物此时似乎在朝她冷笑，那是一种非常残酷的冷笑，仿佛在说：

"你瞧，这一回我就用不着直接来打击你啦。我何苦要这样做呢。

你心里明白，我就是夺走你儿子性命的那个人。你现在终于领教到我有多冷酷、有多狠心、有多漂亮了吧，因为你自己曾经也是这样冷酷、这样狠心、这样漂亮。"

那酒缸似乎突然自行翻了个身，接着便急剧膨胀起来，越变越大，终于化成了一个巨大的天棚，光华夺目、颤颤巍巍地罩住了这间屋子，罩住了整幢别墅，随即，四壁也渐渐融化为薄薄的雾霭了，伊芙琳仿佛看见它仍在不断向外扩张、向外扩张，离她也越来越远，已经遮住了遥远的地平线，遮住了宇宙间的一切日月星辰，透过那幻化成天棚的雕花玻璃酒缸远远望去，世间的一切似乎都变成了时隐时现的墨水点。再一看，罩在那天棚下的竟是活生生的形形色色的人，而穿过那天棚投射下来、照耀在那些人身上的光线，全都是被折射、被扭曲了的屈光，结果是，黑影似乎都变成了亮光，而亮光反而倒变成了黑影——于是乎，在这雕花玻璃酒缸幻化成的闪闪烁烁的苍穹下，人间百象的整个图景就变成了一幅被篡改、被歪曲得面目全非的画面。

紧接着，天边又传来了一个由远及近、嗡嗡作响的声音，如同一阵低沉而又清晰的钟鸣声。那声音像是来自酒缸的中央，在其巨大的缸壁间回荡着，继而又传到了地面上，接着又从地面急遽反弹到了她的耳畔。

"你瞧，我才是命运的主宰呢，"那个声音在高喊着，"你的那些微不足道的谋略岂能敌得过我；世间万物的成败都是由我决定的，你的那些小小的梦想和我比起来差太远啦，我可以令时光飞逝，让美丽的容颜在顷刻间化为乌有，把尚未实现的心愿扼杀在萌芽之中；这一切变故、这一切失察、这一切积小成大的危难，统统都是我一手造成的。我就是那个天马行空、反证不了任何一条规律的例外，完全不受你那些条条框框的制约，生活好比是一盘菜，我就是那盘菜中的辛辣的调味品。"

那嗡嗡作响的声音戛然而止；那隆隆的回声也在渐渐远去，飘过辽阔的大地，飘向世界的尽头——也就是那只大酒缸的边缘，继而又爬上巍峨的缸壁，重新回到了酒缸的正中央，在那里嗡嗡地响了好一会儿才慢慢消失。随后，四周的高墙便一齐向她缓缓压来，墙体越缩越小，距离也越逼越近，仿佛要把她压个粉身碎骨；就在她攥紧双拳、等着那冰凉的玻璃眼看就要把她砸得头破血流之时，那酒缸却突然一扭身，又侧翻过去——重新回到了餐具柜上，金光四射、神秘莫测地端坐在那儿，犹如经过上百架三棱镜的反射，放射出无数道光芒，幻化出无数种色彩，纵横交错、闪闪烁烁，一派玲珑剔透的样儿。

那股阴风又刮了过来，穿过前门直吹进屋里，情急之下，伊芙琳孤注一掷地使出浑身的力气，双臂齐出，一把抱住了那只酒缸。她必须迅速行动了——她必须坚强起来了。她狠命收紧双臂，两只胳膊都绷得酸疼难忍，细皮嫩肉下的一根根瘦筋都胀鼓鼓地紧绷着，费了好大的劲儿，才把那酒缸提起来，把它紧紧地抱着怀里。由于用的力道过大，她晚礼服的后背都绷开了，她能感觉到那股阴风吹得她脊梁骨上冷飕飕的。既然如此，她索性就转过身来，迎着那扑面而来的阴风，抱着那无比沉重的酒缸，跟跟跄跄地走出餐厅，穿过书房，径直朝大门外走去。她必须迅速行动了——她必须坚强起来了。两只胳膊里的血脉都在吃力地缓缓搏动着，双膝也直发软，腿脚也不听使唤，不过，那冰凉的雕花玻璃酒缸已被牢牢地抱在了怀里，那种感觉还是挺好的。

到了前门外，她又摇摇欲坠地接着朝门前的石阶走去，一走到石阶上，她便鼓起全身心的勇气和力量，想不遗余力地作最后的奋力一搏，她猛地扭转过半个身子——刹那间，就在她作势要抛出怀中之物的当口上，就在她把麻木的双手牢牢扣在那粗糙的玻璃缸面上的时候，就在这一瞬间，她忽然脚下一滑，身子失去了平衡，随着一声绝望的呼喊，整个人一个跟头向前跌去，那只酒缸仍抱在她怀中……人却倒了下去……

马路对面，华灯初放。这骤然响起的碎裂声，远在街区另一头的人都听得见，引得过往行人急忙聚拢过来，不知发生了什么事儿；楼上一个疲惫的男人从将睡未睡的状态中惊醒过来，一个小姑娘在似睡非睡的噩梦中嘤嘤啜泣着。明月当空的人行道上，那个寂然不动、漆黑一团的身躯的周围，成百上千的碎玻璃片儿散落得满地都是，有三棱形的，有方块状的，有尖片儿状的，个个都亮晶晶的，将月光与灯光反射成了一道道五彩缤纷、微微闪烁的光束，有的泛着蓝莹莹的光晕，有的泛着金黄色的光晕，黑色的玻璃片儿都镶着黄边，而猩红色的则镶着黑边。

〔吴建国　译〕

留短发的伯妮斯

一

　　周六夜幕降临，站在高尔夫球场的第一发球区，会发现乡村俱乐部的玻璃窗宛如一片黄色水域漂在波浪起伏的漆黑海洋上。而构成这海上波浪的正是那么一群人的脑袋。这群人中有对啥事都好奇的高尔夫球童，越发机灵的司机和那个职业高尔夫球手双耳失聪的姐姐——通常，这涌动的海面上会有零星几波不那么张扬的波涛，只要他们愿意就会重新加入人群中。这便是剧场内的阳台。

　　阳台在建筑物内部。它上面的柳条藤椅沿着多功能休息室和舞厅兼用的墙壁边缘摆放一圈。周六晚这儿举办的舞会主要是女人们的天下；中年女士们的交谈、说笑声此起彼伏，她们个个戴着长柄眼镜，乳房丰满、目光犀利、内心冷酷。阳台给人提供了批判的由头。人们偶尔也会不情愿地表现出羡慕的神色，但绝不会赞同年轻人的所作所为，因为但凡三十五岁以上的女士们都很清楚，这些年轻人在夏天举办舞会的动机是何等不堪，如果不对他们加以看管，那么中场休息时一对对偶遇的舞伴将会躲到角落里大跳粗俗怪诞的舞步，更为普遍、也更让人担心的是，有时候一些姑娘会躲在不明真相的贵妇人停靠在路边的豪华轿车里与小伙子激情拥吻。

但毕竟这个让人评头论足的地方离舞台远了些，以至于她们看不清楚演员们的面部表情，也捕捉不到发生在他们身上的小插曲。她们只能皱皱眉、侧侧身，问些问题后再根据她们的那套假设推断出令她们满意的答案。比如，她们得出的一个推论便是：收入丰厚的年轻男子过着一种如同被猎捕的鹧鸪一样的生活，成了别人的猎物。其实她们从未真正了解青春世界里那变幻莫测、苦乐参半的戏剧生活。包厢、乐池、主角和合唱团被混杂的各种声音、面孔取代，伴随着戴尔舞蹈乐队奏出的哀怨的非洲节奏摇摆。

十六岁的奥蒂斯·欧芒德还有两年就可从希尔中学[①] 毕业；基·里斯·斯托达德在他家的书桌上悬挂着他那哈佛大学法律专业的毕业证书；小玛德琳·霍格头顶上的那点儿头发仍让人感觉怪异、不舒坦；贝茜·麦克雷作为舞台活跃分子的时间已经有点太长了——十多年了——这群乌合之众不仅是舞台的焦点，而且只有他们中的一些人能够一览无余地观测到舞台上的风吹草动。

一小段响亮的音乐奏起，接着音乐在一声轰鸣中戛然而止。舞伴们故作轻松地相视一笑，嘴里还搞笑地重复着刚才"啦—嘀—哒—哒

---

① 希尔中学（The Hill School），建立于 1851 年，位于宾夕法尼亚州，是一所大学预科学校，同时也是十校联盟之一。

当一当"的节奏，之后观众的阵阵掌声淹没在年轻女人的叽叽喳喳声中。

几个未带女伴的男子有些失望，他们刚打算截舞伴，音乐却停止了，人被卡在了舞池中央，最后只能沮丧地退到墙边，因为这不同于圣诞节的狂欢舞会——夏日舞会上的舞步缓慢却又不乏激情，甚至年轻的新婚夫妇也会在弟弟妹妹宽容、消遣的眼神中跳上一支过时的华尔兹和糟糕透顶的狐步舞。

沃伦·麦金泰尔，一名经常逃课的耶鲁学生，就是这些不幸男子中的一人，他在晚礼服的上衣口袋里摸出一支香烟后便信步走向那宽敞的游廊。那边的光线模糊，舞伴们散坐在桌子旁，悬挂着灯笼的夜空飘荡着模糊的话语和含混的笑声。他边走边朝身侧的人点头示意，这群人看上去并没有那么享受，每当碰到一对舞者，一些几乎忘却的零星片段又开始在他的脑海中显现，因为这个地方不大，每个人对别人的过去都了如指掌。比如说，吉姆·史特雷恩和埃塞尔·黛莫莱斯特三年前偷偷摸摸地订了婚。人人都晓得只要吉姆能在一份工作中干上两个多月，埃塞尔就立马嫁给他。但他俩看上去都很厌倦的样子，埃塞尔有时也不愿意看到吉姆，就好像连她自己都不知道为什么自己多情的藤蔓偏偏缠绕在他这棵随风摇曳的白杨树上。

沃伦十九岁了，对未去东部念大学的朋友备感惋惜。然而，同大多数男孩子一个样，身居异乡时他也是肆无忌惮地吹嘘家乡的姑娘多么迷人。吉纳维芙·欧芒德，此人马不停蹄地穿梭于普林斯顿、耶鲁、威廉姆斯、康奈尔等大学举办的各种舞会、宴会和橄榄球赛上；还有罗伯塔·狄隆，黑黑的大眼睛，在年龄相仿的人群中，她的名声同海勒姆·约翰逊①或泰·柯布②一样响当当；对了，还有玛乔丽·哈维，除了脸蛋漂亮，嗓音甜美，能言善道，还因为在上一届纽黑文轻舞鞋舞会上连翻五个侧手翻而名声大振。

沃伦与玛乔丽是一街之隔的邻居，打小就对玛乔丽"痴迷疯狂"。有时玛乔丽好像心中生出莫名的感激，对他报之以情，但她老是考验磨炼他，并且招招奏效，然后板着面孔十分严肃地通知他，她并不爱他。她会这样考验他：不在他身边时，把他忘得一干二净，然后和其他的男孩子纠缠不清。这令沃伦心灰意冷，特别是玛乔丽整个夏天不是去这里就是去那里做短期旅行，虽然时间不长，但每次她回家后才两三天，沃伦便发现她家大厅的桌子上堆满了男人寄给她的信件。更糟的是，她那个表妹，来自欧克莱尔的伯妮斯表妹，整个八月都待在她家，结果要想和她单独见面算是无望了。每次他都要物色个人去陪伯妮斯，八月一天天这么过去了，这事越来越不好办。

沃伦眼里的玛乔丽犹如女神，而她表妹这人在他看来简直就像个傻瓜似的。尽管她长得还算俊俏，头发乌黑、脸色红润，但在舞会上却没有多少风趣。每周六晚的舞会，沃伦为了取悦玛乔丽都得完成一项艰巨的任务，陪伯妮斯跳上那么长的一段舞，毫无乐趣，无聊透了。

"沃伦——"身边一声轻柔的声音打断了他的思绪，转过身看见

---

① 海勒姆·约翰逊（Hiram Johnson，1866—1945），美国政治家，美国进步党、美国共和党成员，曾任加利福尼亚州州长和美国参议员。
② 泰·柯布（Ty Cobb，1886—1961），棒球名人堂球员。

依旧神采奕奕的玛乔丽。她一只手搭在他的肩上，这突如其来的热情不经意间让他的心情平复不少。

"沃伦，"她低声说，"帮帮我——同伯妮斯跳一会。她和小奥蒂斯·欧芒德已经纠缠了快一个小时了。"

沃伦欢快的情绪顿时渐渐消退。

"好吧，遵命。"他心有不快地回了一句。

"你不会介意，对吧？我会帮你让你脱身的。"

"没事。"

玛乔丽笑了笑——这个微笑也仅只是感谢而已，没别的意思。

"你就是天使，而我却是你的累赘。"

这可怜人叹着气，快速环视一下游廊那边，并没瞅见伯妮斯和奥蒂斯两人。他往回走了几步，发现一伙年轻男子在女化妆间门口笑得前仰后合，奥蒂斯就站在他们中间，手中挥舞着不知在哪儿捡的一根木棒，嘴上滔滔不绝地说着什么。

"她在里面摆弄头发呢，"他不假思索地大声嚷嚷着，"我这儿等着和她再跳上一小时。"

又是一阵哄堂大笑。

"你说你们怎么就不过来几个截舞伴呢？"奥蒂斯气愤地喊道，"她喜欢换舞伴，不愿意老和一个人跳。"

"哎呀，奥蒂斯，"一个朋友提示道，"你好不容易才和她跳熟了呀。"

"奥蒂斯，你拿它干什么？"沃伦笑眯眯地问道。

"什么？哦，你指这个啊？是根木棒。伯妮斯一出来，我就拿它敲她的头，让她再滚回里面去。"

沃伦瘫倒在长沙发上，笑个不停。

"别担心，奥蒂斯，"他说，"这次我来救你场。"

奥蒂斯装出突然受了刺激要晕倒的样子，把木棒递给了沃伦。

"老兄，也许你会用得着。"他粗声粗气地说。

一个女孩无论多么漂亮聪慧，要是在舞会上没怎么有男子过来抢她做舞伴，会让她的处境变得很尴尬。男孩子们同交际花一晚上跳了十几支舞曲，相比之下也许更愿意同她待在一起，但在这个爵士乐横流的社会，年轻一代不再沉着、冷静，一想到与同一个人跳完一支完整的狐步舞后还要继续和她跳就让他们心烦不已，简直糟糕透了。几场舞跳下来，他在中场休息时陪了她，她很清楚一旦对方可以脱身，肯定不会再陪她跳了。

沃伦陪伯妮斯跳了下一场舞，谢天谢地，终于该中场休息了，他便领她到游廊那边的一张桌子旁坐下休息。一开始两人都没开口说话，伯妮斯随意鼓捣着手里的扇子。

"这儿可比欧克莱尔热多了。"她说。

沃伦止住想叹气的冲动，附和地点了点头。他才不在乎这个呢。他思绪飘飞，心想是因为她不受异性青睐而不善言辞呢，还是因为她压根儿就不会说话才不受异性青睐呢。

"你在这儿还要再待上一阵子？"他问道，话一出口脸就变得通红。也许她怀疑他话里有话。

"再待上一周。"她答道，两眼紧紧地盯着他，长久的注视足以让他话到嘴边又咽下。沃伦有点儿恼火。不知从哪儿来的一股怜悯，他打算在她身上试试自己常说的一些逢场戏言。于是，他转过身来看着她的眼睛。

"你的嘴唇让人真想亲上一口。"他轻声说。

这话他有时在大学的舞会上对着姑娘们说，和她们待在这种昏暗的地方聊天时就这样。伯妮斯显然吓了一跳，脸羞得通红，手里拿着扇子不知放哪儿是好。之前从未有人对她说过这种话。

"放肆！"她脱口而出，可自己还未意识到，随即便咬住嘴唇，这时假装被逗乐也来不及了，于是朝他不安地笑了笑。

这话可把沃伦惹恼了。他虽然不习惯别人把这话当真，可通常女孩子听了之后不是一笑而过就是煽情地调侃一番。他讨厌别人称自己是个言行轻率之人，除非闹着玩。他本来怜香惜玉的心情一下子全没了，只好换个话题。

"吉姆·史特雷恩和埃塞尔·黛莫莱斯特像平时一样老坐在那里。"他说。

这种话题更对伯妮斯的胃口，可她却觉得有些许的遗憾，虽然新话题让她松了口气。因为，男人没同她讲过她的嘴唇很诱人，但是她知道诸如此类的话他们对其他的姑娘说过。

"哦，是嘛，"她说完笑道，"听人说这些年他们穷得分文没有还一直瞎混。很蠢，不是吗？"

沃伦对她更反感了。吉姆·史特雷恩是他弟弟的好朋友，怎么着他都觉得嘲笑别人没钱这种做法很差劲。可伯妮斯并不想嘲笑他们，她只是太紧张了。

二

　　玛乔丽、伯妮斯两人凌晨十二点半回到家，在楼梯顶端相互道了晚安。作为表姐妹，两人关系并不亲密。事实上，玛乔丽没什么闺蜜——她觉得女孩们头脑太过简单。相反，伯妮斯一直期待着在父母安排的这次访亲时间里能和表姐互诉衷肠，说说有趣的见闻，讲讲那些伤心事，她觉得这些是女性交往过程中必不可少的内容。可她发现表姐对这些毫无兴趣；感觉和表姐交流如同和男人交流一样困难。玛乔丽从不咯咯傻笑，不知道害怕是怎么一回事，也鲜有难为情的时候，实际上伯妮斯认为女性身上该有的品质在她身上是少之又少。

　　这天夜里，伯妮斯手里忙着挤牙膏，刷牙，一边想为什么离家后再得不到异性的关注了呢。她家算得上是欧克莱尔的首富；她的母亲宴请宾客十分慷慨，每次舞会开始前会为她弄些小型的晚宴，还给她买了辆小汽车可以开着到处兜风，可她从不认为这些是她在家乡社交成功的原因。同多数女孩子一样，她是喝着安妮·费勒斯·约翰斯顿[1] 故事里所说的那种温牛奶长大的。在这种小说里，女性之所以惹人喜爱，是因为她们身上有种特有的神秘女性气质，人们一直谈起过，却从未明确展示过。

　　伯妮斯想到自己在这里不受欢迎，心里便隐隐作痛。她不知道，要是没有表姐玛乔丽从中帮忙，也许她整晚都得和同一个人跳；但是

---

① 安妮·费勒斯·约翰斯顿，在 20 世纪初以为儿童编写图书而名声大起，代表作是《小上校》。

她知道，即使在她家乡，那些家境不如她、不及她漂亮的姑娘也会收到男人们奉献的殷勤。她觉得是这些姑娘耍了阴险的伎俩。因此，她从不担心，即使担心，她妈妈也会告诉她那些姑娘是自贬身价，男人们真正尊重的是伯妮斯这样的女孩。

关了浴室的灯后，伯妮斯突然想去约瑟芬舅妈那里和她聊一会儿，此时舅妈房间的灯还亮着。伯妮斯穿着软底拖鞋，悄无声息地朝铺着地毯的走廊的另一端走去，听见屋里有说话的声音，便停了下来，待在舅妈半掩着的房门外。随后，她听到有人说她的名字，便站在那里听，其实也没打算偷听——可屋内的谈话持续不断，宛若一根针，针针刺痛她的心。

"她简直无药可救！"是玛乔丽的声音，"噢，我知道你要说什么！无非是有许多人告诉你她多么漂亮多么温柔，厨艺如何了得！可这些有什么用呢？她的生活一团糟。男人们不喜欢她。"

"不费力气得到男人的殷勤对你们来说那么重要？"

哈维太太听起来有些恼怒。

"对于十八岁的我们来说，这就是一切，"玛乔丽坚决地说，"我已经尽力了。我待她彬彬有礼，我邀请男孩子们和她跳舞，但他们真受不了这份无聊。一想到这个傻子拥有这么迷人的外表，就觉得可惜，要是玛莎·凯里有这般外貌，那她该——唉！"

"现在的年轻人一点儿礼貌也没有。"

哈维太太这话暗含她理解不了现在社会的这种风气。当她还是小姑娘的时候，出身良好、有教养的年轻小姐们都过着幸福的生活。

"好吧，"玛乔丽说，"没有哪个女孩愿意一直帮这样一个扶不起的阿斗，现在的女孩都只为自己而活。我甚至尝试在穿衣打扮等事情上给她些提示，可她听后并不乐意——给我摆脸色看。她那么敏感，肯定知道自己在这儿不受欢迎，但我打赌她自有一套安慰自己的方法，心里想着她自己仪态端庄，而我行为放荡、衣着怪异，不会有好下场。不受欢迎的女孩子想法如出一辙。真是吃不着葡萄说葡萄酸。莎拉·霍普金斯说我和吉纳维芙、罗伯塔是栀子花^①姑娘。我敢说，要是她能成为栀子花姑娘，能和三四个男人谈情说爱，跳舞时每跳几步就有人插进来，那么她宁可少活十年，甚至放弃在欧洲受到的教育。"

"在我看来，"哈维太太有气无力地打断了她，"你应该为伯妮斯做些事情。我知道她不大活泼。"

玛乔丽抱怨起来。

"活泼！我的老天爷啊！她除了跟男孩子讲这里天气热、舞池里的人群如山似海或者明年她要去纽约读书，就没听她提过别的什么。有时，她问他们开什么牌子的车，她开的是什么牌子的。真让人受不了！"

两人都没开腔，过了一小会儿后，哈维太太又重复了她想说的话：

"我只知道，没伯妮斯长得漂亮的姑娘们都有舞伴。比方说长得矮小肥胖的玛莎·凯里，嗓门不小，她母亲长相也一般。罗伯塔·狄隆今年更瘦了，就好像亚利桑那才是她该待的地方。她跳起舞来简直

---

① 栀子花，叶色四季常绿，花香怡人，适合观赏性植物，但是花期短、易败。

不要命。”

“但是，母亲大人，”玛乔丽听得不耐烦了，开口反驳道，“玛莎这姑娘性格开朗，说话诙谐有趣，还非常聪明伶俐。还有罗伯塔的舞跳得棒极了，她已经连着好几年都是舞会皇后了！”

哈维太太打了个哈欠。

“我觉得是因为伯妮斯身上流着疯狂的印第安人的血液，”玛乔丽接着说，“也许她继承了这种气质。印第安女人就知道坐在那里，一声不响。”

“快去睡觉吧，你这个傻孩子，”哈维太太笑着说，“如果我早想到你会这么想，就不给你讲这些了。我看你的大部分想法都很幼稚。”她昏昏欲睡地总结道。

又是一阵沉默。玛乔丽考虑要不要花些力气说服她母亲。人一旦过了四十岁，就很少相信别人的话了。十八岁的时候，我们的信念如同可以登高望远的高山；四十五岁的时候，我们的信念却如同我们藏身的洞穴。

想到这个，玛乔丽便向母亲道了晚安。等她来到走廊的时候，那里已经空无一人了。

三

第二天，玛乔丽正吃着早餐，较平常晚了些，伯妮斯走了进来，朝她一本正经地道了声早安后，坐到了她的对面，两眼紧紧地盯着她，轻轻地舔了舔嘴唇。

"想什么呢？"玛乔丽困惑不解地问道。

伯妮斯在发怒之前顿了顿。

"昨晚你给你母亲说我的坏话，我都听见了。"

玛乔丽吓了一大跳，可也只是脸微微泛红，说话的声音听不出半点不安。

"你那时在哪儿？"

"在走廊，一开始我并没打算偷听。"

玛乔丽不由自主地鄙视了伯妮斯一眼，然后她垂下眼帘，饶有兴味地摆弄起一片散落在她手指上的玉米片。

"我觉得我最好还是回欧克莱尔——如果我这么讨人厌的话。"伯妮斯的下唇颤动得厉害，说话声也抖得厉害，"我努力表现得知书达理，可——可我一直不受待见，还受到侮辱。换作我，从不会这般对待我的客人。"

玛乔丽沉默着。

"我知道，我待在这里碍着你的事了。我拖你后腿。你的朋友也不喜欢我。"伯妮斯顿了顿，然后想起了另一件伤心事儿，"不错，上周你努力暗示我穿的那件裙子很难看，我很恼火。难道你以为我连怎么穿衣都不会吗？"

"没有。"玛乔丽小声嘟囔了一句。

"你说什么？"

"当时我并没暗示什么呀，"玛乔丽简洁地说，"我记得，我说的是，一连几天穿同一件漂亮裙子好过换着穿两件难看得要死的裙子。"

"你觉得这么说很合适？"

"我并没打算装好人。"她顿了会儿后问，"你打算几时走？"

伯妮斯倒吸一口凉气。

"我的天啊！"她几乎喊了出来。

玛乔丽诧异地抬头看了看她。

"不是你刚才说你打算回去的吗？"

"我是这么说的，但是……"

"哦，你只是虚张声势唬人啊！"

两人隔着餐桌你瞪我，我瞪你。泪水模糊了伯妮斯的双眼，而玛乔丽脸上的冷酷表情曾在她被一群欣喜若狂的大学生求爱的时候出现过。

"所以说你刚刚是唬我的。"她再次说道，仿佛她早就料到会是这样。

伯妮斯哭了起来，算是承认了。一种厌恶的神色从玛乔丽的眼神里流露出来。

"你是我表姐啊，"伯妮斯抽泣着说，"我来你家做——做——做客。本来要待一个月，如果现在我回去的话，妈妈就会知道，她就会怀——怀疑的……"

玛乔丽等在那里，直到伯妮斯那一大串断断续续的话只剩下抽鼻子声。

"我会把我这个月的零花钱给你，"她冷冷地说，"最后这一周你爱去哪儿就去哪儿。这儿有一家很不错的旅馆……"

一听这话，伯妮斯低低的抽泣声突然像奏响的长笛声一样。她猛地站起来，飞快地朝自己的房间跑去。

一个小时后，玛乔丽待在书房里专心致志地写着只有小女孩才写得出来的那种态度暧昧不清、语言异常难懂的信件。伯妮斯又出现了，两眼通红却故作镇定。她看也没看坐在那里的玛乔丽，随意地从书架上拿了本书，找了个地方坐下，装着在看书。玛乔丽好像还沉浸在她的信中，继续写个不停。眼看中午了，伯妮斯"啪"地合上了书。

　　"我想我还是买火车票吧。"

　　这并不是她在楼上不知练了多少遍的开场白，可玛乔丽并没有明白她给的暗示——玛乔丽并没劝她理智些；这全是一场误会——她只能说这个作为开场白了。

　　"等我写完这封信再说，"玛乔丽看也没看就说，"收到下封信之前，我得把这封给寄出去。"

　　玛乔丽握着钢笔在纸上唰唰地写了一会儿之后，转了转身，摆出一副洗耳恭听的表情。伯妮斯又不得不开口。

　　"你希望我现在回家去？"

　　"是的，"玛乔丽说，想了想接着说，"我觉得如果你待在这儿不开心的话，最好还是回家去。装可怜一点儿用都没有。"

　　"你不认为人所共知的仁慈……"

　　"噢，拜托别引用《小妇人》里的话！"玛乔丽吼道，"那东西早过时了。"

　　"你这样想的？"

　　"天啊，我就这么想的！现代的女孩子怎能按以前那些愚蠢女人的方式来过日子呢？"

　　"她们这些人可曾是我们母辈们的榜样啊。"

玛乔丽大笑。

"是，她们过去是——现在不是了！我们的母亲除了对自己的生活方式驾轻就熟外，对她们女儿所面临的问题知之甚少。"

伯妮斯挺了挺胸站好。

"请别乱说我妈妈。"

玛乔丽笑了笑。

"我觉得我没提她啊。"

伯妮斯觉得她们讲得已经偏离开始的主题了。

"你觉得你待我很好？"

"我已尽力了。你是朽木不可雕也。"

伯妮斯的眼眶开始泛红。

"我觉得你这人冷酷无情、自私自利，一点儿女人味都没有。"

"哦，天哪！"玛乔丽绝望地喊道，"你这个疯子！你这样的姑娘才该为那么多无聊乏味的婚姻买单；那些可怕的无所作为就是你们所讲的女性品德。当一个想象力丰富的男子娶了一个自己幻想出来的漂亮女士，却发现她其实是个胆怯软弱、满腹牢骚、矫揉造作的女子，那会是多大的打击啊！"

伯妮斯微微张开嘴想要说什么。

"十足小家子气的女人！"玛乔丽接着说，"把自己的年轻时光全耗在抱怨谴责我这种女孩身上，因为只有我们才真正地享受快乐。"

随着玛乔丽提高了嗓音，伯妮斯惊得下巴都快掉了。

"丑姑娘抱怨还说得过去。要是我长得奇丑无比，我永远也不会原谅我的父母为什么要把我带到这个世上。可你是四肢健全地来到这个世上……"玛乔丽握紧了小拳头，"如果指望我和你一起流泪，失望的会是你。走还是留，随你的便吧。"说完拿起信就出了房间。

伯妮斯声称自己头痛，没去吃午餐。她们本来下午要一起去看日场演出的，可伯妮斯头还是疼，玛乔丽自己去的时候给男孩子说了下理由，他并没表示不高兴。下午到家时晚了些，她发现伯妮斯正坐在她房间里等着她，表情呆滞，很奇怪。

"我已经想清楚了，"伯妮斯开门见山地说，"也许你说得对——也可能不对。如果你告诉我你的朋友们为什么对——对我不感兴趣，我想我能按你说的去做。"

玛乔丽对着镜子把头发放下来。

"真的？"

"没错。"

"全听我的？完全按我说的做？"

"嗯，我……"

"嗯什么！我说怎么做你就怎么做？"

"如果你说的都合乎情理的话。"

"肯定不在理！合乎情理的东西对你行不通。"

"你想让我……还是建议我……"

"没错，所有的。即便我让你去学拳击，你都得去。给家里写封信，告诉你妈说你打算在这里再待两周。"

"倘若你告诉我……"

"好吧——我现在给你举几个例子。首先，你言谈举止不自然。为什么会这样呢？因为你对自己的外貌从未自信过。当一个女孩子觉得打扮得很漂亮时，就不会在意自己的外貌了。你在乎得越少，也就越发美丽动人。"

"难道我看上去不漂亮？"

"是的。比如说，你从不修眉。你的眉毛又黑又浓，可美中不足的是你放任它们生长。你无事可做的时候，哪怕抽出一点点儿时间来修理修理，它们也会变得漂亮。再梳理一下，它们就会长得笔直。"

伯妮斯皱了下眉，表示怀疑。

"你的意思是说男人们会注意女人的眉毛？"

"是的——下意识地。还有就是你回家后，应该把牙齿矫正一下。虽然不太能看出来，但仍………"

"但，"伯妮斯困惑地插话道，"以前我觉得你看不上这种显示高雅女性气质的东西。"

"我讨厌高雅的头脑，"玛乔丽答道，"但是一个女孩子该让自己变得高雅。如果她看起来像百万美元那样极富魅力，那么不论她谈俄罗斯、乒乓球，还是国联，别人也不会说什么。"

"还有吗？"

"嗯，我才刚刚开始！还有你跳舞的时候。"

"难道我跳得不好？"

"是的，跳得不怎么样——你要靠在舞伴身上；拜托，你——你也就那么一斜身子。昨天咱们一起跳舞的时候，我发现了这个问题。你跳舞的时候，站得笔直笔直的，而不是微微靠向你的舞伴。也许场外的某个老太太曾告诉你说那样跳舞显得你很高贵。除非是较难缠的小姑娘，男人才是舞会上可以对人评头论足的人。"

"继续。"伯妮斯听得头晕晕的。

"好吧，你要学着对男人们温柔点，他们都是一群伤心鸟。要有人过来截舞，你看起来就像是受到侮辱似的，换作那些特别受欢迎的男孩子这样做，你又是另一副表情。唉，伯妮斯，我跳的时候，每跳几步，就会有人过来截舞——什么人才这么做呢？哎呀，还不都是群可怜人。没有哪个女孩敢忽视他们，因为无论什么场合这群人的人数都很庞大。乳臭未干的小伙子太过腼腆，不大会说话，你可以用他们来锻炼口才，最好不过了。笨手笨脚的那些，是你用来提高舞技的最好人选。如果跳舞的时候，你同他们配合得不错，又让自己看起来优雅从容，那么你就能陪一辆婴儿车跳过拉着铁丝网的摩天大楼了。"

伯妮斯深深地叹了口气，可玛乔丽还在滔滔不绝地讲。

"如果你去参加舞会，过得很开心，比如，有三只伤心鸟陪你跳舞；如果你能说会道，让他们忘记此刻无法在你这儿脱身这件事，那么你就成功了。再跳舞的时候，他们就会回来邀你共舞，慢慢地，同你跳舞的伤心鸟多了起来，那些受欢迎的男孩子就会发觉同你跳舞不用担心脱不开身——之后他们也会同你跳舞了。"

"是的，"伯妮斯含糊地表示同意，"我想我开始明白你说的了。"

"最后，"玛乔丽总结道，"你会变得美丽动人、沉着自信。某天早上醒来的时候，你会发现你已经获得了这些品质，而男人们迟早会注意到它们的。"

伯妮斯站了起来。

"真是太谢谢了——以前从未有人告诉过我这些，这真让人惊讶。"

玛乔丽没有接话，而是看着镜子中的自己，摆出沉思的样子。

"你真好，这样帮我。"伯妮斯接着说。

玛乔丽还是没吭声，伯妮斯觉得自己好像感激得有点过了头。

"我知道你不喜欢矫情。"她羞怯地说。

玛乔丽立马转过身来。

"哦，我刚才没想那个。我在想是不是最好把你的长发剪成波波头①。"

听她这么一说，伯妮斯一下子栽倒在身后的床上。

四

这个周三晚上，乡村俱乐部的晚宴之后有一场舞会。宾客们慢慢腾腾、不慌不忙地进场后，伯妮斯找到了自己的座位卡，心里有点儿窝火。尽管基·里斯·斯托达德，这个令女人心仪、名声响当当的年轻单身汉坐在她右侧，但她的左侧却是查利·保尔森，这才是让她生气的地方，因为左侧的位子是留给受欢迎的男子的。查利·保尔森要身高没身高，要相貌没相貌，社交上也数不着他。以伯妮斯刚受的启蒙来看，选他成为自己的舞伴，唯一的理由是他俩从没一起跳过舞。最后几套汤盘撤走后，她心中的这股无名之火也消失得无影无踪。她突然想起玛乔丽的话，便收起心中的那份骄傲，转过身，朝查利·保尔森倾了倾身子。

---

① 波波头，中心在脑袋枕骨部位的比较厚重的一种短发。20世纪初，第一次世界大战的爆发激发了全世界女性追求独立解放的意识，她们的价值观发生了极大的改变。这种改变首先体现在着装和发型上：烦琐的长裙，转变为简洁的裤装和短裙；女性化的长发也开始变短。这些在当时都是时尚和前卫的象征。

"保尔森先生，你觉得我该不该把头发剪短？"

查利吃惊地抬起头。

"啊？"

"我一直在考虑这件事。这可是吸引别人眼球的一个简单有效的法子。"

查利愉快地笑了起来，他当然不知道这是伯妮斯早已排练好的开场白。他说他对短发所知不多。可这会儿伯妮斯正好可以告诉他。

"你看，我想成为社交圈的吸血鬼。"她泰然自若地宣称道，还说剪短发是达成目的所必不可少的一个前奏。她接着补充说，很想听听他的意见，因为听说他对女孩子的穿衣打扮挑剔得很，有眼光。

听她这么说，查利有点受宠若惊，他对女性心理如同对佛教徒的心理了解一样多。

"所以我决定，"她稍微提高了些嗓门，接着说，"下周初我就去塞维尔旅馆的理发店，坐在第一把椅子上，然后让理发师把长发剪短。"她注意到旁边的人都静下来听她讲，声音便有点儿底气不足；迟疑了一下后，玛乔丽的教导再次涌上心头，于是她在大庭广众之下讲完了自己要说的话："我要收入场费的，不过假如你们都去那儿支持我的话，我会赠送大家内场座位的票。"

周围的笑声此起彼伏，人们的眼神里全是赞赏之意，在笑声的掩护之下，基·里斯·斯托达德飞快地朝她那边倾了倾，低声耳语道："我现在就去订个包厢。"

伯妮斯抬起双眸与他对视，笑了笑，仿佛他刚才说得妙不可言。

"你喜欢波波头？"基·里斯·斯托达德低声问道。

"在我看来，波波头不合道德规范，"伯妮斯大胆断言道，"但是，不得不说，你总要用某种方法娱乐、满足，抑或震惊世人。"玛乔丽曾经引用奥斯卡·王尔德①的这句话。男人们听完这话后爆发出阵阵笑声，姑娘们听完这话却频频投来探究的一瞥。之后伯妮斯跟没事似的，又转过头同查利窃窃私语起来，仿佛刚才她并没说过什么特别聪明的话一样。

"我想问下你对一些人的看法，我觉得你在识人方面堪称一流。"

查利激动得快晕倒了——为了对她略表敬意，他弄倒了她的水杯。

过了两个小时，沃伦·麦金泰尔百无聊赖地站在舞池外，有一会儿没一会儿地看着舞池中翩翩起舞的人群，心里念着也不知玛乔丽跑到哪里去和人跳舞了。这时一个毫不相关的念头开始慢慢涌上心头——他发现在刚过去的五分钟里，玛乔丽的这个表妹就被人截了好多次舞。闭上眼，睁开，又往那瞅了瞅。几分钟前，她还和一个路过的小伙子跳得起劲，这倒没什么奇怪的，因为一个路过的小伙子对她所知甚少。但现在她正和别人跳着，而这边，查利·保尔森眼睛里满是坚定热情的光芒，也迈着步伐朝着她走去。真有意思——要知道一场舞会下来，查利的舞伴很少超过三个。

沃伦无疑大吃一惊——伯妮斯交换完舞伴后——那个得以脱身的人正是基·里斯·斯托达德。他看起来并不怎么高兴。当下一次伯妮斯跳到沃伦近处时，沃伦细细打量了她一番。没错，她很漂亮，非常漂亮；而且今晚她的脸色看起来更加红润。她脸上的表情是一个无论

---

① 奥斯卡·王尔德（Oscar Wilde，1854—1900），著名的剧作家、诗人、散文家，是19世纪与萧伯纳齐名的英国才子。

多么老练的女人都伪装不来的——她看起来是那么的快乐无比。他喜欢她今晚的发型，怀疑她是不是抹了美发油。而且她今晚穿的裙子也很配她——深红色衬托出她那灰色的眼睛和红润的肤色。他记得对她的第一印象是这人很漂亮，但是后来发现她很令人乏味。太可惜了——令人乏味的女孩子总是让人难以忍受——即使她们很漂亮。

几经辗转，他的思绪又飘回到玛乔丽身上。这次她又和之前一样跳着跳着就没了踪影。等她再次出现时，他会质问她去哪儿了——而她会坚决地回答说这不关他的事。真遗憾，她实在是太了解他对她的感情了！她很清楚其他姑娘无意于他，他要是敢爱上吉纳维芙或罗伯塔，她一定饶不了他。

沃伦叹了口气。通向玛乔丽芳心之路就如身在迷宫一样。他抬了抬头，看见伯妮斯又同一个路过的小伙子在跳舞，不自觉地朝着她的方向迈了一步，犹豫要不要继续走过去。然后他安慰自己说这只是出于善意。他向她走去——不巧却撞上了也往她那儿去的基·里斯·斯托达德。

"对不起。"沃伦说。

但基·里斯·斯托达德并未停下来道歉。他再一次插进去同伯妮斯跳起舞来。

那天深夜一点钟的时候，玛乔丽准备关掉走廊的电灯时，转过身来瞥了一下伯妮斯炯炯发光的双眼。

"效果不错吧？"

"是的，玛乔丽，效果很好！"伯妮斯喊道。

"我看你当时玩得很开心。"

"是的！唯一美中不足的是，午夜的时候我不知道还能谈些什么话题。我不得不重复先前讲过的话——当然是对不同的人。我希望他们之间别串话。"

"他们不会的，"玛乔丽打着哈欠说，"即使他们这么做了也无妨——他们反而会觉得你比他们想象的聪明多了。"

啪的一声，玛乔丽关了灯，两人上楼的时候，伯妮斯紧紧抓住楼梯扶手，心里对它很是感激，她还是第一次因为跳舞跳得这般累。

"你看，"玛乔丽站在楼梯顶端说，"跳舞的时候，当一个男人看见另一个人去截舞时，他就会觉得那里一定有看头。不错，明天咱们再想些新的点子。晚安。"

"晚安。"

伯妮斯慢慢散开头发时，回想了一下舞会上发生的一切。玛乔丽怎么说的，她就是怎么做的。即使查利第八次插进来的时候，她仍装作很高兴，看上去很兴奋也很受用。现在的她只谈你、我、我们，早已不谈什么天气啦、欧克莱尔或者汽车、自己的学校云云。

可就在她要睡着的前几分钟，一种反抗的念头搅得她的脑袋昏昏然——毕竟，她才是做这一切的人。没错，玛乔丽帮她想好了谈话的内容，但一部分内容都是玛乔丽从读过的书里摘抄。深红色的那条裙子是她自己买的，尽管在玛乔丽从她箱子里翻出来之前她并未觉得它有多好——而且这些俏皮话都出自她口，那副笑容是从她嘴唇上绽放开来，舞步是她自己跳的。玛乔丽是个好女孩——尽管爱慕虚荣——多么美好的夜晚——多么帅气的小伙子——就像沃伦——沃伦——沃伦——他叫什么来着——沃伦……

她睡着了。

五

对伯妮斯来说，接下来的一周里发生的事情让她茅塞顿开。她觉得人们热衷于她的一言一行，这让她找到了自信的源泉。不过一开始的时候她犯了很多错误。比如，她不知道德雷考特·戴约正在攻读神学，不知道他过来抢她做舞伴是因为觉得她是一个文静、保守的姑娘。要早知道这些，她就不会用"嗨，炮弹休克①先生"来和他调侃了，也不会把她洗澡的故事讲个没完——"夏天的时候，光打理头发就很费劲——头发实在太长了——我总是先梳头，往脸上扑粉，然后戴上帽子；之后进浴缸泡个澡，最后再穿上衣服。你说这是不是最聪明的办法？"

尽管德雷考特·戴约对浸在水中洗礼这个问题纠结不已，但也许他会找到它们之间的联系，可事实上，他并没有发现这一点。他觉得讨论女性沐浴不道德，于是对她大谈了一通自己对堕落的现代社会的看法。

这个不幸的意外事件没有阻碍伯妮斯在交际中取得几次让人津津乐道的成功。比如，小奥蒂斯·欧芒德取消了去东部旅行的计划，像个哈巴狗似的天天跟在伯妮斯屁股后面，这让他在朋友面前快乐不已，却让基·里斯·斯托达德愤怒难平，因为好几次下午他去拜访伯

---

① 炮弹休克，一战时士兵由于炮弹的巨大爆炸声所造成的心理学上的疾病。其症状表现为流泪，发呆，听不懂命令。

妮斯，都让奥蒂斯这家伙给搅黄了，他老是含情脉脉地注视着伯妮斯，恶心死人。他甚至告诉她之前自己拿着棍子站在化妆室门前等她的事，让她明白大伙也包括他自己一开始对她的判断是多么的错误。听后，伯妮斯一笑置之，心头闪过一丝不快。

伯妮斯语录中最让人熟知也最为让人赞许的或许是那个她要剪个波波头的事了。

"嗨，伯妮斯，你打算什么时候去剪个波波头？"

"也许后天，"她往往会微笑着回答，"你会来看我吗？你知道，我希望你去的。"

"你说我们？那还用说！不过你可得抓紧时间。"

伯妮斯又笑了起来，她知道自己剪波波头的动机多么不单纯。

"很快的，保准你大吃一惊。"

不过最能说明伯妮斯取得成功的例子应该是每天停在哈维家门前的那辆灰色小汽车，车主人是眼光十分挑剔的沃伦。一开始的时候，女仆听说他要找伯妮斯而不是玛乔丽，着实吓了一跳；这种情况持续了一个礼拜，她传话给家里的厨子说伯妮斯小姐抢了玛乔丽小姐的情郎。

事实确实如此。刚开始沃伦也许想要激起玛乔丽的嫉妒心，也许伯妮斯讲话时带有类似玛乔丽的口吻，也许两者兼有，不过沃伦确实被伯妮斯吸引住了。但不管怎样，年轻人在不到一周的时间里都知道对玛乔丽忠心耿耿的情郎移情别恋了，公开追求起她家的客人来。大家关心的是玛乔丽怎么看这件事。沃伦每天都会给伯妮斯写信，同她通两次电话，两人时常让人发现坐在沃伦的跑车里。显然，两人对

"你是不是真的爱我"这样的问题陷入了激烈而重大的讨论中。

听到别人的挖苦，玛乔丽只是予以一笑。她说很高兴沃伦终于找到一个欣赏他的人了。所以那帮观望的人也就笑笑，猜想玛乔丽应该不在乎，之后也就没人再说了。

离她回家前三天的那个下午，伯妮斯心情特别好，待在大厅里等着沃伦，好一起去参加桥牌会。玛乔丽也准备去参加桥牌会，来到她身旁，貌似不经意地对着镜子整了整帽子，伯妮斯对这即将到来的交锋丝毫没有准备。只用了简短的三句话，玛乔丽就冷酷无情地发起了战争。

"你最好把沃伦忘掉。"她冷冷地说。

"什么？"伯妮斯惊得目瞪口呆。

"你最好别在沃伦那儿自取其辱。他对你一点儿感觉都没有。"

两人你盯着我我盯着你，气氛很紧张——玛乔丽的眼神里有蔑视和冷漠；而伯妮斯除了惊讶之外，又生气又害怕。接着两辆车子停在了门前，喇叭声响个不停。两人微微吸了口气，转身并肩匆忙向门外跑去。

整个桥牌会期间，伯妮斯都在努力克制着心中那不断涌起的不安，不过没用。她已经触犯了玛乔丽这狮身人面女魔王的底线。她偷走了属于玛乔丽的东西，尽管她的动机非常单纯。她突然有一种很沉重的负罪感。打完桥牌，他们围成一圈就座，很随意地交谈，不经意间小奥蒂斯成了这即将来临的大风暴的导火索。

"奥蒂斯，你打算什么时候回幼儿园去？"一人问道。

"我吗？等伯妮斯剪了波波头就回去。"

"等到那会子你也不用去上学了。"玛乔丽抢先说，"这只是她虚张声势的伎俩罢了。我觉得你早就该意识到了。"

"真是这样吗？"奥蒂斯质问道，责备地看了伯妮斯一眼。

伯妮斯试图想出个好法子，奈何却开不了口，两耳发红。面对这么直接的人身攻击她束手无策。

"世上虚张声势的事情多了去了，"玛乔丽幸灾乐祸地说，"奥蒂斯，我觉得你察觉不出这一点也不奇怪，太单纯了。"

"好吧，"奥蒂斯说，"也许你说得对。但是，哎呀，伯妮斯还说……"

"是吗？"玛乔丽打了个哈欠，"她最近又有什么至理名言了？"

好像没人知道。实际上，伯妮斯自和沃伦待在一起，并没说些让人记忆犹新的话。

"真的只是说说而已吗？"罗伯塔好奇地问。

伯妮斯迟疑了一会儿。她觉得此刻她该说些俏皮话缓解气氛，可是在表姐冰冷的目光下，她什么也说不出来。

"我不知道。"她支支吾吾地说。

"别装了！"玛乔丽说，"还是承认了吧。"

伯妮斯发现沃伦用询问的眼神盯着她，不再摆弄他那把尤克莱利琴。

"哦，我不知道！"伯妮斯嘴里不停地重复着，面颊绯红。

"别装了！"玛乔丽再次说道。

"快说呀，伯妮斯，"奥蒂斯催促道，"给她点颜色看看。"

伯妮斯抬头看了看周围——她似乎总是摆脱不掉沃伦看她的那种眼神。

"我喜欢波波头样式的短发，"她急匆匆地说，就好像在回答沃伦的问题，"而且我打算去把头发给剪了。"

"什么时候？"玛乔丽质问道。

"随时都可以。"

"没有比现在更好的时候了。"罗伯塔提议说。

奥蒂斯一下子跳了起来。

"好主意！"他喊道，"我们正好可以开个夏日短发舞会。我记得你说过去塞维旅馆的理发店。"

不一会儿大伙儿都站了起来。伯妮斯心跳得厉害。

"你说什么？"伯妮斯倒吸了一口气。

玛乔丽的声音在人群中飘了出来，声音很清晰，却带着鄙视的意味。

"大伙儿别着急——她肯定会打退堂鼓的！"

"快点啊，伯妮斯！"奥蒂斯边喊边朝门口冲去。

沃伦和玛乔丽的四只眼睛盯着她，挑衅着她，刺激着她。有那么一会儿，她不知如何是好。

"好吧，"她飞快地说，"豁出去了。"

就这短短的几分钟，感觉过得那么漫长。下午晚些时候，沃伦开车带伯妮斯去市中心，罗伯塔开车带着其他人尾随其后。坐在车上，伯妮斯觉得自己如同坐在囚车上赶赴断头台的路易十六王后玛丽·安托瓦内特，隐约之中感叹自己当时为什么不喊出来说这只是一场误会。面对这突然恶意盈盈的社会，她除了拼命抓住自己的头发，防止它被剪掉，并没有其他的办法。可她什么也没做成。此刻的她即使想到母亲的暴怒也改变不了她的决定。这是对她的一种终极考验，只有做到这样才能在众多时尚女郎中脱颖而出。

沃伦满脸怒容，一句话也没说，到达旅馆的时候，把车停在路旁，点头示意伯妮斯先下车。之后一大群人嘻嘻哈哈地从罗伯塔的车中下来朝那家理发店走去。理发店里两块光秃秃的玻璃对着街道。

伯妮斯站在路边，抬头看了看店牌，塞维尔理发店。这其实是断头台啊，刽子手就是那个身穿白色外套的理发师。他嘴里叼着烟，正百无聊赖地靠在第一把椅子上。他一定知道她要来，靠在那张不祥的椅子旁等着她，不停地吸着烟，得有一个星期的时间了。他们会蒙住她的眼睛吗？不会的，但会在她的脖颈处系一块白布防止鲜血——胡说——是头发粘到衣服上。

"行了，伯妮斯。"沃伦匆匆地催促道。

伯妮斯抬起下巴，穿过人行道，推开那扇旋转纱门，看都没看那群坐在长椅上叽叽喳喳不停说话的人们，径直朝理发师走去。

"我想让你帮我剪个波波头。"

理发师嘴巴微张，口中的香烟掉到地板上。

"啥？"

"我的头发——波波头！"

伯妮斯不再多说，在高椅上坐下来。坐在她旁边位子上的那个人转身朝她这边看了看，目光既激动又好奇。一名理发师正在为一个月来一次的小威利·舒纳曼理发，一紧张弄坏了他的发型。坐在最末尾一张椅子上的欧莱利先生有节奏地用古盖尔语嘟囔咒骂着，因为剃刀割破了他的脸。两个擦鞋匠惊得瞪大了眼睛，朝着她的鞋子奔来。不，伯妮斯没工夫擦鞋。

理发店外，一个过路人停下来观望；接着是一对夫妇；之后六七个小男孩的鼻子也不知从哪儿跑了出来，玻璃窗把他们的小鼻子都挤扁了。只言片语随着这夏日的微风从纱窗外面飘进来。

"看这姑娘的头发多长啊！"

"你从哪里倒腾到这玩意的？他刚给那个长胡须的女士刮完脸。"

但是，伯妮斯此刻什么也看不见，什么也听不见。她唯一感觉到的是那穿白色外套的理发师正在一一拿掉她头上的龟甲梳，他的手法极不娴熟。这头发，这头秀发，就快没了——她再也感觉不到那一头垂在背后的深棕色的浓密长发。有那么一瞬间她感觉自己快要崩溃了，在她快要晕掉时，玛乔丽嘴角那略带讥讽的微笑闯入她的视线：

"放弃吧，投降吧！你赢不了我，你这骗子。看到了吧，没人可怜你。"

伯妮斯身上最后一丝力气展现了出来，她在白布下握紧拳头，眼睛也奇怪地眯了起来，很长一段时间后，玛乔丽见人还说这件事。

二十分钟后，理发师转了转她的椅子，让她对着镜子，看到头发被摧残得不成样子，她失去了勇气。头发本来就不是鬈发，而现在它毫无生气地垂在她那苍白的脸庞两侧。难看死了——她早就知道会这样。她脸庞的迷人之处在于那圣母般的纯洁。可现在一切都没了，她变得——嗯，异常平庸——却不做作；荒诞可笑，就如格林尼治村①

---

① 格林尼治村（Greenwich），1910 年前后在美国形成，那里聚集着各种各样的艺术工作者、理想主义者甚至工联分子，他们大都行为乖张，和世俗格格不入。在战后，那里成为美国现代思想的重要来源。

的女人出门忘了戴眼镜一样。

她从椅子上爬下来,强忍微笑——狼狈极了。她看到有两个女孩互相使了个眼色,玛乔丽嘴角那嘲讽的程度变弱了些——还有沃伦突然变冷的眼神。

"你们看,"她几乎哽咽着说,"我做到了。"

"是的,你做——到了。"沃伦表示同意。

"你们喜欢这发型吗?"

两三个人虚情假意地说"喜欢",其他人尴尬得不知说什么好,之后玛乔丽犹如蛇一般快速地转向沃伦。

"你愿意载我去洗衣店吗?"她问道,"晚饭前我得去那里取条裙子。罗伯塔开车直接回家,她的车可以送其他人回家。"

沃伦茫然地注视着窗外很远处的某一点。稍作停留后,他的视线从伯妮斯身上移到了玛乔丽身上。

"乐意效劳。"他缓缓说道。

六

直到晚餐前,伯妮斯注意到舅妈看自己时那诧异的眼神,她才完全意识到自己陷入了一个早已设计好的可怕的陷阱。

"哎,伯妮斯!"

"我把头发剪了,约瑟芬舅妈。"

"怎么啦,我的孩子!"

"你喜欢这种发型吗?"

"为什么这么做啊，伯妮斯？"

"我大概把你吓着了吧。"

"没有，但是明晚戴约太太会怎么想呢？伯妮斯，你该等到参加完戴约家的舞会后再剪也不迟啊——即便你喜欢这个发型也该等等啊。"

"约瑟芬舅妈，这件事很突然。不管怎么说，这跟戴约太太家的舞会有什么特别关系吗？"

"你不知道呀，孩子，"哈维太太喊道，"在周四俱乐部最近的一次聚会上，她读了自己的《青年一代的性格弱点》这篇文章，花了整整十五分钟讲波波头的问题。她最厌恶波波头。而且这次舞会是专为你和玛乔丽准备的呀。"

"对不起。"

"哦，伯妮斯，不知道你母亲会怎么说。她肯定会认为是我让你这么做的。"

"对不起。"

整个晚餐对她来说就是一场折磨。她仓促地用卷发器卷了卷头发，最后还弄伤了手，糟蹋了大片头发。她看到舅妈脸上挂着担心、难过的神色，舅舅则不停地用伤心又敌视的语调说："算了，我算完了。"玛乔丽静静地坐在那里，脸上露出一丝浅笑，还有一丝嘲讽。

那一夜总算过去了。三个小伙子来访，玛乔丽与其中一个不知跑哪里去了，伯妮斯无精打采地招待了另外两人——谢天谢地，十点半她爬上楼梯来到自己房间门前时，她算是松了口气。瞧这一天过的！

她脱掉衣服打算睡觉，房门开了，玛乔丽走了进来。

"伯妮斯，"她说，"对于戴约太太家的舞会，我非常非常抱歉。我向你保证，之前的事我会忘得一干二净。"

"好吧。"伯妮斯简单地回了句。她站在镜子前，慢慢地用梳子梳着自己这头短发。

"明天我带你去市区吧，"玛乔丽接着说，"让理发师帮你整整，会看上去好些。我没想到你会说到做到。我真的很抱歉。"

"噢，没关系。"

"这是你待在这儿的最后一晚了，所以我觉得也没有什么。"

看着玛乔丽把头发甩到肩上，然后慢慢把它编成两条长长的棕色的麻花辫，正好垂在米色的睡衣上，宛如一幅某个英格兰公主的逼真画像，伯妮斯心里难受极了。伯妮斯如痴如醉地看着辫子慢慢成形。经玛乔丽那灵巧的双手，原本浓密的秀发变成两条不安分的长蛇慢慢移动——这纪念品、卷发器和明天别人诧异的眼神会牢牢刻在她的心里。她会看见基·里斯·斯托达德，他喜欢她，他会用那哈佛式的礼仪告诉餐桌上的人，伯妮斯本不该去看电影的；她会注意到德雷考特·戴约和他母亲交换眼神，接着对她小心翼翼地表示同情。可是也许明天戴约太太就听到她剪波波头的消息了；也许就会有张冰冷的小字条告诉她别来参加舞会了——他们会在她背后大肆嘲笑，说玛乔丽是怎样怎样捉弄了她；她的美丽成了一个自私的姑娘嫉妒心的牺牲品。她噌地一下在镜子前坐了下来，牙齿紧紧地咬住脸颊内侧。

"我喜欢这发型，"她努力地说，"我觉得它很快会流行开。"

玛乔丽笑了笑。

"看起来还不错，看在老天爷的分上，别让它搅得你心神不宁。"

"不会的。"

"晚安，伯妮斯。"

门关上的时候，一种想法突然冒了出来。她猛地跳了起来，攥紧拳头，接着快速地、悄无声息地来到床前，从床底下把自己的行李箱拖出来，把洗漱用品和衣服放了进去。接着，她又转向行李箱，把两抽屉的内衣和夏装塞了进去。她的行动没有一点声音，动作麻利，仅仅用了四十五分钟就把一切打理好，锁上箱子，封好，穿好衣服。她身上穿的是玛乔丽帮她选的一件新的漂亮的轻便旅行服。

她坐在桌前给舅妈留了个便笺，简单说了下自己现在离开的原因。她写完后把信装进信封，写上收件人，然后把它放在枕头上，扫了一眼表。火车开车时间是凌晨一点，假如走到离这有两个街区的马波罗旅馆的话，很容易打到出租车。

她猛地吸了口气，眼中闪着一种光芒——如果你是一个善于察言观色的老手，你会把她现在的表情和她在理发店第一把椅子上的表情隐隐约约地联系起来——它差不多是从那里发展起来的。对于伯妮斯来说，这是一种全新的表情，它表示某种抉择。

她蹑手蹑脚地来到桌子旁，拾起一把剪刀，关掉灯，静静地站在那里，直到眼睛开始适应周围的黑暗。她慢慢地推开玛乔丽的房门，听到玛乔丽平静的呼吸声，看来玛乔丽丝毫没有感到良心上的不安。

她此刻站在床边，异常坚定、冷静，行动快速。她弯下身来，找到玛乔丽的一条辫子，用手慢慢往上找到靠近脑袋的一边，然后手一松，这家伙就感觉不到有人在弄她的头发了。然后她把剪刀伸过去，一刀剪掉。她手里握着辫子，屏住呼吸。玛乔丽嘴里还说着梦话。伯妮斯熟练地把另一条辫子也剪了，停了一会儿，然后快速溜出了门，悄无声息地来到自己的房间。

下了楼梯，她来到前门，悄悄地打开后再关上。此刻她异常兴奋，走出门廊，走进月色里，挥舞着手里那重重的行李包就如挥舞购物袋一般轻松。她走了几步，发觉手里还攥着两条棕色的麻花辫。她猛地大笑起来——为避免打扰这深夜的安静，她不得不闭紧嘴巴。此刻，她正路过沃伦家门口，一冲动，她放下行李箱，像扔绳子似的把手中的辫子扔到他家的木廊门前，轻声落地。她又哈哈大笑起来，毫无顾忌地放声大笑。

"哈哈！"她肆无忌惮地大笑道，"揭掉自私鬼的头皮！"

接着，她拎起行李箱一溜小跑，消失在月色中。

（刘瑶　译　耿强　校）

赐福礼①

---

① 赐福礼，罗马天主教的宗教仪式。

一

　　巴尔的摩火车站又炎热又拥挤，洛伊丝没法子，只好站在电报服务台旁边，挨过这漫长而让人感觉浑身发黏的短暂时间。此刻，一个长着硕大门牙的工作人员数了又数一位体格壮硕的女士发的日电信息，以便决定电报的字数是在收费范围内无关紧要的四十九个字，还是要命的五十一个字。

　　一旁等着的洛伊丝认定自己不太确定信的地址是否无误，于是她从包里把它掏出来又读了一遍。

　　全信内容如下：

　　　　亲爱的，我理解，现在我感受到生活中从未有过的幸福。要是我能按照你一直以来所认可的样子表现自己该多好，可是我办不到，洛伊丝；我们无法结合，也不能失去彼此，就让所有这场绚丽的爱情在空无中结束吧。

亲爱的，收到你的来信之前，我一直都坐在半明半暗的房间里思考我能到哪里才能将你永远忘掉；到国外，也许，将自己放逐到意大利或西班牙，让因为失去你而带来的痛苦在梦境中飘散，在那里，更加古老和成熟的文明遗留下的令人心碎的废墟只会映照出我那颗凄凉的心——就在这时，你的信寄来了。

我最亲爱、最勇敢的姑娘，如果你给我发电报，我会在威尔明顿 ① 等你——而在这之前，我会一直守候在这儿，祝福你每一个长梦成真。

霍华德

她把这封信读了不知多少遍，字字都刻在心里，可是她仍然心有余悸。她在这个男人写的这封信里发现了很多他的影子，轻轻浮现——他黑色眸子里交织的甜美与忧伤，听他倾诉时感受到的一股无名而不安的兴奋，他梦幻般的蜜语甜言如摇篮曲一般哄着她的思绪入睡。洛伊丝这一年十九岁，她非常罗曼蒂克，怀揣着少女的好奇和勇气。

那个体格壮硕的女士与电报员一番讨价还价，最后双方同意电报算作五十个字。洛伊丝拿过来一张发电报的空白单写电报。她最后的决定干净利索，没有任何弦外之音。

这就是命运——她心想——这个该死的世界，事情原本如此。如果懦弱就是让我退缩的根源，那么我不会再有任何退缩。因此我们只

---

① 威尔明顿（Wilmington），美国特拉华州最大的工商业城市、港口，有"世界最大化工城市"之称，所产尼龙长袜闻名全球。此外有造船、皮革、纺织等工业。17、18 世纪的古建筑众多。

会让事情按照自己的轨迹发展，而从来不会感到后悔。

电报员扫了一眼她的电报：

今天已抵巴城[1]在长兄处周三下午三点威尔明顿见

爱你的

洛伊丝

四十五美分，电报员带着赞赏的口吻说道。

没什么可后悔的——洛伊丝心想——做了就不要后悔。

二

树儿把阳光筛落在草地上，形成斑驳的暗影。树儿像手拿羽毛扇的高大慵懒的女士，漫不经心地和修道院粗鄙的屋顶卖弄"风"情。树儿像男管家一样恭敬地向宁静的便道和小路弯腰。树儿，山坡两边的树儿，或三五成片或成行地散落，延绵整个马里兰州东部地区的树林，像绣在很多黄色田地边缘上的精致花边，黑色昏暗的背景衬托出开花的灌木或爬满野生植物的花园。

有些树十分可爱而又年轻，相比之下，这所修道院里栽种的树比修道院本身还要古老，若以真正修道院的标准衡量，它根本算不上有年头。事实上，严格来讲它还不能被称为修道院，充其量只是个神学

---

① 即巴尔的摩（Baltimore）。

院；尽管如此，它在这个地方还是会成为修道院的，尽管它有维多利亚时代的建筑，后来爱德华七世时代又增添了一些，甚至还有专属伍德罗·威尔逊[①]时期历经百年的屋顶。

修道院后面是个农场，六名普通教友正汗流浃背却干劲儿十足地在蔬菜园里来回耕作，效率高得要命。左边一排榆树后面是一块简易的棒球内场地，三个新手正在被第四个选手击球出局，好一阵你追我赶、气喘吁吁、哨音四起。前方铿铿地传来半小时报时的巨大柔和的钟声，一大群人，如黑色的叶子一般被吹散到恭敬的树下纵横交错的小径上。

黑压压的人离开，其中有些年纪很大，毛茸茸的两颊让人想起水塘溅起的第一波涟漪。接着，零散的中年人离开了，其形状从侧面看仿佛身穿华丽的装扮，开始稍微显得不那么对称。他们携带着托马斯·阿奎纳[②]、亨利·詹姆斯[③]、麦谢枢机主教[④]、伊曼努尔·康德[⑤]的大部头巨著，还有很多塞满了讲座资料的鼓鼓的笔记本。

但数量最多的还是走开的年轻人：有着浅肤色的十九岁孩子，表

[①] 托马斯·伍德罗·威尔逊（Thomas Woodrow Wilson，1856—1924），美国第 28 任总统。

[②] 托马斯·阿奎纳（Thomas Aquinas，约 1225—1274），中世纪经院哲学的哲学家和神学家，他把理性引进神学，用"自然法则"来论证"君权神圣"说。

[③] 亨利·詹姆斯（Henry James，1843—1916），19 世纪美国继霍桑、麦尔维尔之后最伟大的美国小说家，代表作有长篇小说《一个美国人》《一位女士的画像》《鸽翼》《使节》和《金碗》等。他的创作对 20 世纪崛起的现代派及后现代派文学有着非常巨大的影响。

[④] 麦谢枢机主教（Cardinal Désiré-Joseph Mercier，1851—1926），比利时人，1906 年被祝圣为梅赫伦教区主教，1907 年被教宗庇护十世任命为枢机。

[⑤] 伊曼努尔·康德（Immanuel Kant，1724—1804），德国哲学家、德国古典哲学的创始人，被认为是对现代欧洲最具影响力的思想家之一，也是启蒙运动最后一位主要哲学家。主要著作有：《纯粹理性批判》《实践理性批判》《判断力批判》《未来形而上学导论》《道德形而上学基础》等。

情十分严肃而谨慎；快三十的男子因为在世界的某个角落教了五年书而信心满满——好几百人从马里兰、宾夕法尼亚、弗吉尼亚、西弗吉尼亚和特拉华的城镇与乡村来到这里。

这儿美国人很多，爱尔兰人有一些，有的很强悍，法国人不多，意大利人和波兰人只有几个，他们或三两成群或排成长队手挽手休闲地走着，而抿成一条直线的嘴和相当大的下巴让你几乎无论在哪儿都能认出他们来——因为这里是耶稣会，五百年前由一位意志坚定的士兵创立于西班牙，他训练人怎样防守据点，举办沙龙，布道或起草协议，去做事，莫争辩……

洛伊丝步出汽车走入阳光中，顺道来到外面的大门口。她十九岁，长着一头黄色头发，还有那双绿色的眼睛，说话得体的人尽量不会说是绿色。聪明人在有轨电车上看到她，经常偷偷地不知从哪儿拿出一小截铅笔头和信封的背面，然后试着提炼出她的侧影或者那副眉毛给她的眼睛带来的韵味。稍后他们看一眼自己画的成果，一般都会在疑惑般的叹息声中把它撕个粉碎。

尽管洛伊丝身穿昂贵得体的旅行装，充满活力和自信，但她也会毫不迟疑地拍打掉落在衣服上的灰尘，还будет在两边行人好奇的注目中沿着中间的小道步行而上。她的脸色显得十分急切和期待，却一点没有姑娘们参加在普林斯顿或纽黑文举办的高中毕业舞会时的那种备感荣幸的表情；还有，既然这儿没有高中毕业舞会，也许带不带这种表情也无关紧要。

她很想知道他会长得什么样子，是否可能从他的照片里认出他。照片挂在家里母亲的衣柜上方，照片里的他看起来很年轻，双颊消瘦，颇让人心疼，只有一张嘴发育良好，浑身穿着十分不搭配的见习修士的装扮，这表明他已经对自己的生活做出了重大决定。当然，那时他才十九岁，现在三十六岁了——一点都不像那个时候；看最近拍的快照，他体格健壮了许多，头发长得稍微有一点稀疏——但是她印象中哥哥一直以来就是这张巨大照片里的模样。因此，她总对他怀有一丝怜悯。男人过着怎样的生活啊！十七年的准备，他甚至还不是一名牧师——难道还要再等一年？

洛伊丝有了个想法，如果任其发展的话，这将会相当严肃。但是她准备施展自己最拿手的模仿本领，像不夹杂任何杂质的阳光那样，她有这个模仿的能力，甚至在她头疼欲裂，她的妈妈精神崩溃，她特别罗曼蒂克，尤其好奇而胆大的时候。她的这个哥哥毫无疑问需要有人来为他鼓劲，不管他喜不喜欢，他马上就要振作起来。

她走近那扇巨大而其貌不扬的前门，此时看到一个人突然从人群里跑了出来，他拽起自己袍子的裙边，向她跑来。他微笑着，她注意到了，他看起来体格十分巨大而且——而且可靠。她停下来等着，感觉到自己的心跳得出奇地快。

"洛伊丝！"他叫了起来，霎时间，就把她抱在怀里。她突然颤抖起来。

"洛伊丝！"又一声叫喊，"天哪，太美妙了！洛伊丝，你都不知道我有多么渴望这一时刻啊。上帝，洛伊丝，你太美了！"

洛伊丝惊讶地喘着气。

他的声音虽然有所控制，可仍然充满力量，再加上那种奇特的浑身上下透出的个性，她原以为家里只有她才拥有这种性情。

"我也高兴极了——基斯。"

她满脸通红，可不是因为不高兴，而是因为第一次称呼他的名字。

"洛伊丝——洛伊丝——洛伊丝，"他不可思议般地重复着她的名字，"主的孩子，我们待会儿进去，因为我想让你见见这儿的教区长，然后我们随便走走。我可有一肚子的话儿要和你说。"

他的声音变得沉重了些："妈妈好吗？"

她看了他一会儿，然后说了一些自己本不打算讲的事情，就是那些她原先决定要避免的事情。

"噢，基斯——妈妈她——她一直以来每况愈下，各方面都是。"

他似有所懂地慢慢点了点头。

"精神问题，唉——你可以不用这么早告诉我这些。现在——"

她来到一间摆放着一张很大的桌子的小书房，和一位身材矮小、热情友善的白头发牧师聊着，牧师握住她的手好一会儿。

"这么说你就是洛伊丝了！"

他这口气仿佛好多年前就听说过这个名字了。

他诚挚地请她坐下。

又有两位牧师兴冲冲地来了，和她握了握手，称呼她是"基斯的小妹妹"，她自己觉得毫不介意。

他们看起来多么随意；她之前以为他们会表现出一点羞怯，起码应该是矜持。有几个笑话她没听懂，可似乎把每个人都逗乐了，那位矮小的教区长称他们三个是"愚笨的老修士"，她很欣赏这一点，因为他们当然压根儿不是修士。她脑海中一闪而过的印象是他们特别喜欢基斯——教区长圣父称呼他"基斯",而另外一位谈话的从头至尾都把手搭在他的肩上。然后,她又与他们握手,答应一会儿回来吃冰激凌,她保持微笑,一直这样十分荒谬地保持高兴的样子……她告诉自己这样做是因为基斯很高兴在众人面前把漂亮妹妹展示一番。

随后她和基斯手挽手顺着小路散步,他给她讲了教区长圣父是一位绝对出类拔萃的人物。

"洛伊丝,"他突然开口,"让我们就停在这儿吧,我想跟你说你的到来对我而言意味着什么。我想,你真是太好了。我知道你之前度过了多么快乐的时光。"

洛伊丝重重地呼吸着。她对这发生的一切还没有准备好。起先,她设想着计划参加到巴尔的摩的旅游热线,和一个朋友待一晚上,然后出来看看哥哥,她十分清楚地觉得这样做很高尚,希望他不要对她之前从没有来看过他而自以为理直气壮或愤恨不已——但是在这儿的树林下和他散步看起来不算什么了不起的大事,而且出人意料地让人感到快乐。

"为什么,基斯,"她快速地说道,"你知道我不可能等上一整天。我五岁就见过你。当然,那时候我不记得了,相当于从来没有见过我唯一的哥哥,这让我怎么能继续生活下去呢?"

"你真是太好了,洛伊丝。"他又重复了一句。

洛伊丝脸唰地红了——他的确有性格。

"我只想听关于你的事情,跟我说说。"他顿了一下开口道,"当然,我对你和妈妈这十四年在欧洲怎么生活有个大致的了解,之后我们都十分担心,洛伊丝,那时你感染肺病无法和妈妈一起来——也就是两年前——那时，唉，我在报纸上读到你的名字，可那样总是让我觉得完全不够。我不了解你，洛伊丝。"

她发现自己像分析曾经遇到过的所有男人一样分析他的性格。她想弄明白他带来的这份亲密感是否是因为他经常不停地提到自己的名字而孕育出来的。他说自己的名字时就仿佛他爱这个名字，仿佛这个名字对他有一种内在的意义。

"那时候你还在上学。"他继续说着。

"对，在法明顿。妈妈想让我去女修道院——可我不想去。"

她用眼角瞥了他一眼，看这是否会让他愤恨。

可他只不过慢慢地点了点头。

"受够了国外的女修道院，是吧？"

"没错——不过基斯，那儿的女修道院可不一样。这里就算在最像样的女修道院里都会碰到很多平庸的女孩。"

他又点了下头。

"没错，"他表示赞同，"我想是的，也知道你的感受。洛伊丝，开始的时候，待在这儿让我很气恼，尽管我只会跟你一个人说这个；我们，就是你和我，对这种事情有点敏感。"

"你指的是这里的男人们。"

"没错，他们中间有些当然还好，我总是和这些人泡在一起，但是也有其他人；一个叫瑞根的家伙就是个例子——我恨这个家伙，可现在他大概是我最要好的朋友。一位十分神奇的人物，洛伊丝，待会儿你会见到他。他是那种你乐意与之并肩战斗的人。"

洛伊丝这时候正想着基斯就是她乐意与之并肩战斗的那种人。

"你怎么——你怎么当初碰巧这样做?"她不太好意思地问道,"我是说,来到这儿。当然,妈妈告诉过我关于普式火车的故事。"

"噢,那个——"他看起来有点恼怒了。

"跟我说说。我想听你谈谈。"

"噢,除了你也许知道的之外没什么别的了。那是一个晚上,我白天一整天都在车厢里思考着,想着千头万绪的事情,洛伊丝。接下来,突然我感觉到有个人就坐在我对面,感觉他坐在那里有一会儿了,心里隐约觉得他又是一个游客。突然,他向我靠过来,我听到一个声音说:'我想你成为一名牧师,别无所求。'所以我跳了起来大声嚷着:'哦,我的上帝,不要!'——这句话让我在大约二十几个人面前出了丑;你看,我对面一个人也没有。一周后,我去了费城的耶稣会学院,手脚并用地爬上了通向教区长办公室的最后一节楼梯。"

又是一阵沉默,洛伊丝看到她哥哥的眼睛流露出一副怅然的神情,他正在怅然若失地凝视着窗外阳光普照的大地。她被他声音的音调触动了,当他不再说话的时候,突然而至的沉默仿佛在他周围流淌着。

此刻,她注意到他的眼睛具有和她一样的纹丝,绿色部分向外扩散,而他的嘴唇要比照片上看起来还要温柔,真的——还是因为他的脸在近期向上长得缘故?他的头发开始谢了一点点,不过只是在头顶。她怀疑是不是因为帽子戴得太多了。一个男人谢顶看起来很糟糕,同样糟糕的是没人在乎这一点。

"你年轻的时候虔诚信教吗,基斯?"她问道,"你知道我指的是什么。你信教吗?如果你不介意这些涉及隐私的问题。"

"我信。"他回答的时候眼睛里仍然一片迷茫——她觉得他如此极端的心不在焉就像他的注意力一样，都是性格中的一部分，"是的，我想我相信宗教，当我——情绪低落的时候。"

洛伊丝感觉到一丝震颤。

"你以前喝酒？"

他点点头。

"我当时快要把事情搞得一团糟。"他笑着换了个话题，灰色的眼睛转过来看着她。

"主的孩子，给我说说妈妈。我知道最近你在那里生活多么艰难。我知道你不得不做出很多牺牲，应付大量的事情，我想让你知道你做了多么棒的事情，洛伊丝，你一个人多少担了我们两个人的责任。"

洛伊丝的脑子飞快地转着，想着自己付出了多少少，想着最近经常躲着精神崩溃、快成病号的妈妈。

"年轻人不应该为老人而牺牲，基斯。"她镇静地说。

"我知道，"他一声叹息，"你不应该挑生活的重担，孩子。我希望我当时在那儿帮你。"

她领教了他怎么这么快就岔开她的话，旋即便知道他透露出的是什么样的素质。他为人善良温和。她的思绪跑离了正题，然后说了句奇怪的话打破了沉默。

"善良很难。"她突然开了口。

"什么？"

"没什么，"她困惑地改了口，"我不是指大声说话。我在想什么事情——和一个叫弗雷迪·凯博的男人的一次谈话。"

"毛瑞·凯博的弟弟?"

"对啊，"她颇感惊讶地说道，想他怎么会认识毛瑞·凯博，不过这仍然没有什么好奇怪的，"你看，他和我几周前谈过什么是善良。哦，我不知道——我说了一个叫霍华德的男人——那个人我认识，很好，他不同意我的意见，我们就开始谈论男人性格中的善良到底是什么：他不停地告诉我，说我指的是某种多愁的多情，但我知道我不是这个意思——然而我的确不知道怎么表达这个意思。现在明白了，我要说的恰恰相反。我猜真正的善良是一种坚韧——和力量。"

基斯点点头。

"我明白你说的什么意思。我曾认识拥有这种品质的老牧师。"

"我讲的可是年轻人。"她不服气地反驳道。

他们现在来到了空无一人的棒球内场地，他给她指了指一条木制长椅，然后自己就仰八叉地躺在了草地上。

"那些年轻人在这儿快乐吗，基斯?"

"难道他们看起来不高兴吗，洛伊丝?"

"我猜也是这样，但那些年轻人，我们刚才经过的那两个——他们曾经——他们现在——?"

"他们是这儿注册的学生吗?"他笑了，"不，但他们下个月会来。"

"永远待在这里?"

"没错——除非他们的精神或肉体垮掉了。当然，参加我们这儿修炼课程的人，很多都中途退出。"

"可是那些男孩，他们也打算放弃外面世界的好机会——像你一样?"

他点点头。

"有些是的。"

"可是,基斯,他们不明白自己在做什么。他们还不曾经历过他们正在失去的东西。"

"不,我不这样看。"

"这看起来不公平。当初,生活只是曾经让他们有点害怕。难道他们进来的时候都那么年轻?"

"不,有些人也曾闯荡过一番,过着相当放纵的生活——瑞根,就是一个例子。"

"我应该觉得那种生活会好得多,"她若有所思地说着,"亲历过生活的男人。"

"不,"基斯热切地回答道,"我说不清楚那种闯荡的生活会给一个人带来某种可以传给他人的经验。我了解的那些最丰富的人对自己绝对严格。改过自新的放荡子是一群臭名昭著的偏狭的阶层。洛伊丝,你难道不这样认为吗?"

她点点头,还在思考着。于是,他接着往下说:

"我觉得,用一个站不住脚的原因解释另一个,这对他们起不了什么帮助;他们需要的是有人陪着悔罪,洛伊丝。你出生后,妈妈开始患上了精神衰弱,她常去找一个叫考姆斯托克的夫人倾诉。上帝啊,那时常让我害怕得浑身发抖,她却说这让她感到宽慰,可怜的老妈妈。不,我不认为帮助他人非得展现自己。真正的帮助来自你所尊重的意志更强大的人。他们的怜悯和同情会更广大,因为那是一种突破个人的大爱。"

"但人们需要同类的关爱和怜悯,"洛伊丝反驳道,"他们只是觉得别人被诱惑了。"

"洛伊丝,他们心中想感受到别人的弱小,那才是他们所谓的人性。"

"洛伊丝,在这个古老的修道院,"他微笑着继续说道,"他们努力把盘踞在我们意念中所有这些自我怜悯和自负驱逐出去。他们指派我们去擦地板——还干其他事情。这就像从失去的生活中来拯救生活。你看,我们多少觉得一个人越少点人性,就是你认为的人性,他就越能更好地服务人性。我们也从头至尾地贯彻这一点。要是我们中谁死了,他的家人甚至都不能立刻带他走。他会被葬在简单的木制十字架下,和其他上千人待在一起。"

他突然变了声调,灰色的眼睛异常活泼地看着她。

"但是在人的内心深处,总有一些事情是无法抹去的——其中就有十分疼爱我的小妹妹。"

突然一阵激动,她跪在躺在草地上的哥哥身边,俯身亲吻了他的额头。

"你够坚强,基斯,"她说道,"我喜欢你这一点——而且你还善良。"

三

回到接待室,洛伊丝又见到了六个基斯特别亲密的朋友;一个年轻人叫贾维斯，面色很苍白，模样清秀，后来得知他一定是她家乡贾维斯老夫人的孙子，她在心里把这个苦修者和他几个放荡不羁的叔叔比较了一番。

还有脸上留有伤疤的瑞根，一双犀利而专注的眼睛跟随着她走来走去，不过经常落在基斯的身上，露出几乎是崇敬的神情。这时候她才明白过来基斯之前所说的"一个可以陪伴你共同战斗的好人"是什么意思了。

他是从事传教士工作的料子——她隐约觉得——到中国去或其他什么的。

"我想让基斯的妹妹给我们展示一段西迷舞。"一个年轻人提出了要求，咧开嘴笑了起来。

洛伊丝笑了笑。

"恐怕教区圣父会把我送到大门外去跳西迷舞。再说，我也不擅长跳这个。"

"我肯定至少这对吉米的灵魂没有益处，"基斯一脸严肃地说道，"他思考事情的时候容易像跳西迷舞那样，摇摆身体。他们刚刚开始跳马克西舞①，不是吗，吉米？——他做了修士以后，第一年整整一年满脑子绕来绕去的就是这种舞蹈。你会看到他削土豆的时候用手臂搂住大木桶，双脚摆出亵渎宗教信仰的舞步。"

大家都笑了，洛伊丝也笑了。

"一位来这儿做弥撒的老妇人送给基斯这份冰激凌，"笑声中听到

---

① 马克西舞，一种起源于巴西的类似两步舞的交际舞。

贾维斯小声嘀咕着，"因为她听说你要来。味道不错，不是吗？"

眼泪在洛伊丝的眼里闪动着。

四

半小时后，在整个私人祈祷室，事情突然完全不对劲儿了。洛伊丝上次参加赐福礼还是数年以前的事了，起先她被发光的中间带有白点的圣物盒吓坏了，空气中到处充满着浓重的焚香味儿，阳光射过头顶的圣方济天主教堂的彩绘玻璃窗发出光亮，照出暖红色的花饰窗格影子落在了她前面的男人的道袍上，但是当听到唱诗"啊，救赎被囚者"的第一个音符时，一份沉甸甸的重量仿佛降临到她的灵魂上。基斯在她右边，年轻的贾维斯在左边，她不安地偷偷瞟了他俩一眼。

我这是怎么了？她焦急地想着。

她又看了看。他们的侧影难道没有透出一种她之前尚未注意到的冷酷吗——嘴巴灰白，眼神里一股捉摸不透的固执坚定的表情？她不禁打了个寒战：他们就像死人一样。

她感到自己的灵魂突然与基斯的灵魂渐行渐远了。这是她哥哥——这个，这个做作的人。她发现自己轻声笑了笑。

"我这是怎么了？"

她用手拂过双眼，感觉越发沉重了。焚香味儿让她恶心，唱诗班一个男高音发出迷离刺耳的音调，仿佛滑石笔摩擦发出的尖锐声音，让她的双耳难以忍受。她心烦意乱，抬起手拂了拂头发并试了试额头，出汗了。

"这儿真热，热得跟地狱不相上下。"

她又一次努力抑制住轻轻的笑声，随后很快地，她内心的沉重感突然消散，化作让人战栗的恐惧……是那柄圣坛上的蜡烛。全不对劲儿了——乱套了。为什么其他人看不到呢？那里面藏着什么东西。有什么东西从里面跑出来了，在蜡烛上方显出了形状。

她试图战胜日益强大的恐惧感，告诉自己那只是蜡烛芯而已。如果烛芯不直，蜡烛不会袖手旁观——但是它们没有做这种事！刹那间，一种力量在她身体里积聚起来，从她大脑中的每个意识、每个角落里积聚起了一种惊人的同化力量，随着它奔涌翻滚，她感到一种巨大而可怕的恶心。她把胳膊向自己收近了，远离基斯和贾维斯。

那个蜡烛里有什么东西……她向前欠欠身体——又过了一会儿，她觉得自己可以走向前去——难道没人看到吗？……一个人都没有？

"呃!"

她觉得自己身边有种距离，而且不知什么告诉她贾维斯刚才大口喘气，而且非常突然地坐了下来……然后她一直跪着，随着发光的圣物盒在牧师的手中慢慢离开了圣坛，她听到一声巨大的疾驰的声音——钟敲击的声音听起来像锤子的击打声……接着过了一会儿，一种永恒的潮水仿佛在她心里翻滚着——一声呼喊从那儿传来，还有仿佛海浪猛烈地冲击岩石发出的声音……

……她在呼喊，感到自己在呼喊基斯，她的嘴唇默默地说着不会说出的话：

"基斯！噢，我的上帝！基斯！"

突然，她开始意识到新出现了某个事物，一种永恒的存在，在她面前，以暖红色窗饰的形式圆满地表达出来。后来她明白了。那原来是圣方济天主教堂的窗户。她的心思全都放在它上面，最后无法离开它，她感到自己又一次永无休止地、无力地呼喊着——基斯——基斯！

接着，巨大的沉寂中传来一个声音：

"让上帝赐福于你。"

一阵缓慢低沉的声音里传出了回答声，它在整个私人祈祷室里沉重地回响着：

"让上帝赐福于你。"

这几个词在她心里来回地吟唱；焚香味儿神秘而甜美安详地驻留在空气中；圣坛上的那根蜡烛终于燃尽了。

"以圣主的名义赐福。"

"以圣主的名义赐福。"

周遭的一切都模糊成一片飘摇的迷雾。她听到喘息和叫喊的声音，站着的身体左摇右晃，一阵眩晕向后倒在了基斯冷不防伸出的手臂里。

五

"躺着别动，孩子。"

她又闭上了眼睛。此刻她躺在外面的草地上，枕着基斯的胳膊，瑞根正用凉毛巾为她轻敷额头。

"我没事。"她安静地说道。

"我知道，可就再躺一分钟。这儿太热了。贾维斯也觉得热。"

当瑞根又一次用毛巾小心谨慎地擦拭着她的额头时，她笑了。

"我没事。"她又说了一遍。

可是，尽管她的内心和精神感到一股温暖和安详，说来也怪，她仍然感到心碎和自责，仿佛有人高高举起她被剥光的灵魂在嘲笑。

六

半个小时后，她靠着基斯的肩膀走下通向大门的长长的中央小道。

"午后时光总是那么短暂，"他一声叹息，"很抱歉你病了，洛伊丝。"

"基斯，我现在感觉好了，真的；希望你不要担心。"

"可怜的大孩子。我没有意识到对刚刚结束炎热旅行到此的你来说，赐福礼仪式进行的时间太长了。"

她开心地一笑。

"我猜事实是我还没有太习惯赐福礼。我了解宗教的努力至多限于弥撒而已。"

她停了一下，然后快速地继续说道：

"我不想让你感到震惊，基斯，但你是不知道成为一名天主教徒有多么碍事。那一套东西真的好像不再行得通了。就说道德吧，我现在认识的最狂野的男孩子中间有些就是天主教徒。而那些最聪明的男孩子——我说的是那些既思考又阅读广的人，他们看起来仿佛不再深信任何事情。"

"给我说说，车再过半个小时后才来呢。"

他们在路边的长椅上坐下来。

"杰拉德·卡特就是一个例子，他刚出版了一本小说。要是有人提起灵魂不朽，他非得大吼大叫起来。还有霍娃——此外，我十分了解的另一个人，最近结识的来自哈佛的菲·贝塔·卡帕说，有智慧的人没有一个会相信超自然的基督教。不过，他说基督是一位十分伟大的社会学家。听起来让人震惊吧？"

她突然停了下来。

基斯笑了。

"你是无法让一位修士惊讶的。我们专门吸取让人惊奇的事情。"

"那么，"她继续说道，"那就是全部。看起来太——太狭隘了。比如教会学校。人们处理事情时有很多自由，不是天主教众们理解的——比方说节育。"

基斯几乎毫无察觉地皱了下眉，可让洛伊丝看到了。

"噢，"她说得很快，"现在人人都谈这谈那。"

"或许这样更好。"

"哦，没错，好极了。那么，基斯，我想说的就这些。我以前只是想告诉你为什么我现在有点——不冷不热。"

"我不感到震惊，洛伊丝。我比你想象的理解更多。我们都经历了那些时光。但是我知道事情终究会走向正轨的，孩子。我们拥有信仰这个礼物，你和我，那会帮我们渡过糟糕的困境。"

他说着站了起来，他们又沿着小路走了下去。

"我想让你时不时地为我祈祷，洛伊丝。我想，你的祈祷就是我的需要。因为我认为这几个小时我们的心灵走得更近了。"

她的眼睛里突然闪着光。

"哦，是的，是的！"她叫起来，"现在我感觉你是这个世界上离我最近的人。"

他突然停住了脚步，示意走向小路的一旁。

"我们也许——就一分钟——"

那是圣母怜子像，一座真人大小的圣母玛利亚的雕塑坐落在石头砌成的半圆底座里。

她觉得自己有点清醒了，于是弯下双膝跪在他身旁，尝试着做了个算不上完整的祈祷。

她才做了一半，他起身又抓住了她的胳膊。

"我要感谢圣母玛利亚赐予我们今天团聚的机会。"他没有多说什么。

洛伊丝感到喉咙里突然一阵哽噎，她想说些什么，告诉他这对她而言太重要了。但是她搜肠刮肚也没找到一个字。

"我会一直记住的，"他继续说着，声音有点颤抖，"有你陪伴的这个夏天。这就是我一直期待的。你就是我的期待，洛伊丝。"

"我不知有多高兴，基斯。"

"你看，你小的时候，他们一直给我寄你的照片，开始的时候是婴儿照，后来是你穿着袜子提着小桶、拿着小铲在沙滩玩的儿童照，再然后突然就长成一个伤感惆怅的小姑娘了，有着好奇而纯洁的眼睛——我过去常常在梦中想象你的样子。一个人得要有个什么鲜活的东西作为依靠。我想，洛伊丝，那就是你小小的纯洁的灵魂，我努力让它驻留在我身边——即便生活甚嚣尘上，关于上帝的每个智慧理念看起来是纯粹的嘲弄，欲望、爱和千百万个东西向我袭来告诉我：'朝这看着我！瞧，我是生活。你正在转身拒绝它！'洛伊丝，我一路走来穿过那个暗影，总能一直看到你幼小的灵魂在我前方闪现，那么脆弱，那么清晰，那么美妙。"

洛伊丝轻声地哭了。他们来到大门口，她将手肘搭在上面，十分生气地擦拭着眼睛。

"孩子，这之后，你病了，我整晚跪着祈求上帝为我保佑你——因为我当时明白自己有更多的祈求，上帝教导我祈求更多。我想知道你和我在同一个世界中生活和呼吸。我看着你长大，你灵魂中那份纯洁的天真变成了火焰，燃烧着给其他更弱小的灵魂带来光明。我还希望有一天能抱着你的孩子在我膝头玩耍，听他们叫我基斯叔叔，这个脾气暴躁的老修士。"

他边说边像在笑着。

"噢，洛伊丝，洛伊丝，当时我祈求上帝赐予我更多。我想要你写信给我，想要在你的桌边有一席之地。我祈求的太多太多了，亲爱的洛伊丝。"

"你不会失去我的，基斯，"她啜泣着说，"你知道的，说你知道的。噢，我怎么表现得像个婴儿，但是我认为你不会这样的，我——噢——基斯——基斯——"

他握住她的手轻轻拍了拍。

"车来了。你还会再来的，对吗？"

她双手捧住他的脸颊，把他的头拉近了，然后她泪水沾湿的脸庞贴在了他的脸颊上。

"噢，基斯，哥哥，总有一天我会告诉你的。"

他帮她上了车，看到她放下了手帕勉强地朝他笑了笑。司机腿一蹬，汽车发动并开走了。

一大片厚厚的尘土在周围扬起，她走掉了。

有好几分钟，他手抓着门柱站在路边那儿，嘴唇半合微笑着。

"洛伊丝，"他带着某种惊喜大声叫着，"洛伊丝，洛伊丝。"

后来，几个路过的见习修士注意到他跪在圣母怜子像前面，他们过了一会儿回来的时候发现他还在那儿。他在那儿一直待到黄昏来临，头顶上方恭敬的树儿愈加聒噪，蟋蟀在昏暗的草丛里操起了生活的重担，鸣唱起来。

七

巴尔的摩车站电报亭里，第一个工作人员透过突出的大门牙朝第二个吹了一声口哨：

"怎么了？"

"瞧那姑娘——不是，那个长得漂亮的，纱巾上有大黑点的那个。让你不快点——走掉了。你可亏大发了。"

"怎么了她？"

"没什么。就是模样长得真他妈的好看。昨天来过这儿，给哪个小子发了份电报，说在哪儿见面。刚才一分钟前，她拿着一份写好的电报走了进来，就站在那边准备递给我，结果她改变了主意，要么因为其他啥事情，突然就把电报撕掉了。"

"嗯。"

第一个工作人员走到贴面柜台旁边，从地上捡起了两张纸片，然后笨手笨脚地拼了起来。第二个工作人员越过他的肩膀读了起来，边读还边潜意识地数有几个字。才十三个字。

这算永别。真该意大利见。

洛伊丝

"撕掉，呃？"第二个职员说道。

（耿强 译）

误入歧途的戴利林波尔

一

在千禧年即将来临之际，有一位满腹经纶的才子执意要写一本书，献给当今这个时代的每一个年轻人，跟他们谈谈时下年轻人普遍感到理想破灭的问题。这本书的笔调应当具有蒙田①的随笔或者塞缪尔·勃特勒②的笔记那样的特点——在品位上也应当有一点儿像托尔斯泰或者马尔库斯·奥勒利乌斯③。这本书的内容既不会令人振奋，也不会使人愉悦，但书中奇崛精妙的幽默之处却俯拾皆是。但凡具有一流头脑的人都

---

① 蒙田（Michel de Montaigne, 1533—1592），法国思想家、散文家、现代散文的创始人，著有《随笔集》（Essays, 1580; 1588），3卷，共107章，深刻反映了其所处时代的显著特征和思潮，影响深远。

② 塞缪尔·勃特勒（Samuel Butler, 1835—1902），英国小说家，代表作有《艾瑞洪》（Erewhon, 1872）、《重游艾瑞洪》（Erewhon Revisited, 1901）、《众生之路》（The Way of All Flesh, 1903）等。

③ 马尔库斯·奥勒利乌斯（Marcus Aurelius, 121—180），古罗马作家、哲学家，斯多葛派哲学的代表人物，也是古罗马历史上唯一的皇帝哲学家，161年继承罗马皇帝，全名为恺撒·马尔库斯·奥勒利乌斯·安东尼努斯·奥古斯塔斯，在位期间主要忙于抗击入侵的日耳曼部落。他用希腊文写成的著名的《冥思录》（Meditations），共12卷，代表了他的哲学思想，被后世广为流传。

不会非常偏执地相信任何事物，除非他们亲身经历过，因此，这本书的价值所在也就纯然是见仁见智的了……那些年过三十岁的人势必会认为这本书写得很"压抑"。

姑且就以这段文字作为本书的序言吧。本书讲述的是一个年轻人的故事，他跟你我一样，也生活在本书诞生之前的那个年代里。

二

包括布莱恩·戴利林波尔在内的这一代人在不知不觉中就已度过了青春期，进入了一个喇叭吹得震天响的辉煌年代。布莱恩在一起偶然的事件中居然一跃而成了名角儿，一挺刘易斯机关枪，再加上跟在已经开始撤退的德国军队的屁股后面乘胜追击了九天，于是乎，吉星高照的运气，或者是民众高涨的热情，便使他赢得了一系列勋章，而且一回到美国就被人们捧为仅次于珀兴将军[1] 和约克中士[2] 的重要人物了。这事儿说来还真是有趣得很呢。他家乡那个州的州长，一位平时深居简出的国会议员，以及一个市民代表团，都恭候在霍博肯市[3] 的码头边，用热情的微笑迎接着他，说着"愿上帝保佑你们，可敬的先生们"；蜂拥而至的新闻记者和摄影师们都竞相对他说着"能否请您谈谈……"或者"请您简单说说……"之类的话；回到故乡的那座

---

[1] 珀兴将军（John Joeseph "Black Jack" Pershing, 1860—1948），美军将领，第一次世界大战时期指挥美国远征军在欧洲作战，并任美军陆军总参谋长，是美军唯一的一位终身享有最高军衔的将领。

[2] 约克中士（Alvin Cullum York, 1887—1964），美军陆军中士，一战时著名的战斗英雄。

[3] 霍博肯市（Hoboken），美国新泽西州一港口城市，位于哈德孙河西岸，与纽约曼哈顿隔河相望。

小城后，那些老太太在跟他说话时，一个个激动得眼圈儿都红了；可是那些年轻的姑娘，自从他父亲的生意在一九一二年破产以后，都已经不太记得他了。

可是，等到那欢腾的喧闹声渐渐平息下来之后，他恍然发觉，自己客居在市长大人家里已经有一个月之久了，而且还发觉，自己在这世上所有的财产加在一起也不过才十四块钱，不过，那个"在本州的年鉴和圣贤集上万古长青的名字"，却依旧安安静静、无人问津地在那儿万古长青。

有一天早晨，他还在床上睡懒觉，忽然听见楼上的那个女佣竟然就隔着他的房门在外面跟那个厨子聊天。楼上的那个女佣说，霍金斯太太，也就是市长的夫人，整整一个星期以来一直都在想方设法地暗示戴利林波尔，要他从这个公馆里搬出去呢。在忍无可忍、却又百思不得其解的困惑中，他终于在十一点钟的时候搬出了这个公馆，临走前只提了个要求，请他们把他的那只大皮箱送到毕比太太经营的那幢可提供膳食的公寓去。

戴利林波尔现年二十三岁，至今还从来没有正式工作过。他父亲供养他在那所州立大学读了两年书，然后就撒手人寰了，大概就在他儿子在战场上展开那场历时九天的乘胜追击的时候去世的，身后留下了一些维多利亚时代进入中期时流行的那种款式的家具，还有一只显得很单薄的小匣子，里面装着一沓折叠得整整齐齐的纸头，打开一看才知道，那些纸头原来竟是他生前欠下的日杂用品的账单。戴利林波尔这小伙子天生一双非常机敏的灰褐色眼睛，头脑也很聪明，常常把那些随军心理医师逗得忍俊不禁。他还有一项本事，能扳着手指头预测未来——无论那不远的未来是什么——凡事总爱掐着手指头来算一算，除此之外，他还能沉着冷静地应对各种紧急情况。可是，当他意识到自己必须马上去工作了——而且还是迫在眉睫的事儿，所有这些本事却统统使不上来了，最后他只好不服气又不行似的叹了口气。

此时恰好午后刚过，他慢腾腾地走进了西伦·吉·梅西的办公室，此人是本城规模最大的那家日杂用品批发部的老板。体态臃肿、生意兴隆，脸上常挂着和蔼可亲的微笑，却又笑得全然没有一丝幽默感的西伦·吉·梅西热情接待了他。

"唔——你好吗，布莱恩？看你心事重重的样子，在想什么呢？"

对于戴利林波尔来说，因为急着想得到此人的恩准进入职场，正在绞尽脑汁、十分紧张地思考着自己这话该怎么说呢，岂料，等到他话说出口时，听上去却像一个阿拉伯叫花子在乞求施舍时发出的哀叹了。

"哎呀——还是找工作的问题呗。"（不管怎么说，这句"还是找工作的问题"，似乎总比不加掩饰地说"想找一份工作"要含蓄得多。）

"找工作？"一丝几乎难以察觉的微风从梅西先生的脸上一掠而过。

"您瞧，梅西先生，"戴利林波尔接着说，"我感到我现在简直就是在虚度光阴啊。我想，我也该出来找点儿事情做做了。大概在一个月之前吧，我也有过好几次机会，可是，这些机会看来都已经——白白失去了——"

"说来听听，"梅西先生打断了他的话，"都是些什么样的机会呢？"

"嗯，是这样的，刚开始的时候，州长说，政府里好像有一个空缺。有一度我还真把他这话当回事儿了呢，没想到，我听说，他后来把这个职位给艾伦·葛列格了，您知道的，就是吉·皮·葛列格的儿子。他好像忘了他曾经答应过我的事儿了——我估计，他当时也就是随口说说而已吧。"

"这种事情，你应当主动去催催他才是。"

"后来又有了工程勘探方面的活儿，可是人家已经做了决定，干这份工作的人必须具备水力学方面的知识才行，所以他们就没法雇用我了，除非我不要薪水，一切自理。"

"你当初只读过一年大学吧？"

"两年。可惜我当时没有选修任何自然科学或数学之类的课程啊。这个，嗯，在举行盛大游行的那天，彼得·乔丹先生对我说，他那个店铺里好像有一个空缺。所以，我今天就过去参观了一下，发现他说的那个空缺，不过就是一个类似于导购员的岗位——于是，我就想到了您有一回对我说过的话"——他故意停顿了一下，好等这老头儿来接他的话，却见他只是微微蹙了一下眉头，只好又接着说下去——"您说您这儿有一个岗位的，所以嘛，我觉得我应该过来找您才对。"

"以前确实有一个岗位，"梅西先生很不情愿地承认说，"不过，从那以后，这个岗位我们已经有人填补上了。"他又清了清嗓子，"是你自己耽搁的时间太久啦。"

"是啊，我也估计责任确实在我身上。大家都对我说，这种事情我根本不用犯愁——再说，人家主动给我提供的这类机会的确也多得是。"

梅西先生就目前的就业几率给他上了一课，这倒是戴利林波尔压根儿就没有想到的。

"你有没有什么做生意的经验?"

"我曾经在一家牧场做过两个夏天的骑手。"

"哦，还算不错，"梅西先生很巧妙地表达了对他这个回答的不屑一顾，然后又接着说，"你认为你人生的价值是什么呢?"

"我也说不清。"

"得啦，布莱恩，实话告诉你吧，我还是愿意为你挤出一个岗位来的，好歹也要给你提供一个就业的机会嘛。"

戴利林波尔点了点头。

"给你的薪水不会很高。你得先当学徒，从仓库里开始做起。过一阶段之后，我再调你来事务所工作一段时日。等你走上正轨了，你就可以独当一面地去兜揽生意啦。你什么时候能够来上班呢?"

"明天怎么样?"

"行啊。先到汉森先生那里去报个到，他在库房。在起步阶段就由他来教你吧。"

他依然从容不迫地望着戴利林波尔，直到后者终于意识到这场面试已经结束了，这才尴尬地站起身来。

"嗯，梅西先生，我真的非常感激您。"

"行啦。我也很乐意能帮帮你呀，布莱恩。"

犹豫不决地磨蹭了一小会儿之后，戴利林波尔身不由己地走进了通向大厅的过道。他额头上已经布满了汗水，尽管屋子里其实并不热。

"真见鬼，我干吗要感谢这个老混蛋呢?"他闷声闷气地发了句牢骚。

三

第二天早晨刚来上班，汉森先生就冷冰冰地告知他，每天早晨七点钟，所有的员工都必须在考勤钟上打卡，然后就把他交给了一个名叫查利·摩尔的员工，由此人来负责调教他。

查利现年二十六岁，浑身上下总是散发着那股淡淡的、让人意志力涣散的麝香味，常常被人误认为不干好事儿而留下的痕迹。用不着麻烦心理诊疗师也能做出判断，他就是一个随波逐流、早已浑然不觉地养成了放纵与懒散习性的家伙，如同他在生活中也一贯那样漫不经心、放任自流一样，当然，他将来势必也会随波逐流地被淘汰出局。他脸色苍白，衣服上向来都沾着难闻的烟臭味儿；他喜欢看粗俗的滑稽歌舞杂剧①的表演，喜欢打台球，还喜欢罗伯特·瑟维斯②，而且常常沉溺在他上一次与人私通的回味之中，要不就是在忙着物色下一个目标。在青春年少的时候，他对各种花里胡哨的领带怀有特别浓厚的兴趣，不过，这种热情如今似乎已经渐渐消退了，就像他身上的活力一样，这一点表现在他现在只戴那种淡紫色、打活结的领带，只穿那

---

① 滑稽歌舞杂剧（Burlesque Shows），一种包括滑稽短剧、粗俗的歌舞、脱衣舞等在内的演出。
② 罗伯特·瑟维斯（Robert William Service，1874—1958），诗人、小说家，出生于英国，参加过第一次世界大战，晚年移居加拿大，素有"加拿大的吉卜林"之称。

种老气横秋的灰领衬衫了。查利一直在中产阶级底层的边缘无精打采地挣扎着，然而面对那日益加剧的精神、道德和肉体上的贫血症，他的一切挣扎都是注定要失败的。

上班的第一天早上，他在站在一排装满麦片的纸板箱前伸了个懒腰，仔仔细细地把西伦·吉·梅西公司的种种不足之处回顾了一遍。

"这家公司真叫抠门儿。我的上帝啊！你看看他们开给我的是什么报酬。再熬上一两个月，我就辞职不干了。真是活见鬼！我怎么会跟这帮混账东西搅和在一起呢！"

这些个查利·摩尔永远都在盘算着下个月要换工作。他们在各自的就业生涯中的确已经变换过一次或两次工作了，换了新的工作之后，他们往往会围坐在一起，拿上一份工作来对比眼前的这份工作，结果总是对后者产生出无限的鄙夷。

"你拿的是什么报酬？"戴利林波尔好奇地问道。

"我吗？我拿六十块。"这人出言相当不逊。

"你起薪就是六十块吗？"

"我吗？不是，我开始拿的是三十五块。老板对我说，等我学会了这档子事儿，他就会放手让我独当一面去兜揽生意了。他不管对谁都是这么说的！"

"你在这里干了多长时间啦？"戴利林波尔问道，顿时感觉心猛地一沉。

"我吗？四年啦。也是我在这里打工的最后一年了，这是肯定的，你等着瞧。"

戴利林波尔相当讨厌在场的那个仓库巡检员，就像他也很讨厌那个考勤钟一样，可是，由于仓库里有禁止吸烟的规定，他差不多一来到这里就注定要跟此人打交道。这条规定简直就是插在他腰眼儿里的一根刺。他早已养成了每天早上要抽三四支烟的习惯，忍耐了三天没抽烟的日子之后，他终于跟在查利·摩尔的屁股后面，顺着一条曲里拐弯的通道走过去，爬上一段偏僻的楼梯，来到一个小阳台上，两个人躲在那里痛痛快快地过了一把烟瘾。可是好景不长。有一天，就在他来这儿上班的第二个星期里，那个巡检员在楼梯边的一个角落里迎面遇见了他，当时他刚好从楼梯上下来，于是，那巡检员当即就正颜厉色地警告他说，要是下次再让他撞见，他就要到梅西先生面前去告发他。戴利林波尔感觉自己活像个犯了错误的小学生一样。

种种令人不快的事实真相果然开始接踵而来了，让他尝到了厉害。有不少常年在地下室里工作的"穴居人"，为了获得这份每个月才六十块钱的薪水，已经在那里干了十年到十五年了，成天在那里推滚筒，在潮湿的水泥墙过道里来来回回地搬运箱子，把光阴葬送在那回声隆隆、半明半暗的世界里，每天从早晨七点钟就开始干活儿，一直要干到下午五点半，而且也像他自己一样，每个月还要迫不得已地加好几次班，一直忙到晚上九点钟。

总算一个月熬到头了，他排在长长的队伍里，领到了他那份四十块钱的薪水。为了能活下去——为了有饭吃、有地方睡觉、有烟抽，他当掉了一只香烟匣子和一副军用望远镜，才勉强得以维持生计。不管怎么说，反正这就是一种紧紧巴巴、日子过得非常窘迫的生活；各种各样的生财之道对他来说，就好比一本尚未打开的经济学课本，因此，面对第二个月一成不变的工资，他终于忍不住发出了郁积在胸中的愤懑。

"要是你跟老梅西有那么一点儿交情的话，他也许会跟你提薪的，"这就是查利的回答，听了真让人泄气，"我一直在这里干了将近两年，他才给我提薪。"

"得让我活下去才行啊，"戴利林波尔不假思索地说，"我要是去做铁路工人的话，说不定拿到的报酬会多一些的，可是，上帝啊，我真想弄弄清楚我究竟在哪里干才合适，哪里有机会能让我出人头地。"

查利深表怀疑地连连摇头，而梅西先生第二天的答复也同样令人大失所望。

戴利林波尔是在下班前的那一刻去他的办公室的。

"梅西先生，我想跟您谈谈。"

"这个——行啊，说吧。"脸上还是那种毫无幽默感的微笑。声音里还隐隐约约地带着点儿厌烦。

"我想跟您谈谈关于加薪的事儿。"

梅西先生点点头。

"好吧，"他一脸疑惑的样子说，"我还不太清楚你目前具体在做什么工作。我会找汉森先生谈谈的。"

他对戴利林波尔目前在做什么工作当然了解得一清二楚，而戴利林波尔心里也很清楚他明明是知道的。

"我在库房里工作——还有，先生，既然来了，我也想问您一下，我究竟还要在那里待多久。"

"这个嘛——我也说不准。要想熟悉仓库业务，当然就得花些时间才行啊。"

"我刚来的时候，您就说好两个月的。"

"是的。这样吧，我来找汉森先生谈谈。"

戴利林波尔愣了一下，有些犹豫不决。

"谢谢您，先生。"

两天之后，他再次出现在梅西先生的办公室里，随身带来了一份完备的统计报表，那是公司会计赫斯先生问他要的。赫斯先生正埋头忙着，戴利林波尔只好等在一旁，因为闲来无事，他便随手翻了翻放在速记员办公桌上的一本账簿。

他无意中翻到了其中的一页——没想到竟赫然看见了自己的名字——这一页原来竟是一份工资表：

　　戴利林波尔

　　德明

　　多纳荷

　　艾弗莱特

他的目光怔住了——

　　艾弗莱特…………………………………… 六十美元

如此看来，汤姆·艾弗莱特，梅西的那个无能的外甥，他的起薪就是六十块啊——而且只在包装间里做了三个星期就被提拔走了，居然还直接进了事务所。

事实真相果然是这样啊！看来他也只能无可奈何地坐观其变，眼睁睁地望着一个又一个后来者居上了：儿子、侄儿、亲朋好友的子女，却根本不管这些人的能力如何，然而他呢，他却被当成了一件兑换来的典当品，被人家搁在一边儿了，只拿那句"会让你独当一面去兜揽生意的"在你眼面前荡来荡去——就用那句要让你熟悉仓库业务的老调重弹的话来搪塞你："我会去了解的；我会关注这件事的。"也许，熬到年届四十岁的时候，他也能混上个会计当当，像老赫斯那样，疲惫不堪、无精打采的老赫斯还在为了那份微薄的薪水整天干着那份单调乏味、千篇一律的工作呢，已经成了贫民公寓里人们茶余饭后打发时光的单调无趣的谈资笑柄啦。

　　此时此刻，那位才子真应该把他写的那本书塞进戴利林波尔的手里，因为那本书就是为当下理想破灭的年轻人而写的。可惜呀，那本书目前还没有写出来呢。

　　一股愤激的抗议之声在他胸中迅速膨胀开来，继而又化成了汹涌澎湃的反叛精神。几乎已经被他忘却的那些理想，在这混乱无序的世界上好不容易才参悟出来、被他所吸收的那些理想，此时已然填满他的心房。干脆豁出去得了——这不就是人生的规则嘛——反正横竖也就是那么回事儿了。至于该怎么干，那可就管不着啦——大不了沦落为又一个赫斯，或者又一个查利·摩尔罢了。

　　"我不干了！"他大吼一声。

　　那位会计，连同那几个速记员，全都吃惊地抬起头来。

　　"你说什么？"

　　刹那间，戴利林波尔两眼一片茫然——迟疑了片刻，这才朝办公桌前走去。

"这是你要的那份资料，"他唐突地说，"我不能再这样等下去了。"

赫斯先生的一张脸布满了惊讶的表情。

无论他干了些什么，都不要紧——要紧的是，唯有这样干，他才能打破这习以为常的规矩。在如痴如梦的状态中，他从电梯口慢慢踱进了库房，接着又朝一条从来不用的甬道里走去，在一只箱子上坐下来，双手捂着脸。

他头脑里一片眩晕，惊恐地发现自己原来竟是这样一个平庸的人。

"我必须摆脱目前这种处境，"他自言自语地说出声来，随后又把这句话重复了一遍，"我必须走出困境。"言下之意，他要走出的不仅只是梅西的这家批发部。

他五点半下班时，外面正下着瓢泼大雨，但他却冒着雨大步流星地朝他蛰居的那幢公寓相反的方向走去，当第一拨凉意沁人的雨水哗哗地迎头浇下来，把他身上那件已经穿旧了的西装淋得透湿时，他心头竟泛起了一种莫名其妙的兴奋和清新之感。他要的就是这样一种如雨中漫步般的清凉世界，尽管他还看不清前程究竟如何，然而命运却已将他投进了属于梅西先生的那个世界里，那是一种由到处散发着恶臭的一间间库房和一条条走廊所构成的世界。起初仅仅是那种迫切需要改变现状的心情才俘虏了他的，到后来，诸多半途而废的计划终于开始在他的想象中逐步成形了。

"我要到东部去——到一个大城市去——去结识形形色色的

人——结识那些心胸更为宽广的人——愿意帮助我的人。在某个地方找一份有意义的工作。我的上帝啊，这等好事那边肯定会有吧。"

他脑海中不知怎么就忽然想到了一个连他自己都感到嫌恶的事实，他不善言辞，与人交往的能力很有限。走遍天下所有的地方，还数他自己的家乡这个地方应当最了解他——怎么说他也算得上一个知名人物呀，名气还很响呢——在忘川之水尚未将他湮没之前。

你必须走捷径才行啊，反正也就这么回事儿呗。要拉拢——关系——要跟富豪们打成一片——

好几英里的路走下来，这种念头始终持续不断、反反复复地萦绕在他的脑海中，不知过了多久，他才下意识地感觉到，雨下得越来越稠密了，苍茫的暮光也变得越来越透明了，连房屋也变得虚无缥缈起来。起先浮现在眼前的是这个城区中一处处布满建筑物的住宅区，然后是一幢幢大别墅，接下来是零零散散的小房舍，这些景象过去之后，大片大片雾蒙蒙的原野便豁然开朗地展现在他的两侧。到了这里，路已经很难走了。城中的人行道已经让位给了一条肮脏不堪的乡间公路，路上流淌着一条条湍急的棕黄色的溪流，烂泥、脏水在他脚上那双鞋子的周围稀里哗啦地飞溅着、发出扑哧扑哧的响声。

必须走捷径——这几个字眼居然也开始分崩离析起来，渐渐组成了一条条令人诧异、措辞巧妙的词组——形成了一个个自成一体、熠熠生辉的小片段。这些小片段继而又渐渐溶解开来，化成了一句句结构完整的语句，每一句都是那样奇妙而又熟悉，如银铃般回荡在他的耳畔。

走捷径就意味着要舍弃从孩提时代起就听说过的那些老掉牙的训

诂，诸如成功来自矢志不渝、恪尽职守呀，恶人必有恶报、善行必有善果呀——诚实而清贫的人要比腐败而富有的人幸福得多呀，如此等等。

走捷径就意味着做人要心狠手辣。

这句话不禁令他怦然心动，于是，他便把这句话一连重复了好几遍。不管怎么说，反正这句话肯定与梅西先生和查利·摩尔这两个人有关——他们各自代表着他那一类人的人生观和处世方法。

他停下脚步，摸了摸身上的衣服。他浑身上下早已被大雨浇得透湿，衣服都粘贴在皮肉上了。他看了看四周，果然看中了一个地方，就在那边的篱笆墙下，那地方正好有一棵树遮蔽着，可以挡雨，暂且就在那儿歇歇脚吧。

在我思想还很单纯、人家说什么我都相信的岁月里——他暗暗思忖着——人们就告诉我说，邪恶就如同好端端的事物上有了斑斑劣迹，那是一眼就能看出来的，好比穿得脏兮兮的衣领一样，可是我现在倒觉得，邪恶只不过是运气不佳的一种表现形式罢了，或者说，是遗传加环境的产物，要不然就是"已经被人家看出来了"。邪恶就隐藏在查利·摩尔这一类傻瓜们游移不定的暧昧态度中，当然也隐藏在梅西这一类人气量狭窄的处世方法中，一旦它果真更加有形地彰显出来了，那它也不过就是一个具有很大随意性的标签，只会贴在别人生活中遇到的那些令人不快的事件上而已。

事实上——他这样推断着——你根本就不值得煞费苦心地去思考怎样才叫邪恶、怎样就不是邪恶这个问题。善与恶对我来说根本就不是什么标准——当我想要得到某样东西的时候，善与恶都有可能成为严重阻碍我实现既定目标的恶魔。当我非常强烈地想要得到某样东西的时候，基本常识会告诉我，别犹豫，去把它拿下——只要别被人家抓住就好。

想到这里，戴利林波尔突然明白过来他首先想要得到的是什么。他需要十五块钱，好去支付那拖欠已久的房租费。

带着勃然爆发出的力量，他从篱笆墙边一跃而起，迅速剥去外套，用他随身携带的小刀将外套的黑色衬里割下一块大约五英寸见方的布片。他在那块布片靠近边沿的位置开出了两个小孔，然后随手就把它蒙在自己脸上，再拉下帽檐把它严丝合缝地压住。面罩怪异地飘动着，不过随即就被雨水打湿，粘在他额头和脸颊上。

准备就绪啦……暮光已经融进了水滴滴的暮霭之中……天终于黑得如同沥青了。他大步流星地返身朝城里奔去，等不得摘下面罩了，不如就这样费劲儿地透过那两个毛毛糙糙的眼孔来观察路面吧。他意识深处并没有丝毫的紧张感……只觉得有一种紧迫感，那是由于他想尽快做成这件事的欲念所造成的。

他走上了第一条人行道，再接着往下走，终于看见了远处不知是哪盏路灯照耀着的一道栅栏，便马上拐了进去，躲在那道栅栏的后面。还不到一分钟，他就听见耳边传来了一连串的脚步声——他沉住气等待着——来者是一个女人，他屏住呼吸，等着她走过去……接着又来了一个男的，是个打工仔。下一个行人，他觉得，应该就是他要下手的目标了……那名打工仔的脚步声在湿漉漉的马路上渐渐远去了……另外又有脚步声越来越近了，那脚步声竟冷不防地越发响了起来。

戴利林波尔立即摆出一副浑身是胆的样子。

"把手举起来!"

那人顿时停下了脚步,嘴里发出了一声十分怪诞、含混不清的咕哝声,接着就把两只又短又粗的胳膊朝空中呼地一下举了起来。

戴利林波尔迅速把那人身上的短马甲摸了个遍。

"行啦,你这五短身材的矮子,"他一边说,一边示意他把双手放在他自己屁股后面的口袋上,"赶紧逃命去吧,要大踏步地跑——脚步声要响!要是让我听见你停下脚来,我就从后面一枪毙了你!"

事过之后,他站在那儿,突然爆发出一阵忍俊不禁的大笑,一边听着那惊魂不定的脚步声在飞奔而去,钻进了黑夜之中。

片刻之后,他把一摞子钞票塞进自己的口袋,一把扯下面具,快步穿过马路,箭一般蹿进了一条小巷。

四

然而,无论戴利林波尔在理智上怎样为自己辩解,在他做出了他人生中的那个重大决定之后接踵而来的那几个星期里,他已经不知难过了多少回了。情感上所承受的巨大压力,加上与生俱来的传统观念,一直在持续不断地与他现在的处世态度发生激烈的冲撞。他感到自己在道德上已处于孤苦伶仃的境地。

初次冒险过后的第二天中午,他跟查利·摩尔一起在一家很不起眼的午餐馆里吃饭,席间,他注视着查利把那份报纸收了起来,便等着他对昨天发生的那起抢劫案发表议论。可惜没有,也许是因为那起抢劫案还没有见报吧，要不就是查利对这类事情根本不感兴趣。只见他无精打采地一会儿翻到体育版，一会儿浏览着克莱恩博士那连篇累牍、矫揉造作、陈腐庸俗的专栏文章，一会儿又津津有味地读着一篇教育人要志存高远的社论，痴迷得连嘴巴都有些合不拢，不过很快又跳了过去，看起了由玛特和杰弗①主持的系列漫画。

可怜的查利——走到哪里身上都带着那种淡淡的、不干好事儿留下的气味，脑子里从来也没有对任何事情专心致志过，只喜欢玩那种索然无味的单人纸牌游戏，就连这个没人愿意玩的游戏，他也玩得乱七八糟。

然而，查利属于两大对立阵营的另一方。他内心深处有可能还会被激发起富有正义感的熊熊火焰，有可能还会大义凛然地挺身而出怒斥种种恶行；就连看到舞台剧中的女主角不幸失身时，他都会潸然泪下，如此看来，他有可能会变成一个高尚的人，有可能会对不讲信义的人充满鄙夷。

在我自己这一方，戴利林波尔暗暗思忖着，从此将不会再有安宁的休憩之地了；身为江洋大盗的人不妨也可以欺辱一下那些个小蟊贼的，所以，这一带完全就是一个很适合打游击战的好地方。

这一切会给我带来什么样的后果呢？他还在暗暗思忖着，带着一丝挥之不去的厌倦感。这样做会不会使我尚有廉耻之心的生活失去光彩？这样做会不会使我的一身正气散失殆尽？使我的心灵变得麻木不

---

① 玛特和杰弗（Mutt and Jeff），美国各大报纸经常刊载的系列漫画中的人物，由美国著名漫画家巴德·费什（Harry Conway "Bud" Fisher，1835—1954）创作于1907年，后来风靡美国长达五十年之久。

仁？——使我彻底丧失精神支柱——这样做是否就意味着心灵永远都是一片荒原、永远都处在无尽的悔恨之中、永远都是一个失败者？

等涌动在他胸中的那一阵怒潮过去之后，他一定会把全部心思都扑在这暂时还想不通的障碍上的——他会手持那把他引以为豪的闪闪发亮的枪刺屹立在那儿的。别的人若是违背了正义与博爱的法则，往往会满世界去撒谎。他是无论如何也不会对自己撒谎的。他此时俨然已经超越了拜伦式的浪漫；不是精神意义上的叛逆者，像唐璜那样；也不是哲学意义上的叛逆者，像浮士德那样；而是当今这个世纪里新出现的一个心理上的叛逆者——在向他自己内心深处先天就已形成的、爱感情用事的性格特点发起挑战。

幸福当然是他所追求的目标——幸福就是一种衡量人的七情六欲是否能不断得到缓缓提升的满意度——他仿佛已经非常坚定地认为，一切物质享受，假如不是发自灵魂深处的幸福的话，统统都可以用金钱买得到。

五.

夜幕降临了，也为他登台亮相，展开他的第二次冒险行动拉开了序幕。走在黑魆魆的马路上时，他不禁暗暗觉得自己简直活像一只夜猫——肯定都具有腿脚灵便、身手敏捷这一共同特点。一块块肌肉在他那瘦削、健康的皮肉下匀称而又柔韧地蠕动着——他脑子里忽然冒出了一个很荒诞的念头，很想沿着马路蹦蹦跳跳地走下去，很想在一棵棵大树间像捉迷藏似的来回奔跑，很想在柔软的草地上连续翻几个

"单手侧空翻"。

夜色并不清冷，但空气中仿佛隐伏着一种淡淡的酸涩味，这样的夜色非但不会使人感到毛骨悚然，反而容易让人产生出灵感。

"月亮已经下沉——我却没有听到钟声！"

他开心地笑了，此刻的心情与这行诗的意境倒是完全吻合的，使得儿时就会背的这首诗也被赋予了一种肃穆、庄重的美感。

他迎面碰见了一个行人，不一会儿，刚走了四分之一英里路之后，他又遇见了一个。

他此时已经走上了菲尔莫尔大街，街面上十分幽暗。他真该好好感谢市政厅才对，因为他们根本就没有按照最近做出的一项预算中所列支的项目去做，在这一带布设新的路灯。前面就是斯特纳家的那幢红砖结构的住宅啦，它标志着这条林荫大道由此开始；接下来是乔丹家、艾森豪尔家、丹特家、马克汉姆家、弗雷泽家；再过去就是霍金斯家了，他曾经在这户人家做过客呢；再往前去是威洛比家、埃弗雷特家，这两座宅邸依然保留着殖民时代的风格，装饰得非常华丽；然后就是那间很不起眼的小屋了，里面住着瓦特家的几个老姑娘，那间小屋的两侧却矗立着两栋高大、壮观的前门楼，一边是梅西家，一边是克鲁普斯塔特家；再过去是克莱格家——

啊……瞧那边！他猛然愣住了，心里慌张得七上八下的——远在马路那头有一个黑点，是一个男的在走动，很可能就是一名警察。愣怔了那简直可以永垂不朽的一秒钟之后，他不由自主地顺着一盏路灯投下的模糊、杂乱的幽影朝对面的一片草坪奔去，奔跑时腰身压得很低。到了这边，他才站住脚，浑身紧绷着，呼吸全无，或者是无须喘气了，躲在即将成为他的猎物的那幢石灰岩建筑物投下的黑影里。

他守在那儿久久没敢挪窝儿，只是在侧耳聆听着——在一英里开外的地方，有一只猫儿在嚎叫，在一百码开外的地方，另一只猫儿接过这圣歌，也鬼魅般地嘶嚎起来。他感到自己的心在一点一点地往下沉，在迅速地往下沉，在为他的大脑扮演减震器一样的作用。这天地间还有别的声音呢；那微弱的时断时续的歌声是从很远的地方传来的；那刺耳的、说闲话时发出的咪咪的窃笑声来自斜对面小巷里的一个后游廊；还有无数的蟋蟀，蟋蟀们在那个庭园里的草坪上欢快地歌唱着。庭园里的草坪有的成片，有的成方格状，都沐浴在皎洁的月色中。那幢房屋的内部似乎有一种不祥的静谧。幸好他并不认识这户人家。

他心头的微微战栗已然止住，变得硬如钢铁了；钢铁也渐渐软化下来，继而连神经也变得像皮革一样柔韧了；他捏了捏自己的两只手，欣喜地发觉它们依然柔软如初，于是便掏出随身带来的刀子和钳子，准备走过去对着那扇纱窗下手了。

他有绝对的把握，没有人能发现他的形迹，因为他一分钟还不到，人就已经神不知鬼不觉地溜进了那间餐室；他探出身去，小心翼翼地将纱窗掀起来，拉到恰到好处的位置，把它固定住，使它既不会意外地落下来，也不会在他万一突然出逃时，成为一道严重阻碍他出逃线路的关卡。

随后，他把打开的刀子放进大衣口袋，掏出他的袖珍式手电筒，踮着脚在这间屋子里转悠起来。

这里没有一件他能用得着的东西——餐室从来就没有列入他的计划之中，因为这座城市实在太小，根本没法处理掉银器。

　　事实上，他的任何一项计划都是极其模糊的。这一点他早就察觉到了，以他这样的头脑，在捕捉战机方面有的是智慧、直觉，再加上能闪电般做出决断的能力，对每一个战役只要能考虑出一个大致的轮廓也就再好不过了。人生中的那段机关枪的经历教会了他这一点。再说，他也担心，事先谋划得再好的方案也难免会百密一疏，到了紧要关头，恐怕会使他产生出两种观点——而两种观点则意味着会左右摇摆，拿不定主意。

　　他轻轻地绊了一下脚，碰在一张椅子上了，赶忙屏住呼吸，侧耳听了听，接着再干，摸进了过道里，找到了楼梯口，便抬脚朝楼上摸去；第七级楼梯在他脚下嘎吱响了一下，第九级，第十四级。他机械地数着每一级楼梯。听到第三次嘎吱声响起时，他再次收住脚，这回他停顿了足足一分钟——然而，在这短短一分钟时间里，他却体会到了一种从未有过的孤独感。想当初，在敌我防线之间执行巡逻任务时，哪怕当时只有他一个人，背后都有五亿人在精神上支持着他；此时此刻，他也是一个人，面对着同样的精神压力，他却如临深渊——他是一个劫匪啊。这种恐惧感是他从来也没有体验过的，然而这种十分喜悦的心情也是他从来没有感受过的。

　　终于走上楼梯的尽头了，迎面就是一扇门，他钻进室内，侧耳听了听，是正常的呼吸声。他脚下能节省几步就尽量节省几步，身子时而也左右晃动着，好让手伸得更长一些去摸东西，他把那只五斗橱摸了个遍，把一切日后有指望能变成金钱的物件统统装进了口袋——他怎么可能在摸到手十秒钟后就来清点这些东西呢。他在一张椅子上摸索着，寻找有可能放在上面的裤子，却摸到了柔软的睡衣，是女人的内衣。他咧开嘴角，有些不自然地笑了笑。

还有一个房间呢……同样是正常的呼吸声，气氛似乎突然有变，原来有人乍然打了一声响得吓人的呼噜，使他的心脏又一次在胸腔里怦怦乱跳起来。总算摸到圆圆的物品了——手表，表链，成卷的钞票，几枚胸针，两只戒指——他记得从刚才那只五斗橱里也拿到过几枚戒指。他拔脚往外走去，一道微弱的白光倏地在他眼前一闪而过，恰好跟他打了个照面，吓得他浑身猛地一哆嗦。上帝啊！——原来那白光出自他自己的那块腕表，就戴在他伸出去的那只胳膊上。

下楼。他避开了那两级脚一踩上去就会嘎吱作响的楼梯，却没能躲过另一级。现在他总算可以放下心来了，差不多已经安全啦；眼看就要走下楼梯了，他反而倒觉得有点儿无趣起来。他来到餐室——有些舍不得那些银器——权衡再三，还是决定不拿算了。

反身回到那幢公寓楼、溜进自己的房间之后，他立即仔细检查了一下已经属于他个人财产的这笔外快：

六十五块钱纸币。

一枚铂金戒指，上面镶嵌着三个不大不小的钻石，大概值七百块钱左右，也许吧。钻石的行情还在往上涨呢。

一枚不值钱的镀金戒指，上面镌刻着两个字母 O.S.，是某个人名的首字母，内侧还镌刻着日期——一九〇三——也许是哪所学校某个年级的毕业纪念戒指吧。值几块钱。但是不能拿出去卖。

一只红布匣子，里面装着一副假牙。

一块银表。

一条金表链，比那块手表更值钱。

一只空首饰盒。

一块小巧玲珑的象牙雕，是中国佛像——可能是放在案头的一件装饰品吧。

一元六角二分硬币。

他把这些钱压在枕头下，把其余的东西统统藏进了一只步兵靴，塞在最里面，再把一条长筒袜塞进去，压在这些物品的上面。在接下来的两个小时里，他的脑子如同一台大功率的引擎一样一直在飞快地运转着，一会儿想想这里，一会儿又想想那里，咀嚼着他人生的酸甜苦辣，回首往事、憧憬未来，沉浸在交织着恐惧与欢笑的遐想之中。最后，带着朦朦胧胧、不切实际的愿望，想象着自己已经步入了婚姻的殿堂，他终于在凌晨五点半左右昏昏沉沉地进入了梦乡。

六

尽管报纸上关于这起入室盗窃案的报道并没有提及那副假牙，然而这副假牙还是让他着实伤了一番脑筋。他脑海中浮现出这样一幅画面：一个好端端的人在凉意袭人的清晨时分从睡梦中醒来，一醒来就在忙着到处找假牙，可是偏偏就找不着了，没了牙齿，便只能将就着吃了一顿稀软的早餐，然后就用一种极不自然、闷声闷气、口齿不清的声音向警察局打报警电话，接着再萎靡不振、失魂落魄地连去几趟牙科诊所，这样的一幅画面不禁大大触动了他那慈父般的恻隐之心。

为了确定这副假牙的主人究竟是男是女，他小心翼翼地把假牙从那只匣子里取出来，托在手里放在自己的嘴巴旁边比画着。他像在做实验似的扭动着自己的腮帮子，他又开手指头在假牙上量了又量，可他还是拿不定主意：这副假牙的主人既有可能是一个大嘴巴的女人，也有可能是一个小嘴巴的男人。

他忽然心头一热，赶忙从自己的那只军用皮箱的箱底翻出一张泛黄的牛皮纸来，用这张纸把那副假牙包裹好，然后用铅笔在这包东西上歪歪扭扭地写下了"假牙"这两个字。转眼到了第二天夜里，他沿着菲尔莫尔大街走去，不好意思地把这包东西扔到了那片草坪上，心想能扔得尽量离大门近一些才好。第二天，报纸上就宣布说，警方已经有线索了——警方已经掌握，这个专门在夜间入室行窃的案犯就住在本城。不管怎么说，警方反正只字未提他们到底掌握了什么样的线索。

七

一个月下来，"银区的夜行大盗比尔"已然成了小保姆们常挂嘴边、随时用来吓唬小孩子的暗语了。总共有五起入室盗窃案被归咎在他的头上，尽管戴利林波尔只干了其中的三起，但他觉得，既然大多数案子都是他干的，把这个头衔揽在自己头上也算恰如其分。有一回他还真被人家看见过——"是一个身躯魁伟、模样非常臃肿的大块头，那张丑陋无比的嘴脸啊，恐怕是你一辈子也没有看见过的"。亨利·科尔曼太太半夜两点钟醒来时，一只手电筒的光束恰好照在她眼睛上，把她照得眼花缭乱，你哪儿还能指望她认得出那人就是布莱恩·戴利林波尔呢，何况去年七月四日那天，她还朝这位战斗英雄挥舞过小旗子，而且当时还这样形容过他："他根本就不是那种胆大妄为的人嘛，你说呢？"

每当戴利林波尔的想象力处于白热化状态时，他就会千方百计地美化自己的处世态度，认为自己已经从卑污猥琐、良心上老是处于不安和悔恨的状态中解放出来了——可是，一旦让他解除武装、允许自己的思绪自由翱翔时，巨大的、想象不到的恐惧感和失落感就会突然席卷而来，搅得他不得安宁。于是，为了安慰自己，他不得不把整个这一幕重新再思考一遍。他发觉，从总体上说，他还是不要再把自己当成一个叛逆者为好。要是真能把别人一个个都当成傻瓜就好了，自己心里也会好受一些。

他对梅西先生的态度已经有所改变。见到梅西先生时，他也不再感到有一种隐隐约约的敌意和自卑了。在这家商铺干到第四个月的月尾时，他颇感意外地发觉，自己对老板的态度俨然变得近乎、友好起来。他有一种朦朦胧胧、却好像又很有把握的信念，认为梅西先生在其灵魂深处对他的表现还是支持和赞许的。他已经不再为自己的前途发愁了。他打算先攒足几千块钱，然后就远走高飞——到东部去，要么回法国去，要么到南美洲去。在上两个月里，大概有五六次吧，他差点儿就要辞职不干了，可是因为担心自己突然变得这么有钱会引来别人无端的猜忌，便又打消了这个念头。所以，他还是一如既往地工作着，只是不再像过去那样无精打采了，而是带着睥睨一切、游戏人生的态度。

八

不久之后，意想不到的事情发生了，这件事来得很突然，让人猝不及防，既彻底改变了他的所有计划，也结束了他夜间入室盗窃的一切活动。

有一天下午，梅西先生派人来叫他过去一趟，一见面，梅西先生脸上就带着一种非常夸张的表情，既喜气洋洋又神秘兮兮的样儿，问他这天晚上是否已有安排。要是他没有安排的话，就请他当晚八点钟前去拜访一下艾尔弗雷德·吉·弗雷泽先生。戴利林波尔很是疑惑，还有些忐忑不安。他内心在激烈地斗争着，不知这话是否就意味着他已经东窗事发了，他得及早去赶火车离开这座城市了。不过，在反复权衡了足足一个小时之后，他果断地认为，自己的种种担忧都是没有任何根据的，于是，他便在八点整准时来到弗雷泽家，那幢豪宅就坐落在菲尔莫尔大街上。

人们普遍认为，弗雷泽先生就是本市最具政治影响力的大人物。他哥哥是参议员弗雷泽，他女婿是国会议员邓明，他自己也大权在握，尽管权力使用得不是地方，让他成了一个颐指气使、人见人厌的老板，但无论如何，他也是一个手段强硬的铁腕人物。

他长着一张极其夸张、阔大无比的脸庞，眼窝儿凹陷得很深，上嘴唇犹如谷仓的大门，整个面部简直就是一盘大杂烩，在那好比专用工具长柄大力钳似的嘴巴里达到了完全与之相称的顶点。

在与戴利林波尔谈话时，他的面部表情一直变幻不定，先是慢慢显露出了一丝笑容，继而是满脸堆笑、一副乐天派的样儿，最后又收起笑容，回归到泰然自若的沉稳状。

"幸会呀，先生，"他说着，伸出一只手来，"坐下吧。我估计，你心里一定在纳闷儿我为什么要叫你来吧。坐下呀。"

戴利林波尔顺从地坐下来。

"戴利林波尔先生，你今年多大岁数啦？"

"我二十三岁。"

"你还很年轻啊。不过，说你年轻，并不等于说你这个人行事鲁莽。戴利林波尔先生，为了不占用过多的时间，我就长话短说吧。我想向你提个建议。还是让我从头说起吧，我从去年七月四日那天起，就一直在注意观察你的表现呢，从你手捧奖杯、发表获奖感言的那个时刻起。"

戴利林波尔嘴上含混不清地轻轻咕哝了一声，心里却很不以为然，但是弗雷泽朝他摆了摆手，使他又默不作声了。

"那个获奖感言我至今还记忆犹新呢。那可是一篇充满睿智的发言啊，句句都是你直抒胸怀的肺腑之言，因此，它也深深地打动了在场的每一个人。我知道的。多年来，我一直在注意观察芸芸众生呢，也算阅人无数了。"他清了清嗓子，似乎很想撇开正题，谈一谈他对各色人等有多了解——沉吟良久，才接着往下说，"可是，戴利林波尔先生啊，我见过无数年轻有为、前程似锦的小伙子，可是他们最终却一个个都垮掉了，因为缺乏坚定的意志而一败涂地了。他们精力充沛，但好高骛远的理想太多，而且没有足够的意愿去勤奋工作。所以，我一直在耐心等待着。我很想看看你会怎么做。我很想看看你会不会去工作，还想看看你是否愿意坚守在同一个工作岗位上。"

戴利林波尔不禁感到一阵喜悦之情在心头油然而生，而且迅速袭遍了全身。

"所以，"弗雷泽还在侃侃而谈，"当西伦·梅西告诉我说，你已经放下架子，在他那儿上班了，我就一直在注意观察你，并且通过他来跟踪了解你的工作业绩。头一个月里我还真有点儿担心呢。他对我说，你变得越来越浮躁了，认为你目前的工作让你大材小用了，还到处放出口风想让他给你加工资——"

戴利林波尔暗暗吃了一惊。

"——不过，他后来又说，种种迹象表明，你已经下定决心不再夸夸其谈，想踏踏实实地工作了。我就喜欢年轻人身上具有这种品质！有了这种品质就能脱颖而出。别以为我不懂。我知道做到这一点对你来说是多么的不容易，毕竟有那么多的老女人一直在傻呵呵地到处吹捧你嘛。我知道你心里一定很矛盾——"

戴利林波尔脸上在发烧，满面通红。他感到自己很幼稚，感到自己简直天真得出奇。

"戴利林波尔啊，你是一个很有头脑的人，你身上也具有我说的那种品质——这一点也正是我求之不得的。我打算安排你进州参议院。"

"安排我进什么？"

"州参议院。我们需要一个有头脑的年轻人，但必须是一个踏踏实实的人，而不是一个游手好闲的懒汉。虽然我说要安排你进州参议院，但我决不会就此罢休的。我们要凭借这一点迎头而上才行啊，戴利林波尔。我们必须安插一批年轻人进入政界——你也知道的，年复一年，全都是那些老面孔在操纵着我党的席位。"

戴利林波尔舔了舔嘴唇。

"你要帮我去竞选州参议院的席位？"

"我要直接把你安插在州参议院里。"

弗雷泽先生脸上的表情此时已经到了即将绽开微笑的临界点了，戴利林波尔高兴得竟有点儿轻浮起来，觉得自己精神倍增，有了一种跃跃欲试的强烈欲望——然而这种欲望很快便戛然而止了，被封锁住了，随即便从心头悄然溜走了。那谷仓的大门与那长柄大力钳已经彼此分离开来，形成了一条笔直如铁钉的直线。戴利林波尔费了好大劲儿才想起来那是一张嘴，于是便对着那张嘴说起来。

"可是，我已经完蛋啦，"他说，"我已经名誉扫地了。人家已经开始讨厌我了。"

"那些个东西嘛，"弗雷泽先生回答说，"都是机械范畴内的事儿。印刷机不就是让人恢复名誉的绝好机器嘛。等你看到《先驱报》就知道了，从下个星期开始——重要的是，如果你拥护我们——重要的是，"他说话的语气稍许有点儿严厉起来，"如果你对是非曲直没有太多自己的想法的话。"

"没有，"戴利林波尔说，并且装得很坦率的样子直视着他的眼睛，"不过，在起步阶段，你一定要多多指点我才行。"

"很好。那么，我会负责让你名声大振的。只要你站在正确的立场上就行。"

戴利林波尔一听到这句他自己近来也老是在反复掂量的话语，心中不免又吃了一惊。就在这时，门铃突然响了起来。

"是梅西来了，"弗雷泽站起身来，很有把握地说，"我去开门让他进来吧。用人们早都上床睡觉啦。"

他走开了，留下戴利林波尔独自在那儿遐想着。这个世界居然意想不到地就这样为他敞开了大门——州参议院，美国参议院——如此看来，人生也不过就是这种样子而已嘛——走捷径——走捷径——基本常识，这就是人生的法则呀。再也不需要傻乎乎地干那些冒险的勾当啦，除非万不得已——不过，做人要心狠手辣，这一点还是挺重要的——千万不要再让悔恨或自责把自己折磨得夜不能寐了——让人生成为一柄勇气之剑吧——世上根本就没有善恶报应之说——那全是骗人的鬼话——骗人的鬼话。他跳起脚来，攥紧双拳，一副胜利在握的样子。

"哎呀，布莱恩。"梅西先生一边说着，一边掀开门帘走进屋来。

两个长者都似笑非笑地望着他。

"哎哟，布莱恩啊。"梅西先生又打了声招呼。

戴利林波尔也在微笑着。

他心中还在疑惑着，不知他们彼此之间是否存在着某种通灵的传心术，才使得这种陌生的感激之情成为可能——是否有某种存在于无形之中的心灵感应呢……

梅西先生朝他伸出一只手来。

"我很高兴我们将在这项计划中携手合作——我一直很看好你的——尤其在最近。我很高兴我们将站在同一条战线上。"

"我要感谢您才是啊，先生。"戴利林波尔很朴实地说。他感到有一种十分离奇的湿润感涌上了眼底。

（吴建国　译）

吃了四次拳头

一

　　如今，在我认识的人里面，没有谁会动一丁点儿念头要去揍塞缪尔·梅雷迪思一顿了，也许是因为一个五十出头的人不太经得住盛怒敌意的拳头一顿暴打了吧。不过，要我说，我还是更愿意相信那是因为他身上那些欠揍的个性已经消磨得差不多了。可是，有一点是肯定的，他这一辈子总有那么些时候，脸上摆着一副欠揍的表情，好比女孩子诱人的嘴唇，总有让人一吻的冲动。

　　我敢说，谁都碰到过他这种人，也许是不经意就由人介绍认识了，搞不好还交上了朋友，可是会感到，他这个人就是会激起别人强烈的反感——表达的方式各有不同，有些人会不由自主地握紧拳头；有些人会嚷嚷着"你欠揍是吧？"或是"看我不打瞎你丫儿的狗眼"云云。一一细数塞缪尔·梅雷迪思的各种性格特点，他欠揍的个性十分突出，甚至影响了他的一生。

可他究竟哪里欠揍了呢？反正不是长相。从少年时代起，他就长得讨人欢喜，浓浓的眉毛，一双透射出单纯与友善的灰色眼睛。不过，我听说过他曾对着一屋子千方百计想刺探他"发迹史"的记者面前这样说，他羞于告诉别人真相，即使说了也不见得有人信；那可不是一个故事，而是四个；他还说，他的故事无非就是被揍了几次，然后就功成名就了，这样的情节，人们不会感兴趣的。

故事从他十四岁在安多佛菲利普斯学院开始。他在欧洲超过半数的都市里度过了童年，吃着鱼子酱长大，做着旅馆侍者的跑腿营生。他母亲神经衰弱，没办法只有将教育他的重担交到别人手里——这真是他的福气，因为这些人比他母亲更严厉，更不讲情面。

他在安多佛的室友名叫吉利·胡德，十三岁，个头矮小，简直是全校人的宠儿。九月份开学时，梅雷迪思先生的贴身男仆将塞缪尔的衣物放进最好的柜子里。离开前，男仆问道："还有什么需要的吗，塞缪尔少爷？"吉利马上抱怨校方安排得不好，不该他俩一间。他感觉像是原本缸里住了青蛙，结果又放进来了一条金鱼，对此，他气得够呛。

"我的上帝啊！"他在他深表同情的伙伴们面前满腹牢骚，"他算个什么屁玩意儿啊，还问我'你们这儿的人都是绅士么？'我就告诉他'怎么可能，都还只是孩子'；他居然还说什么'和年纪大小没什么关系'，我只好说'谁说有关系了？'再来我这摆谱试试啊，该死的小白脸！"

吉利默默忍受了三个礼拜一言不发——自己私交好友的穿着和习惯被塞缪尔评头论足，他忍了；聊天中无端蹦出的法语词汇，他忍了；就连塞缪尔无数次缺乏阳刚之气如同女人般的小肚鸡肠，他都忍了。如此的小气之举，足以看出一个神经衰弱的母亲会给孩子带来怎样的影响，要是这做母亲的能在身边管管他，就不致如此了。没多久，一场风雨骤变，就在这青蛙与金鱼的小小水世界里上演了。

那天塞缪尔外出不在，一帮人凑在一块儿，听着吉利气呼呼地数落室友近期的种种罪状。"他说，'啊，我不喜欢大晚上开着窗，'然后又说，'开一点点无所谓啦。'"吉利抱怨道。

"别让他对你指手画脚的。"

"别指手画脚？才怪呢。想了想我还是开了窗，可是那个白痴到了早上都不会主动去把它关上。"

"叫他去关啊，吉利，干吗由着他来？"

"以后我会的。"吉利狠狠地点了点头，表示同意，"别担心，他别想把我当管家使唤。"

"我们可都看着呢。"

话音刚落，那个大白痴自己就走进来了。他满脸欠揍的笑意，让这些人颇感不爽。两个男孩开口道："哟，梅雷迪思啊。"其他人则冷冷地看了他一眼，之后就继续与吉利聊上了。面对此情此景，塞缪尔好像有点不乐意了。

"请不要坐我的床好吗？"看到吉利的两位好友正舒舒服服地坐在自己床上，他礼貌地对他们说道。

"什么？"

"那是我的床。你听不懂英语啊？"

此话一出，无异于火上浇油。四下立马充斥着各种声音，谈论着他床上的卫生，甚至说他的床位一看就像是动物的栖身所。

"你这破床，怎么了？"吉利粗鲁地质问道。

"床倒没什么，不过——"

吉利腾地站起身，打断了塞缪尔的话，径直向他走去，待到在离塞缪尔还有几英寸的地方，他停了下来，恶狠狠地盯着塞缪尔。

"你和你这破床。"吉利开口道，"你和你的破——"

"好样的，吉利。"不知谁嘀咕了一声。

"给这蠢货点颜色看看。"

塞缪尔也冷冷地与吉利对视着。

"嗯。"他终于开口了，"床是我的——"

他没能再上前一步。吉利猛地后撤，然后一拳上去，直截了当地打在了他的鼻梁上。

"干得好！吉利！"

"爽了他了！"

"他还手试试啊——揍他丫的！"

这群人走近，将他俩围在当中。有生以来，塞缪尔第一次感受到被人深恶痛绝时的那种无所适从。他无助地看向四周，面对他的，是一张张充满敌意的脸，一双双怒气腾腾的眼。他比室友要高出一个头，要是他还手，就会落得欺凌弱小之名，然后在五分钟内，被六七个人一起暴揍；可要是不还手呢，他就成了个胆小鬼。在那一瞬间，他只是呆呆地站着，看着吉利喷着怒火的双眼，然后，突然发出一阵含糊不清的声音，用力推开人群，冲出了房门。

接下来的一个月，可以说是塞缪尔一生中最悲惨的三十天。他醒着的每分每秒，都饱受同伴们尖酸刻薄的斥责；他的各种习惯和癖好，均沦为大家的笑柄，谁都忍不住要讥讽一番；其实，也是出于青春年少的细腻敏感，才自然而然地夸大了眼下的磨难。他曾一度认为自己生来就不是个宠儿，觉得接下来的一辈子，都会像学生时代一样，不得人心。回家过圣诞的那几天，他一直萎靡不振，父亲还因此送他去看了神经科专家。回安多佛的时候，他有意推迟返校时间，如此一来，从车站到学校的这段路上，他可以坐在大巴上一个人享受清净。

当然，他明白沉默是金的道理谨言慎行之后，大家很快就把他的事忘得一干二净了。他意识到应该放低身段，为他人着想之后，也是在那年秋天。孩提时代难记仇的这个小特点，让他有了一次重塑形象的机会。升到高年级，刚开学塞缪尔·梅雷迪思就摇身变成全班最受欢迎的男生——最力挺他的不是别人，正是吉利·胡德，他的第一个挚友，这个终生的伙伴。

二

在九十年代[①]初期，有这样一类大学生，他们驾着两轮或四轮的马车，嘴里吆喝着号子，穿梭于普林斯顿、耶鲁和纽约市之间，以此彰显自己重视橄榄球运动，以及这一点在社交方面所扮演的举足轻重的地位。塞缪尔就是其中一分子。他由衷地相信有"人靠衣装，佛靠金装"这回事——手套的挑选，他别具一格；领带的打法，他花式翻

---

① 指 19 世纪 90 年代。

新；马背驰骋，他手握缰绳，飒爽英姿——这一切，被那些紧跟时髦的新生们竞相仿效。他有自己的生活圈，圈外人眼里，他就是个自命不凡的势利眼，好在他的生活圈才是主流社会，圈外人怎么看，他也就无所谓了。金秋时节，他打打橄榄球；凛冽寒冬，他喝喝汽水兑的威士忌；春回大地，他就划划小船。有两类人，在塞缪尔眼里是很不入流的：一类是只懂运动不解风情的运动狂人，另一类是风度翩翩却没有运动细胞的小男人。

他家住纽约，在周末会时不时地邀上几个好友一同回去。那时候马车还是主要交通工具，在乘车人多的时候，只要有女士没位子，任何一个与塞缪尔同圈子的人，都会起身给她让座，还得有模有样地鞠上一躬，这一点在塞缪尔之辈看来是再正常不过也是无可厚非的。上高年级的某天晚上，塞缪尔和两个密友一起乘车出行，车上刚好有三个空座，塞缪尔落座后，他注意到身边坐了一个睡眼惺忪的男人，身上散发出令人不悦的蒜臭味。这个男人歪坐着，微微靠在他身上。人在疲惫之时，都会像他那样舒展身体，他也因此占据了车上较大的空间。

马车驶过几个街区后停了下来，然后上来了四个年轻的姑娘，很自然地，这三个同圈子的男人站起身，公式般走完仪式过场，将位子让了出来。遗憾的是，他们三个穿西服打领带的上流人士的礼节，那个工人可是全然不知的，他也就自顾自地继续坐着，无视眼前的几位"英模"之举。这么一来，还有一个年轻的姑娘就被晾着，略显尴尬地站在一旁了。十四只眼睛满是责备的神色，盯着这个不解风情的人，七张嘴唇都微微地抿了起来。可是眼前这个众人鄙视的呆子，还是无动于衷地看着，全然没有意识到自己的做法多么被人看不起。此情此景，塞缪尔反应最为强烈，一个男人居然会如此不知好歹，着实让他都感到羞愧不已。他提高了说话的音量。

"还有一位女士站着呢。"他厉声喝道。

这话说得已经够清楚了，可是那个众人鄙视的榆木脑袋只是抬起头，目光空洞地看着他们。站着的那个姑娘吃吃地笑了笑，很不自在地和同伴交换了几个眼神。但是塞缪尔彻底被激怒了。

"还有一位女士站着呢。"他又说了一遍，语气比之前更加刺耳。那个男人似乎明白过来了。

"我付了车费的。"他平静地答道。

塞缪尔脸涨得通红，暗自捏紧了拳头。不过售票员正看着他们几个，于是，在朋友们点头警示之下，他强压怒火，怏怏地在一旁生着闷气。

他们到达目的地，下了车，那个工人刚好也在那下车，跟在他们后面，手里晃着一只小桶。如此良机，塞缪尔怎会错过，他不再抑制自己高傲势利的本性，转过头，丝毫不掩饰脸上卑劣讥讽的笑意，大声地谈论着一个低等动物能和人一起乘车，是多么的有幸。

就一瞬间的工夫，那个工人摔掉手里的小桶，一拳向他打来。塞缪尔没有任何防备，被这一拳结结实实地打在下巴上，整个人四仰八叉地摔进了路边鹅卵石的阴沟里。

"看你还敢不敢嘲笑我！"动手的这人大喊道，"我干了一天的活，人都快累散架了知道吗！"

话还未完，这人眼中突如其来的怒气就消失得无影无踪了，疲惫的神色又重新爬满整张脸颊。他转过身去，拾起小桶。塞缪尔的朋友迅速朝那人的方向追上去。

"别追了！"塞缪尔慢慢地站起身，挥手召唤他们回来。曾几何时，他就在某个地方被人如此这般地揍过一次。然后他想起来了——吉利·伍德。他一言不发，默默地拍拍身上的尘土，眼前一幕幕放映着发生在安多佛时期宿舍里的情景——光凭直觉，他就知道这次自己又做错了。那个男人的能量，他所需要的休息，就是他全家人生活的保障，他比车上任何一个年轻的姑娘更加需要这张座位。

"我没事。"塞缪尔嘶哑地说道，"让他走吧。我真是蠢到家了。"

理所当然，塞缪尔用了远不止一小时、一周的时间，重新审视一件事，即一直以来自以为是的得体举止，究竟有多重要。起初，他只是单纯地认为，自己错误的做法无非招致"失道寡助"罢了——就和当时吉利那件事的情形一样——可他最终发现，在那工人身上犯的错，影响了自己整个的人生观。自命不凡，说到底，也只不过是因出身优越而造就的盛气凌人的架势罢了。想通了这一点，塞缪尔也没做什么原则性的改变，只不过，以往习惯将自己的意志强加于他人的个性，多少已渐渐消逝了。不管怎么说，就在那一年，班里的同学不再将他划进势利小人的队伍了。

三

没过几年，塞缪尔就读的大学校方认为，他那满载荣誉的领结，光大本校门楣的时间已经够久了，因此，在要了他十美元，颁给他一纸证书之后，正式用拉丁语宣告，他塞缪尔，和本校尘缘已了，正式毕业了。大学，在给了他些许自信，让他结交到三两好友，又沾满一身无伤大雅的各种恶习之后，就这么将他推入了社会的洪流。

当时，受突然猛跌的糖市萧条所累，他们家又没落到了曾经节衣缩食的状态，可以这么说吧，因为要去工作，塞缪尔都不能够再穿紧身束缚的衣服了。他涉世未深，心灵单纯得像是一张白纸，这或许多少算是大学教育给他留下的印记吧。好在他精力充沛，有些人脉，加上之前是橄榄球场上的中卫，身形灵活的他就干上了一家银行的推销员，穿梭在华尔街熙攘的人群当中。

他唯一的乐趣就是——泡妞。被他泡到手的有六七个之多，其中有两三个刚进社会的年轻女子；一个名不见经传的女演员；一个与丈夫分居两地的寂寞女人；还有一个身材娇小、多愁善感的褐发女郎，她是结了婚的，住在泽西城的一所小房子里。

他和她初识于一艘渡轮上。塞缪尔从纽约来出差，当时他已经工作好几年了。他帮着她一起寻找挤掉在人群中的行李。

"你常来这边么？"他随口问道。

"只是逛逛街才来。"她羞怯地答道。她长着一双棕色的大眼睛，一张令人怜爱的樱桃小嘴。"我刚结婚三个月，我俩发现住在这挺划算的。"

"他——你丈夫知道你这么一个人，不介意吗？"

她笑了起来，朝气蓬勃的脸上露出欢快的笑意。

"哎，怎么可能，能不介意么。我们约好晚饭时候碰面的，可是我好像记错地方了。他肯定要担心死了。"

"是吗。"塞缪尔不以为然地说，"但愿他是像你说的那样。我送你回去吧，你看怎样？"

她感激万分地接受了他的提议，于是他俩一同上了电车。走到她家门前小道上的时候，他俩看到房子里的灯光，知道她丈夫提前到家了。

"要是打翻他的醋坛子，会很可怕的。"带着一脸歉意的笑容，她郑重其事地说道。

"这样啊。"塞缪尔不冷不热地答道，"那我就送到这儿啦。"

她向他道谢，挥手道过晚安之后，他就离开了。

事情到此本该画上句号了，可一周后的某个早晨，他俩偏偏又在第五大道上遇见。她颇为惊奇，小脸绯红，但似乎很开心能和他再次遇见，两人聊着天，就像相识多年的老友一般。她本打算去趟裁缝那里，然后独自在泰纳饭店吃午饭，接着整个下午都用来逛街，最后到五点的时候，在轮渡那儿和丈夫会合。塞缪尔告诉她说，她丈夫真是太有福气了。她又再次脸红起来，然后一路小跑开了。

塞缪尔一路吹着口哨，回到办公室。可从快十二点开始，他满脑子都是那张惹人怜爱、极具诱惑的小嘴——还有那双棕色的大眼睛。看着前进的时钟，他越发坐立不安起来。他想起了楼下的餐馆，自己通常在那吃午饭，和男人们聊一些沉闷的话题；然后脑袋里出现一幅与之截然不同的画面：泰纳饭店的一张小桌子旁，几步远的地方，有一双棕色的大眼睛和一张迷人的小嘴。离十二点半还有几分钟的时候，他匆匆戴上帽子，冲了出去，上了一辆电车。

看到他出现在眼前，她惊讶极了。

"咦——好啊。"她说道。塞缪尔看得出来，她虽然吃惊不小，可心情还是不错的。

"我觉得和你一起吃饭比较好，和一群大老爷们吃，太没劲了。"

她犹豫了半天。

"咳，我没看出有什么不好的呀。没什么大不了啦，放心吧！"

她突然想起，丈夫本应该陪自己吃午饭的——可他中午的时候老是忙得不可开交。丈夫的事她一股脑都告诉了塞缪尔：她丈夫比塞缪尔个头要略小一号，不过呢，哎，绝对比他长得好看。他是个账房先生，虽然赚得不多，但是他俩的小日子过得挺幸福的，而且再有个三四年，就有望过上有钱人的日子。

最近这三四个礼拜，那个与丈夫分居的女人，老是吵吵闹闹，让塞缪尔甚为心烦。比较之下，此次的会面，着实让他一扫阴霾，心情大好。她如此地清新脱俗，一点都不虚伪，甚至有点儿勇于尝新的精神。她名叫玛乔丽。

他们俩约好了下次再见。其实，接下来的那个月里，他俩每周都有两三天会在一起吃午饭。只要她确定丈夫工作到很晚才能回来，塞缪尔就会带着她乘渡轮去新泽西，然后每次回来都将她送到小门廊前，看着她进门，点燃煤气灯，他则站在门外，以男人的阳刚之气带给她安全感。这渐渐成了一种定式——让他颇为不爽的定式。只要看到前窗透出温和的灯光，他就知道，自己该走了。他从来没主动说要进去坐坐，玛乔丽也从没主动邀请过。

再往后，随着塞缪尔和玛乔丽的关系往下发展，他俩会偶尔轻轻地碰碰对方的手臂，仅仅表明他俩相当要好而已。那期间，玛乔丽和丈夫因为对一些鸡毛蒜皮的小事过于敏感而大吵了一架，要知道，这种争吵只有在夫妻双方都非常在乎对方的情形下，才可能上演。事情的导火索往往是一块凉了的羊排，或是煤气嘴漏气这样的小事——后来有一天，塞缪尔找到她的时候，她正顶着深深的黑眼圈，噘着一张嘟得老高的小嘴坐在泰纳饭店里。

此时此刻，塞缪尔觉得自己已经爱上玛乔丽了——于是，他借题发挥，极力放大他们的争吵。作为她最好的朋友，他拍了拍她的小手——他甚至凑近她棕色的鬈发，聆听着她低声啜泣着那天早晨丈夫说过的话；当他俩驶往渡轮的路途中，坐在双轮小马车里时，他已经微微地超出了好友的界限。

"玛乔丽。"在门廊前，他像往常一样与她告别时，温柔地说道，"不管什么时候，只要你觉得需要我，别忘了，我就在你身边不远，一直都在。"

她面色凝重地点点头，将双手放进他手里。"我知道。"她说，"我知道有你这个朋友，最好的朋友。"

说完，她转身跑进屋子里，他则寸步不离地守着，直到看见房间里亮起那盏煤气灯。

接下来那周，塞缪尔过得混乱不堪，整个人都神经兮兮的。几根理性的神经还在负隅顽抗，不断警告他，归根结底地说，他和玛乔丽之间没有什么共同点。可是在当时的情形下，总是有过多的淤泥，将水质搅得浑浊不清，让人无法清晰地一眼见底。他的每一个梦，每一丝的欲望，都清楚地告诉自己，他爱玛乔丽，想得到她，而且必须要占为己有。

争吵进一步升级了。玛乔丽的丈夫开始在纽约一待就待到深更半夜，有几次回到家之后，还脾气暴躁情绪激动，这些都让她感到无比积郁于心。因为彼此那过分的骄傲，他们都不愿坐下来把事情说清楚——说到底，玛乔丽的丈夫还是很要面子的——于是他们之间的误解就越来越多，也越来越深了。玛乔丽找塞缪尔倾诉的次数也越来越频繁了。对一个女人来说，从满是阳刚之气的男人那儿得到怜爱，这种满足感，远远强于对着另一个女生牢骚满腹。可是玛乔丽还没发觉，自己现在有多么依赖塞缪尔，她也没有发觉，在自己的小世界里，塞缪尔有多么的不可或缺。

有天晚上，玛乔丽进门点起煤气灯之后，塞缪尔没有转身离去，而是也跟了进去，然后，他俩就一起坐在小客厅里的沙发上。他满心欢喜。看着这个家，在羡慕之余，他觉得，那个男人仅因顽固不化的自尊就无视如此珍宝，简直就是个大白痴，一点也配不上他的太太。可在他第一次吻过玛乔丽之后，她轻轻地抽泣着，要他回去。他兴奋不已，像是插上了双翅，飞一般地飘回了家。他下定决心，要将这星火般的浪漫情怀彻底点燃，直到它化作燎原之势，就算他会葬身其中也在所不惜。当时，他以为自己的这念头完全是出于对她无私的爱，可事后，他才意识到，她其实没什么地位，就像是一部动画中插入的一格白屏，仅此而已：只是因为他是塞缪尔——一个坠入爱河就迷失方向的笨蛋。

第二天，他们在泰纳饭店碰面吃午餐的时候，塞缪尔卸下了所有的伪装，毫不掩饰地向她示爱。他事先没做任何计划，丝毫也不确定自己意欲何为，只不过是想再吻吻她的小嘴，想将她揽入怀中，感受她小巧玲珑的身姿，感受她楚楚可怜的神态，感受她令人垂爱的样子……他把她送回了家，这一次，他们一直亲吻着，直到感受到彼此的心都要跳出来——他的嘴里滔滔不绝地念叨着各种甜言蜜语、山盟海誓。

然而，走廊里突然响起了一阵脚步声——还传来一只手在开门的声音。玛乔丽的脸瞬间面无人色。

"别去！"她附在塞缪尔的耳边，声音惊恐地轻声说道。可这已然打断了塞缪尔的好事，他难忍怒气，径直走向大门，猛地将门打开。

任谁都看过舞台上上演的此类情景剧——也是因为看得多了，所以这事真发生的时候，人人都如同扮演在其中的一个戏子。塞缪尔就觉得自己是在演戏，很自然地就冒出了一串"台词"：他口口声声地说每个人都有权选择自己的生活，而且恶狠狠地看着玛乔丽的丈夫，似乎是在说，他要敢不服，就叫他好看。玛乔丽的丈夫声称家庭是神圣不可侵犯的，好像完全忘记了最近这个家对他来说似乎没有什么神圣可言；而塞缪尔则顺着"追求幸福的权利"这条思路继续往下说；玛乔丽的丈夫说起了武器以及离婚法庭。而后，他突然停住了话头，仔细打量着眼前的两个人——玛乔丽整个人瘫进沙发里，可怜兮兮的；而塞缪尔，还以一种刻意为之的英雄姿态，对着沙发里的可人儿慷慨陈词。

"上楼去，玛乔丽。"他语气一变，说道。

"在那待着，哪都别去！"塞缪尔立即回应道。

玛乔丽站了起来，迟疑了一下，又坐了回去，然后又站了起来，犹豫不定地向楼梯走去。

"你出来，"她丈夫对塞缪尔说道，"我想和你谈谈。"

塞缪尔瞥了瞥玛乔丽，试图从她眼神中读出些什么，然后，他紧抿嘴唇，走了出去。

屋外明月高悬。玛乔丽的丈夫走下台阶时，塞缪尔看得出来，他明显一直在忍耐着——可是塞缪尔对他没有丝毫的同情。

他们之间隔着几尺远，就这么站着，打量着对方，那个做丈夫的清了清似乎有些沙哑的喉咙。

"她是我老婆。"起初，他平静地说道，随后整个人都爆发出一股无边的怒气，"你个王八羔子！"他咆哮着——同时用尽全身力气，一拳挥向塞缪尔的脸颊。

就在塞缪尔倒地的电光石火间，过去曾被如此这般揍过两次的事闪过脑海，与眼下的现实分秒不差地交替着出现，像是一个梦——他瞬间清醒过来。他机械般地从地上弹了起来，摆出格斗的架势。那个男人等在那里，扬起拳头，站在几码开外。塞缪尔很清楚，尽管自己个头比他高了几英寸，块头比他重了不少磅，但自己是不会还手的。眼下的情势，就这么鬼使神差般地彻底颠倒过来——就在刚才，塞缪尔还觉得自己是个了不起的人物；可现在，他觉得自己就像个无赖，像个第三者；而玛乔丽的丈夫，整个人在小房子射出的光线映衬中，如同一尊屹立不倒的英雄像，捍卫着他的家园。

画面似乎短暂地定格了一小会儿，之后，塞缪尔猛地转身离去，最后一次走过门前的那条小道。

四

显然，在第三次挨揍之后的几周时间里，塞缪尔都受到良心的拷问。回想几年前，在安多佛挨的那顿揍，磨去了他不讨人欢喜的棱角；大学时代，那个工人的拳头挥去了他自命不凡的势利形象；而最近来自玛乔丽丈夫的教训，彻底将他拽出了贪婪自私的深渊。这件事，在长达一年的时间里，让他对所有的女人都敬而远之，直到遇见了他未来的妻子。就像玛乔丽的丈夫守护玛乔丽一样，这个女人似乎是唯一值得他去守护的那个女人。要说有人会为了像德·菲利亚克夫人（也就是他认识的那个与丈夫分居异地的女人）这样的人而义愤填膺地挥出正义之拳，这种事在塞缪尔看来，绝对是无稽之谈。

三十出头的时候，他已经混得像模像样了。他与老彼得·卡哈特交往甚密，此人在那个年代可是个全国知名的人物。卡哈特体格壮硕，活脱脱一座赫丘利 [1] 的神像，他创下的纪录也是实实在在的——完全出于喜欢，记录摞得老高，没有丝毫的掺假，也没有任何的丑闻。他虽是塞缪尔父亲的挚友，可是在将塞缪尔纳入他的办公室工作前，仍花了六年的时间，细细考察。当时他手中握有的财富究竟有多少，估计任谁都说不清楚了——其中涉及矿藏、铁路、银行业，甚至整座城市。塞缪尔与他走得很近，深谙他的喜恶、偏颇、弱点，以及他在各方面的强势之处。

有一天，卡哈特派人将塞缪尔召唤至他的办公室里的小隔间，关上门后，递给他一支雪茄，让他在椅子上坐下。

"日子还好吧，塞缪尔？"他问道。

"这话问的，当然好呀。"

---

① 赫丘利，古罗马传说中的英雄，以力大无比及完成 12 件苦差（人称赫丘利的苦差）著称。人们有时用他的名字来形容体格强壮的男子。古希腊神话中称赫拉克勒斯。

"我还担心你会觉得无聊发闷呢。"

"无聊发闷?"塞缪尔完全不知所云。

"除了坐办公室,你与外面的世界,已经隔绝快十年了吧?"

"不过我会去度假,在阿迪朗——①"

卡哈特摆摆手,打断他的话。

"我说的是办公室以外的工作。比如了解了解我们在办公室里运筹帷幄的那些事究竟怎么运作的。"

"没有过。"塞缪尔承认道,"这还真没有过。"

"所以咯,"他话锋一转,"我想给你安排一次外出工作,估计得去上一个月的样子。"

塞缪尔没有讨价还价。相反,他觉得这个主意很好,他觉得不管这是项什么任务,自己都会搞定的,而且保证和卡哈特的意愿丝毫不差,对此,他心意已决。这种态度,是他老板最欣赏的,作为老板就希望身边一群都是像步兵中尉那样听指挥、不多话、执行命令的部下。

"我要派你去圣安东尼奥,见一个叫哈密尔的人。"卡哈特接着说道,"他手里有项工作,需要有人负责。"

这个叫哈密尔的,负责卡哈特在西南部地区的收益。此人在卡哈特的控制下羽翼得以丰满,尽管从未谋面,塞缪尔和他之间在工作上经常书信往来。

"要我什么时候出发?"

---

① 阿迪朗达克山脉(The Adirondack Mountains),纽约州北部一地区,以其秀丽的湖光山色著称,部分地区为野生动物园。

"最好明天就去。"卡哈特看了一眼日历，回答道，"刚好五月一日。我希望六月一日的时候，能看到你的报告。"

第二天早上，塞缪尔就动身前往芝加哥，两天之后，在圣安东尼奥的商业信托银行的办公室里，他就与哈密尔面对面地坐在桌子前了。交代清楚整件工作并没花掉多少时间。这是项石油方面的大买卖，牵涉到毗邻的十七座大型牧场的收购问题。收购任务必须在一周内完成。表面上是收购，其实就是纯粹的压榨剥削。各方势力都已插手其中，将这十七名牧场主置于前有狼后有虎的两难境地。塞缪尔的工作就简单了，他只负责"搞定"普韦布洛附近的一座小村庄的问题。只要一个人会办事，动动脑子讲讲效率，就能顺利完成这件小事，一点都不节外生枝，要知道，处理这件事就好比坐在方向盘面前，只要能把好方向就够了，就这么简单。作为一个比老板还精明好几倍的商人，哈密尔事先做好的周密安排，已经确保这次收购所能赚得的利润，绝对会大大超过自由市场里做的任何一笔买卖。塞缪尔预定两周内返回，在与哈密尔握手成交之后，动身前往新墨西哥州的圣菲利普。

当然，他很清楚此行安排，是卡哈特在考验他。哈密尔将会如实呈上此行成功与否的报告，也许这份报告会是他升迁之路上事关重大的砝码，即便不是这么回事，他也会全力以赴，力保这项任务顺利完成。在纽约混迹了十年，他并没有变得优柔寡断，不仅如此，他早已培养出一种习惯，即任何事，只要接手，必定有始有终——而且绝对办得漂亮。

起初，一切都风平浪静，没有发生任何过激行为。因为作为当事人，那十七名大牧场主都知道塞缪尔此行意欲何为；知道他的后台是何方神圣；他们也绝望地知道自己的处境——就像是趴在透明玻璃上的苍蝇，前途光明却没有出口——几乎没有任何全身而退的可能。他们中有些已是听天由命，有些还在拼死顽抗。可惜，任他们费尽唇舌商量，询遍律师咨询，都找不出一丝的破绽。这些大牧场里只有五座是有石油的，其他十二座只是有那么些可能而已。可是在哈密尔看来，任何事只要有可能就不能放过，他一向如此。

没多久，塞缪尔就看出，这帮人领头的是一个叫作麦金太尔的早期移民。此人五十岁上下，头发灰白，脸上胡须刮得干干净净；在新墨西哥州度过的四十载炎热的夏季，将他的皮肤上了一层古铜色；他目光清澈，眼神坚定，绝对是得克萨斯州和新墨西哥州这种气候环境所造就的。他的牧场虽然目前还没发现石油，可是地处低洼地带，要问起谁因为失去土地恨得牙痒痒的，绝对有麦金太尔。一开始，大家都唯他马首是瞻，试图避免失地的悲剧，他也的确四处奔波，寻找一切可能的法律途径，最终还是没有找到，他也明白自己失败了。一直以来他都故意躲着塞缪尔，不过塞缪尔确信，签字的那天，他肯定会现身的。

日子一晃而至——五月的某天，灼热难耐，放眼望去，阳光炙烤的大地上，热浪翻腾。塞缪尔蒸桑拿般地坐在闷热、简陋的临时办公室里——里头只有几把椅子、一条长凳和一张木桌——他心情不错，手头的差事总算快结束了。他朝思暮想着要回东部去，和老婆孩子一起，到海边好好享受一个礼拜。

会面原本定在四点钟，三点半的时候，麦金太尔推门而入，让他甚为惊讶。塞缪尔不由得敬佩起来人端正的态度，内心同时泛起一丝的愧疚。麦金太尔和这片大草原似乎有着千丝万缕的联系，一丝的羡慕之情从塞缪尔心里一闪而过，这纯粹是生活在都市的人们对大自然的向往。

"下午好。"麦金太尔开口道。他站在敞开的门廊里，双脚分开，两手叉腰。

"你好啊，麦金太尔先生。"塞缪尔站了起来，不过，他跳过了以往握手的礼节。这个牧场主对自己肯定恨之入骨，他早已想到这点，而且也觉得无可厚非。麦金太尔走了进来，很随意地坐了下来。

"你们赢了。"他突然开口道。

说这话时，他好像没指望得到什么回应。

"我听说卡哈特是背后推手的时候，"他接着说道，"就放弃了。"

"卡哈特先生是——"塞缪尔开口了，可麦金太尔摆摆手，让他闭嘴。

"别给我提那个臭不要脸的，他就是个道貌岸然的强盗。"

"麦金太尔先生，"塞缪尔反唇相讥道，"如果这半个小时，都是要谈这个的话——"

"哎，年轻人，闭上你的嘴。"麦金太尔打断道，"他能做出这种事，我难道还不能骂他吗？"

塞缪尔无言以对。

"这就是强取豪夺，太无耻了。这世上就是有他这种卑鄙的下流坯，财大气粗，一手遮天。"

"他出的价钱很公道，不是吗？"塞缪尔反驳道。

"闭嘴！"麦金太尔突然咆哮起来，"能不能让我先把话说完？"他走到门边看向屋外，放眼望去，一片阳光明媚，潮湿蒸腾的草场几乎是从他脚下开始，一直延伸到远方那片墨绿的山脉。再转过身时，他的嘴唇已经颤抖起来。

"你们这些家伙爱华尔街吗？"他声音嘶哑地说，"或者是其他你们密谋策划的肮脏地方——"他顿了顿，"我猜你们也爱吧。只要有良心，没有哪个家伙会不爱自己工作的地方，不爱自己挥汗如雨、辛勤付出的地方的。"

塞缪尔看着他，不知所措。麦金太尔掏出一块大大的蓝色手绢拭了拭额头上的汗水，然后接着说道：

"我看这个没心没肺的老财主又要赚上个百来万了。我们只不过是几个微不足道的穷鬼，在他看来，把我们搞定，又可以买几驾马车或者别的什么了吧。"顺着门外的方向，他挥了挥手，"十七岁那年，我在那儿盖了座房子，就是用自己的这双手。二十一岁的时候，我娶了我妻子，于是又加盖了两间偏屋。靠着仅有的四头脏兮兮的菜牛，我就这么白手起家了。这四十年间，每年夏天，我都看着太阳从那边的山脉升起，然后在傍晚时分，热浪还未退去、星辰还未升起的时候，看着血色残阳落下地平线。那座房子，是我的幸福之所。在那里我迎来了我儿子的降临，后来的一个春天里的某天下午，也像现在这么热，也是在那儿，我的儿子永远地离开了。再后来，我和我的妻子还是像什么都没发生过一样，相依为命地在那儿生活，也试着继续营造一个家的感觉，虽然不是真正意义上的家，说来说去，也像模像样了——因为我们的孩子，似乎永远都在附近没有走远，甚至有时候，在多少个夜里，我们都巴望着能看到他顺着门前的小道跑回家吃晚饭。"他的声音颤抖着，已然说不下去了，于是他又转向门那边，灰色的瞳孔也缩紧了。

"那块地是我的。"说着，他张开双臂，"我的土地，老天赐予的土地——这是我在世上唯一仅有的家当了——除了它，我什么都不要。"他飞快地用袖子拭过脸颊，一边缓慢地转过身来，面对着塞缪尔，语调也随之改变，"可是，我想只要他们想得到，我就不得不放手——不得不放弃它。"

塞缪尔必须说点什么了。他觉得再听上一分钟这些话，自己就要心软让步了。于是，他开口了，语调尽量地平缓——只有在情况不如意的时候，他才会用这种语调说话。

"这就是生意嘛，麦金太尔先生。"他说道，"而且是合法买卖。话说回来，就算我们出价再高，你们也不见得个个愿卖嘛，不过大多数人还是卖了个好价钱呀。总要有人为发展埋单吧——"

他第一次觉得自己是那么的无能为力，当听到几百码外传来的马蹄声时，他才长舒了口气。

然而，他的话才说完，原本悲痛不已的麦金太尔，眼中顿时燃起熊熊怒火。

"你们这群臭不要脸的混蛋东西！"他咆哮道，"在这片上帝仁赐之地上，不管得到什么，你们这帮混蛋都不可能真心实意地付出真爱！你们就是一群唯利是图的钱串子！"

塞缪尔站了起来，同时，麦金太尔朝他走近了一步。

"你这个啰里吧唆的小白脸。占我们的土地是吧——替彼得·卡哈特那老鬼吃我一拳！"

他肩膀一抖，快如闪电般的拳头就袭了上去，塞缪尔如烂泥般应声倒下。迷迷糊糊中，他听到走廊里传来的脚步声，知道有人将麦金太尔抓了起来，不过已然没有那个必要了。那个牧场主已经瘫倒在椅子上，头也低低地垂进手臂里。

塞缪尔的脑子里嗡嗡作响。他意识到这是自己第四次挨揍了，一股强烈的情绪如洪流般宣泄而出，他这一辈子遵循的那根深蒂固的人生法则被重新唤醒。恍恍惚惚中，他站起身，大步走向门口。

接下来，他应该度过了人生中最难挨的十分钟。人们都说，坚定的信念才是勇气的源泉，然而在现实生活里，即使一具僵硬已久的尸体，在男人对家庭所负有的责任感的背景之下，看起来也会像是沉溺于正道而自我牺牲的表率。塞缪尔对家人考虑甚多，而且坚定不移。就是这一拳，教会了他如此。

回到办公室，等着他的那群人脸上已经满是担忧，不过他没浪费口水解释什么。

"各位先生，"他说，"多亏了麦金太尔先生的好心劝说，让我确信在这件事上，你们是绝对没错的，而彼得·卡哈特他们方面，是肯定不对的。只要有我在，这辈子这片牧场都是你们的。"

他推开目瞪口呆的人群，走了出去。在接下来的半小时内，他拍去了两封电报，上面陈述的内容让惊愕不已的电报员极度地不适应，分不清这到底做的是什么买卖。这两封电报，一封是拍给圣安东尼奥的哈密尔，另一封则是拍去了纽约给彼得·卡哈特。

那一夜，塞缪尔几乎都没怎么睡着。他很清楚，自己在生意场上做了一笔暗淡无光、糟糕透顶的买卖，这还是有史以来第一次。可是体内有一种直觉，高于意志，强于曾接受的任何培训，促使他做出了这件很有可能将他的雄心壮志，将他的幸福时光画上句号的事。然而木已成舟，而且，即使再来一次，他还是会这么做的。

第二天早上，他收到两封电报。一封是哈密尔拍来的，只有三个字：

"大傻帽！"

另一封来自纽约：

"交易取消，速回纽约。卡哈特。"

一周之内，该来的都来了。哈密尔怒发冲冠，破口大骂，拼命地为自己的计划开脱。他被召回纽约，在彼得·卡哈特办公室里的地毯上度过了悲剧的半个小时。七月，他和卡哈特利益集团脱离了关系；八月的时候，三十五岁的塞缪尔·梅雷迪思已经成为卡哈特实际上的合作伙伴。这都是第四次吃到拳头的功劳。

要么是在个性方面，要么是在气质方面，要么是在人生观方面，我觉得每个人身上都会有遮遮掩掩的地方。只不过有些人隐藏得很好，若非某个夜晚突然迸发，我们是看不出来的。而塞缪尔呢，只要有缺点就藏不住，而且让每个看出来的人都气不打一处来。其实，这算是他的幸运所在，要知道，每回他的小毛病只要一露头，就会遭到迎头痛击，然后很快就被打压得服服帖帖。他就只有一个缺点，也就因为这个坏毛病，让他做出命令吉利的朋友从他床上滚蛋的事，让他走进了玛乔丽的家。

要是你用手摸摸塞缪尔·梅雷迪思的下巴，你就会摸到一个小凸起。他自己都承认说，这个包不知道是哪一拳留下的，可说什么他也不去除掉。他说，前事不忘后事之师，而且再做决定的时候，只要摸摸下巴，就会受益良多。记者们说，他这么做，不过是神经质罢了，可绝非如此。这么做，才能让他铭记吃过的那四拳，那教会了他优雅从容、头脑清醒的四拳，那给予他启迪、警醒他心智的四拳。

（李可　译　耿强　校）

论菲茨杰拉德短篇小说叙事艺术
——兼评《新潮女郎与哲学家》

一

美国女作家薇拉·凯瑟曾指出:"文学创作的目的
应该有两种:其一是,制作适合于市场需要的小说,
如同制作肥皂和早餐食品一样。这是一种既无风险,
又有收益的商业行为。其二是,文学应当是一种艺术
创造,是一种对尚未产生市场需要的新思想的永恒探
索。文学创作应当标新立异,勇于尝试前人从未尝试
过的新内容和新方法。唯有这样的文学作品才具有真
正的价值而不落于俗套。"① 毫无疑问,对新思想、新
内容、新方法的探索,必须建立在对前人或者同代人
艺术成就的清醒认识和深刻理解之上。菲茨杰拉德是
一位以严肃的态度从事文学创作的职业作家。他对小
说艺术有自己独到的见解,他对别人的作品也独具慧
眼,从不人云亦云。早在普林斯顿大学求学期间,他

---

① Willa Cather, "*On the Art of Fiction*", *On Writing*, New York: Knopf, 1949, p.103.

就广泛阅读过大量文学作品，表现出与众不同的价值取向，并语出惊人地向同窗好友艾德蒙·威尔逊宣称："我要成为有史以来最伟大的作家之一，你呢？"在当时来看，这似乎只是一个尚不知天高地厚的文学青年的一句狂妄之言。然而，他后来的确凭着自己的天赋、激情和勤奋实现了自己的诺言。他的成功，他对小说艺术的独到见解，在很大程度上得益于他对不同时期、不同体裁的文学作品的广泛涉猎。从他公开发表的文学评论、散文、读书札记中，从他作品中许多精彩的片断里，我们不难看出，他对浩如烟海的文学作品有他独到的鉴赏和取舍能力，对创作艺术怀有执著的追求精神。美国南卡罗来纳大学教授马休·布鲁柯利在考据基础上整理编纂的《菲茨杰拉德论创作》（ *Scott Fitzgerald on Authorship* ，1996），揭示了这位作家创作思想和艺术风格的发展轨迹，为研究菲茨杰拉德，也为研究美国文学的"第二次繁荣"提供了翔实的史料。

菲茨杰拉德从一开始就将自己定位在大作家的行列。这并不意味着他高估了自己的才华，而是为自己设立了文学创作的崇高标准，为自己树立了远大的志向。在他的创作生涯里，他始终以这种近乎于严酷的标准激励自己、苛求自己。通过研究他留下的大量读书札记，通过考量他对传统文学所持有的批判态度和批评方法，我们就能了解他一贯的创作思想产生的根源，把握他的作品之所以具有一种超越现实、经久不衰的魅力的奥秘所在，理解他对自己的创作所做的总结："我全部的创作理论可以用一句话来概括，那就是：一个作家应当为他那一代青年执笔，而将作品留给下一代批评家和未来的中学校长们去评说。"① 没有对传统文学的批评意识和取舍能力，没有高瞻远瞩的气度，菲茨杰拉德也不可能成长为二十世纪杰出的文学艺术家。

菲茨杰拉德曾在他的自传体文章《作家的黄昏》（*Afternoon of an Author*，1936）中说："为期刊杂志写短篇小说是一个棘手的问题。写到中途往往会发现其内容过于单薄，仿佛一阵风就能把它吹跑。构思情节如同在没完没了地爬楼梯，留不下任何使人感到出其不意的悬念。前天才涌现出的人物又过于大胆，不适合在报刊上连载。"② 菲茨杰拉德在他二十余年的创作生涯里曾多次面临这一难题，深知个中滋味，因为他也是一个擅写短篇小说的行家，一生共创作一百六十多篇短篇小说，其中有九十余篇都是在稿酬丰厚、"极为时髦"的畅销杂志上发表的（有六十五篇发表在《星期六晚邮报》上）。在上世纪二十年代期间，他的短篇小说销路极好，稿酬也直线上升。但他并没有因此而沾沾自喜，却常常为自己迫于无奈，不得不写一些"垃圾小说"而十分苦恼，甚至把他的这种行为比作为"一个老婊子"。③ 由于菲茨杰拉德曾针对自己的一些短篇故事发表过此类严厉苛刻的言论，不少评论家后来便以此为据，认为他的短篇小说平淡无奇，只不过是一些为赚取高额稿费而匆忙炮制出的作品，没有艺术价值，不值得深入研究。其实不然，正如菲茨杰拉德在《作家的黄昏》中所说的那样，短篇小说的创作绝非易事，也非简单易取的生财之道。事实

---

① F. Scott Fitzgerald, *Preface to "This Side of Paradise"*, New York: Scribners, 1920, p.1.

② Matthew J. Bruccoli, ed. *F. Scott Fitzgerald On Authorship*, South Carolina: University of South Carolina Press, 1996, p.152.

③ Matthew J. Bruccoli, ed. *F. Scott Fitzgerald: A Life in Letters*, New York: Scribners, Simon & Schuter Inc., 1994, p.169.

上，他的短篇小说，包括那些词藻华丽、"仅为赚钱"而写出的作品，都凝聚着他的心血和他对生活的切身体验，他对语言艺术矢志不渝的刻意求工。因此，他的短篇小说大都写得结构严谨、感情充沛、笔意超逸，令人百读不厌。他笔下的那些人物的外表、神情、谈吐，以及内心活动，都被他描绘得惟妙惟肖，跃然纸上，不仅能使人获得美的享受，也能使人获得启迪和警示。

上世纪二十年代初期，在他文学创作的早期阶段，菲茨杰拉德的确为自己能够挑战权威，敲开《星期六晚邮报》的大门而欣喜不已，因为这是当时美国竞争最激烈，稿酬最丰厚的文学园地。他在这一时期发表的短篇小说已非仅以娱乐、消遣为目的，而是传达他对社会的敏锐观察和深切感受。在这些短篇作品中，这位才气横溢的青年作家以他绚丽的文笔和独到的视角博得了众多青年读者的青睐，并开始以"年轻一代的代言人"的角色闪亮登场。他在这一时期写出的较有影响的短篇小说主要有：《留短发的伯妮斯》《冰宫》《近海海盗》等。这些作品后来都集结在他的第一部短篇小说集《新潮女郎与哲学家》中。这部短篇小说集与他的处女作《人间天堂》辉映成趣，通过对一系列年轻女主人公的精心塑造，菲茨杰拉德以严肃的笔调描写了二十世纪二十年代美国青年女性对新生活的渴望和追求，展现了新的价值观念与传统的社会道德习俗之间尖锐的矛盾和冲突。然而评论界也十分诧异地发现，这两部作品的内容和格调迥然有异。人们不得不承认他"擅于捕捉和创造新的词语，这个词语一经造出，便能迅速风行于美国，家喻户晓"，但同时又不满于他"轻佻浮躁，缺乏文学作品应有的洞察力"；人们在惊羡他那些优美的富有独创性的文句的同时，又认为他的作品过于花哨，深度不够；读者既视他为"爵士乐时代的桂冠诗人"，又觉得他是一个令人难解的谜团。美国大文豪 H.L. 门肯，是最早发现菲茨杰拉德的这一"人格分裂"特征的评论家之一，认为他既是一个纵情享乐的人，又是一个态度严肃的小说家，"他左右逢源，两边风光，让人感到非常奇特。"①

随着创作思想和艺术风格的日趋成熟，菲茨杰拉德渐渐失去对畅销杂志和时尚小说的浓厚兴趣。由于《星期六晚邮报》等通俗刊物不能接受过于暴露社会黑暗面，或创作手法过于新潮的短篇小说，菲茨杰拉德便转向了由门肯主持的《时尚社会》以及其他一些纯文学刊物。《五一节》便是这一时期的产物。他在这一时期所发表的不少短篇佳作，都以辛辣的笔调讽刺和抨击流行于美国社会的实利主义之风和新兴垄断阶级的贪婪和残暴。令人难以置信的是，连他自己都认为"档次很低"的短篇小说《人见人爱的姑娘》，竟然也很受欢迎，这未免让他颇感沮丧。他在这一阶段发表的若干惊世骇俗的短篇小说，经他亲自筛选后，编入了他的第二部短篇小说集《爵士乐时代的故事》。

菲茨杰拉德是一位罕见的具有双重性格特征的小说家。他既具有极高的文学天赋和艺术造诣，也身不由己地卷入了"爵士乐时代"的声色犬马之中。他既希望获得名利双收的成功，但也从来没有忘记作为一名严肃的文学艺术家的职责。他最令人瞩目的特色，便是他那诗人兼梦想家的气质风范，以及他那非凡的能在同一时间容纳两种相互矛盾的观点，相互对立的情感，却照样能思索下去而不受影响的本

---

① Jackson R. Bryer, ed. *F. Scott Fitzgerald: The Critical Reception*, New York: Burt Franklin, 1978, p.48.

领。在美国"历史上最会纵乐、最讲究炫丽"的这一特殊年代里，他"既身在其中，又身在其外"，以敏锐的目光冷眼旁观世风的变化，探索人生的真谛，寻求新的价值取向。尽管他为了赚取优厚的稿酬撰写过一些迎合畅销杂志需要的短篇小说，但这些通俗小说仍迸发着他创作的热情和思想的火花，展现了他娴熟的写作技艺和独特的审美标准，反映了新一代青年的精神风貌和心态。例如《第三口棺材》《无法形容的鸡蛋》《老友》等短篇故事，虽然写得自然流畅，结尾也出人意表，但纯属巧合的偶然事件，气氛上的过多渲染，以及华丽词藻的频繁使用，无疑影响了小说的内涵深度和张力，成了流于一般的多愁善感的抒情小说。然而在这一时期，他也创作了一系列内容丰富、思想深刻、发人警醒的优秀短篇小说。在《冬之春梦》《赦罪》《明智之举》《阔少爷》等作品里，菲茨杰拉德以严肃的笔调探索和表达了他在长篇小说中所表达的主题和思想，显示了一个职业作家冷峻的创作观、强烈的忧患意识和历史使命感。这些精彩的短篇小说经菲茨杰拉德本人甄选后，编入了他的第三部短篇小说集《所有悲伤的年轻人》。

从《了不起的盖茨比》出版到《夜色温柔》问世这九年里，菲茨杰拉德共发表五十五篇短篇小说。尽管他认为在这九年里，他在很大程度上白白浪费了自己的艺术才华，损害了他在读者心目中的声誉，"因为整整一代人在这一时期都已长大、成熟，而我却还在写那些战后的短篇小说"，[①] 但事实表明，他在这一阶段写出的短篇小说更加成熟，更加深刻，因而具有重要的历史价值，受到了评论界和读者的高度赞

---

① Matthew J. Bruccoli, ed. *F. Scott Fitzgerald: A Life in Letters*, New York: Scribners, Simon & Schuter Inc., 1994, p.466.

誉。他的第四部也是最后一部短篇小说集《清晨起床号》，汇集了他在这一时期所发表的短篇小说精品，其中包括《最后一位南方佳人》《重访巴比伦》《疯狂的礼拜天》等脍炙人口、历久不衰的名篇。这些作品代表着他在短篇小说创作上所取得的举世瞩目的成就。在他生命的最后五年里，菲茨杰拉德依然执着地在短篇小说领域里奋力笔耕，写出了一批像《作家的黄昏》这样颇有思想和艺术深度的内省式的文章，发表了诸如《失落的这十年》这样使人难以忘怀的短篇小说。

菲茨杰拉德的短篇小说大都自出机杼，情趣横溢，文笔隽永，耐人寻味。此外，他的短篇小说也像他的长篇小说一样，如实记录了他和他同时代的人的心路历程和人生体验，真实反映了那个动荡不安的年代的社会变迁和生活气息，同时也折射出他作为一个职业作家在文学创作的道路上永不停息的跋涉。

二

《新潮女郎与哲学家》由斯克里布纳出版公司于一九二〇年九月正式出版，选入的是他公开发表过的八个短篇故事。菲茨杰拉德声称，这是"献给新潮女郎和哲学家们的一部书"。尽管当时的评论家们对这本故事集评价不高，褒贬参半，然而，由于它以崭新的视角和鲜亮的文笔如实描绘了第一次世界大战结束之后美国社会的生活景象，表现了现代意识与传统观念之间的矛盾冲突，颂扬了年轻的一代对旧文化、旧道德的反叛心态和对美好未来的憧憬与追求，迎合了年轻一代读者的阅读口味和个性体验，因而备受青睐。这本故事集的篇名本身也构思奇崛，引人入胜，当时十分畅销，两年之内在欧、美两地被再版六次，发行量达两万册之多。它不仅为菲茨杰拉德赢得了"爵士乐时代的漂亮王子"的美誉和可观的经济收入，也使这位踌躇满志的青年作家对文学事业充满了信心和希望。

《近海海盗》是一篇构思奇巧、读来饶有趣味的短篇小说，描写的是一个高不可攀的年轻女性如何被一个男子风流倜傥的魅力和富有想象力的艺术气质所折服，最终甘愿投怀送抱的故事。菲茨杰拉德在后来的创作中所反复运用的这一题材，在这篇小说中还是第一次亮相。这篇小说当初在《星期六晚邮报》上刊出时，就受到好莱坞麦特罗影业公司（Metro）的关注，被拍摄为同名影片在美国公开上映。

《冰宫》描写的是南方芭蕾舞演员莎莉·卡罗尔·海珀的一次恋爱旅程。在冬季的狂欢节里，她无意间闯进了一座冰宫，差点儿被活活冻死。出了冰宫后，她感到自己无法在北方生活下去，便告别了她的北方恋人，回到了她熟悉的充满温暖、恬静闲适的南方。《冰宫》写成于菲茨杰拉德与泽尔达相识之后不久，因此，女主人公莎丽的美丽形象、迷人气质以及她的行为举止和心态，都与泽尔达颇为相近。在这篇小说中，菲茨杰拉德以散文诗般的笔调描写了曾经很辉煌的南方的落后、保守、怠惰，却又颇具浪漫情调的氛围和景象。南方衰败的经济、懒散的生活方式，以及陈旧的思想观念，与昔日繁华、热闹的场面和尊贵、威严的气势形成了鲜明的对比，与北方发达、务实和充满活力的快节奏生活也形成了强烈的反差。《冰宫》是菲茨杰拉德第一篇探索和描写南北差异的短篇小说。他对南方既眷恋又嫌怨的充满矛盾的复杂情感，在他以后的几乎所有的作品中都有所表露。

《脑袋与肩膀》是菲茨杰拉德在《星期六邮晚报》上正式发表的第一篇短篇小说。小说一经发表，就受到影业界的注意。美国剧作家帕西·哈斯于次年将这篇小说改编成了电影剧本，并由好莱坞著名导演威廉·岛兰执导、开拍，由麦特罗影业公司出品。影片的名字改成了《唱诗班姑娘的罗曼史》（*The Chorus Girl's Romance*，1920）。故事围绕大学生贺拉斯与女演员玛西亚之间的浪漫爱情展开。这篇短篇小说以及根据这篇小说拍摄而成的电影，虽然在当时影响并不大，却使年轻的菲茨杰拉德开始踌躇满志，雄心勃勃地要在文学创作事业上崭露头角，做出一番成绩。

　　《雕花玻璃酒缸》是一则具有深刻的象征意义的故事，表现了传统道德准则和家庭价值观念发生剧烈变动，向现代模式过渡转型期的社会现象和人们的心态。小说以犀利的文笔，入木三分地讽刺和谴责了有闲阶级腐朽没落的生活方式，表达了作者对上流社会有钱人的鄙夷和不信任，喊出了"雕花玻璃时代早就该寿终正寝"的心声。这篇小说中的若干片断后来被作者写进了《漂亮冤家》。

　　《留短发的伯妮斯》中所描写的女主人公伯妮斯，是一位不落俗套、追新求异的新潮女郎。她年轻，漂亮，爱出风头，但也招人嫉恨。她无疑是美国新一代女性的形象再现。这篇故事当年被搬上银幕在全美各地上映时，反响也十分强烈。影片中少女伯妮斯的"波波头"发型和新潮、前卫的穿着打扮，一时间竟成了美国纯情少女们追捧的时尚。《留短发的伯妮斯》是菲茨杰拉德在美国文坛崭露头角的第一块敲门砖。它展示了作者早年对这一主题思想的严肃审视和探索：年轻的一代，尤其是年轻的女性，对旧文化、旧道德的反叛精神，以及她们对美好未来的憧憬和执着追求。《新潮女郎与哲学家》初版封面肖像就是根据这篇故事设计而成的。不久前，美国当代女作家、著名影视剧导演琼·西尔弗（Joan Micklin Silver，1935— ）根据这篇小说改编的同名电影剧本，不仅被拍成了电影和电视剧，而且发表在《美国短篇小说集》（*American Story*）中，魅力依然不减当年。

《赐福礼》描写的是一位青年女性对宗教礼仪的强烈反叛。小说中的少女洛伊丝受现代思想的熏陶，不肯接受传统礼教的束缚，要争取人格的独立和真正的自由与幸福的举动，正是上世纪二十年代美国青年女性的真实写照。

《误入歧途的戴利林波尔》是一篇颇具讽刺意义的短篇小说。菲茨杰拉德在这篇小说中运用了大量反讽手法，对当时的社会风气进行了无情的嘲弄。这也是他的第一篇以严肃的口吻揶揄和讽刺阿尔杰[①]的现代童话的短篇小说。

《吃了四次拳头》是一则苦涩的幽默故事，描写一个人在成长过程中所遭受的四次刻骨铭心的打击。这篇小说虽然谈不上意义深刻，说教的成分较多，却深受读者喜爱。菲茨杰拉德自己也承认说，这篇故事当初只是为了迎合畅销杂志的需要而写，目的是为了挣稿费，因而是他最不满意的一篇劣作。其实，这个小故事也在一定程度上反映了作者对社会生活细致入微的观察和体会，在情节构思和写作技巧上也把握得较有分寸，因而也被选入了这部短篇小说集。

在短篇小说创作中，题材新颖、文笔优美固然好，但更重要的还

---

① 阿尔杰（Horatio Alger，1832—1899），美国著名儿童文学作家，其作品深受少年儿童读者的欢迎。其代表作为《衣衫褴褛的狄克》（1868）。

是蕴含在故事内容和情节中的思想深度和艺术张力。作为菲茨杰拉德的早期作品，选入《新潮女郎与哲学家》中的某些短篇故事，难免存在诸如内容似嫌肤浅，词语太过华丽等不够成熟的地方。菲茨杰拉德曾经在写给门肯的信中，把这部短篇小说集里的八篇故事划分成了三个档次："值得一读的有：《冰宫》《雕花玻璃酒缸》《赐福礼》《误入歧途的戴利林波尔》。能博人一笑的是：《近海海盗》。档次低劣的是：《脑袋与肩膀》《吃了四次拳头》《留短发的伯妮斯》。"[1] 这番话语反而更有力地证明了他对自己的苛求和对小说艺术精益求精的严谨态度。《新潮女郎与哲学家》无论从何种角度看，都标志着菲茨杰拉德在文学创作的道路上迅速走向成熟。它是这位才情横溢的青年作家在其创作生涯中所取得的引人瞩目的成功。

三

美国小说家、美国历史上第一位诺贝尔文学奖得主辛克莱·刘易斯早在上世纪二十年代初就曾预言："菲茨杰拉德将会成为一位能与欧洲任何一位年轻作家相媲美的小说家。"[2] 菲茨杰拉德的创作艺术和文学活动，从某种意义上说，如同古代传说中的长生鸟，是在不断重复自己，不断深化、升华自我的过程中循环不已，获得永生的。他的创作源泉就是他自己的切身经历和感受。他以一个严肃作家所特有的

---

[1] Matthew J. Bruccoli, ed. *F. Scott Fitzgerald: A Life in Letters*, New York: Scribners, Simon & Schuter Inc., 1994, p.42.

[2] Frances Fitzgerald Lanahan, *"Introduction" to Six Tales of the Jazz Age*, New York: Harper Collins, 1960, p.5.

敏锐眼力仔细观察、详细记录了他的家庭和他的友人们的生活，经过艺术提炼后，写进了他的作品中。他的每一部作品几乎都是他拔高了的自传。他大胆、新颖的写作方法，独特的观察问题的视角，包括那些极有特色的反映年轻一代精神经历的对话方式和内心独白，一经固定，就成了他风格化的模式。他经过精心设计、反复修磨而写出的那些清新、流畅的词语和文句，一经问世，便广为流传，成为美国文化和美国语言中不可分割的组成部分。在美国传统的文化形态正在向现代模式过渡转型的这一特定历史时期中，尽管他和他同时代的作家们一样，对传统的否定偏激到了极点，对价值取向的选择也随意到了极点，但他仍然是社会的人，不可避免地受到现代化的生活方式和现代化的道德意识的裹挟和冲击。他多次坦诚地剖析过这一点："我过去一直生活在我所描写的生活场景中。我笔下的人物都是司各特·菲茨杰拉德式的人物，甚至连女主人公也是被女性化了的菲茨杰拉德。的确，作为作家，我们必须不断重复自己——这是不言而喻的事实。在我们的生活中，总会有两三次惊心动魄、感人至深的经历……无论是二十年前或是在昨天发生的事情，我都必须满怀激情地去描写它，记录它——写出离我最为贴近，而我也能深刻理解的每一个重要事件。"[1]

作为"菲茨杰拉德复兴"的延续，近年来，人们已经重新开始审视和研究他的短篇小说。美国文学评论家布莱恩·曼根的专著《再谈财富——论金钱在菲茨杰拉德短篇小说创作艺术中的作用》(*A Fortune Yet*: *Money in the Art of Fitzgerald's Short Stories*, 1991)，详

---

[1] Arthur Mizener, ed. *F. Scott Fitzgerald*, *Afternoon of an Author*, New York: Scribners, 1958, p.132.

细分析了短篇小说创作在菲茨杰拉德的文学生涯中所起的不可忽视的重要作用，认为菲茨杰拉德既是一位文学艺术家，又是一位职业小说家。短篇小说的创作既为他创造了一片艺术"练兵场"，使他得以藉此磨笔练艺，又为他提供了重要的生活来源，使他不必为维持生计而犯愁。美国南卡罗来纳大学教授布鲁柯利在其编撰的《菲茨杰拉德论创作》(*F. Scott Fitzgerald on Authorship*，1996)一书中，也表述了同样的观点，认为在短篇小说创作上，菲茨杰拉德既是一个有商业意识的小说家，也是一个有职业道德操守的文学艺术家。尤其是美国文学评论家杰克逊·布莱尔编撰的两部专著：《用新文学批评方法看菲茨杰拉德短篇小说》(*The Short Stories of F. Scott Fitzgerald*：*New Approaches in Criticism*，1982)和《菲茨杰拉德被忽视的短篇小说新论》(*New Essays on F. Scott Fitzgerald's Neglected Stories*，1996)，为研究菲茨杰拉德的短篇小说提供了新的视野和思路。

诚如菲茨杰拉德本人和不少评论家所说的那样，他的短篇小说远不及他的长篇小说那样深刻，那样富有强烈的艺术感染力。菲茨杰拉德在其创作生涯里的确曾写过一些技艺娴熟、但内容肤浅的短篇小说，他甚至常把一些原打算用在长篇小说里的精彩片断有意截留下来，写成短篇小说，以便及时发表，获得较快捷的稿费。在今天的文化语境下来看，他当年的这种"以文养文"的做法也是无可厚非的。从"职业创作观"(Profession-of-Authorship Approach)来看，职业作家倘若果真以创作为业，他们当然得为钱而写作，这是生活所使然，而合理的稿酬收入则又能使作家得以继续源源不断地写下去。即使作家另有经济来源而不必依赖稿酬维持生计，他们获得的稿费仍有助于保障他们的创作活动。此外，严肃的小说家大都心系时代、社会和读者，具有强烈的使命感和良好的职业道德，不至于只顾赚钱而不顾质量地肆意践踏自己的才华或损毁自己的声誉。因此，菲茨杰拉德的这类即便"并不太出色"短篇小说，甚至包括他早期的练笔习艺之作，也大都写得结构严谨，文笔舒展，跃动着时代的节奏和智慧的光芒，字里行间常常充满诗情画意，能给人以美的享受。

纵观菲茨杰拉德的文学创作生涯，有一个非常有趣的奇特现象，颇值得我们关注和研究：他的每一部长篇小说出版之后不久，都会有一部短篇小说集紧随其后出版，这在他同时代的作家群体中是绝无仅有的。作为一位有着极高的文学天赋和创作激情的严肃的文学艺术家，菲茨杰拉德在他的短篇小说的创作上也是严肃认真、追求完美的，常常"像奴隶一样对每一个词都进行艰苦、细致的反复推敲"，以求能有所创新，有所突破。他的短篇小说与他的长篇小说互为依托，交相辉映，是对他的长篇小说的有力补充和可靠注解，也是他那个时代的精神风貌和他本人的创作足迹的真实反映。因此，他也是二十世纪美国文学史上一位重要的短篇小说家。

吴建国